福澤徹三

Tetsuzo Fukuzawa

JUNE BLOOD

ジューン・ブラッド

幻冬舎

ジューン・ブラッド

蛍光灯の青白い光が地下駐車場を照らしている。
浅羽《あさば》の女が住んでいるマンションだけあってあたりに停まっているのはどれも高級車だ。浅羽のマイバッハはコンクリートの柱のむこうに黒い深海魚のような車体を覗《のぞ》かせている。梶沼《かじぬま》はクラウンの後部座席でエレベーターに眼を凝らしていた。見届け役の笹岡《ささおか》が運転してきたロイヤルサルーンだが恐らく盗品だ。ナンバーは千葉だし雨滴の残ったフロントガラスには車検のステッカーがない。

梶沼は左手の腕時計に眼をやった。ルミノックスの針は午前七時で蛍光している。右手はロスコ・ミリタリーのカーゴパンツに突っこんだリボルバーの銃把《グリップ》を握り締めている。組から支給されたチーフ・スペシャル――スミス&ウェッソンの三十八《サンパチ》口径だ。前科《まえ》のない拳銃《チャカ》というわりに錆《さび》が目立つ。銃身《バレル》と枠《フレーム》に刻印はあるがフィリピン製の模造品かもしれない。

地下駐車場に車を入れてから三十分が経った。エレベーターの階数を示すランプに変化はない。梶沼の隣では仲尾《なかお》がこわばった顔で貧乏揺すりをしている。助手席の奥寺《おくでら》もひっきりなしに煙草を吸って落ちつきがない。四人のなかで笹岡だけが冷静だった。

歳は笹岡が四十八で仲尾が二十九、根津組から応援にきた奥寺は三十代後半に見える。

梶沼は笹岡の薄くなった後頭部に眼をやった。この仕事《ヤマ》が首尾よくいっても最低で十五年は打たれるだろう。刑務所《なか》に入ったら娑婆《しゃば》へでる頃にはこの男と大差ない歳になる。

エンジンを切った車内は四人の体温で蒸し暑くなってきた。梶沼は医療用のマスクをずらして口元の汗をぬぐった。ティンバーランドのニットキャップのなかに触れると短く刈った髪はびしょびしょでアヴィレックスのリブTシャツも冷たい汗を吸って皮膚に貼りついている。

仲尾が緊張に耐えかねたように太い息を吐いて、

「きませんね。まだ寝てるんじゃねえかな」

「浅羽はここに長居はしねえ。朝はいつも自宅へ帰って家族と飯を喰う」

「もう七時だ。勤めにいく連中がおりてきたら面倒だな」

奥寺がかすれた声でいった。それでもやるんだよ、と笹岡はいって、

「このぶんじゃ浅羽がひとりで車に乗ることはねえな。じきに護衛《タマヨケ》が迎えにくるだろう。勝負はそれからだ」

「護衛《タマヨケ》は何人くらいきますかね」

仲尾が訊《き》いたが笹岡は答えなかった。

十分ほど経ってエレベーターの階数表示が動きだした。

助手席の奥寺があわてて煙草を揉み消した。梶沼は荒れた唇を舐《な》めてチーフ・スペシャルを握りなおした。ぶるッ、と胴震いがして睾丸が下腹にめりこんでいく感触があった。こうした場面ははじめてではないが今回の仕事《ヤマ》は相手が悪すぎる。梶沼は鼻から息を吸って口から吐く

のを繰りかえし筋肉を弛緩《しかん》して横隔膜《おうかくまく》をさげ軀《からだ》の緊張をほぐした。奥寺がコルト・ガバメントの遊底《スライド》をひいて薬室《チャンバー》に弾を送りこんだ。

凝《こご》ったような視線の先でエレベーターの扉が開いた。

とたんに溜息が漏れた。おりてきたのはサラリーマンふうの中年男だった。アタッシェケースを片手に値が張りそうなスーツの肩をしきりに嗅いでいる。香水か女の体臭を気にしているようだが恐らく浅羽とおなじで愛人の部屋に泊まっていたのだろう。

クラウンを停めているのは防犯カメラの死角だが誰であれ姿を見られるのはまずい。四人は姿勢を低くして男が去るのを待った。男の乗ったアウディが視界から消えて軀を起こしかけたとき、フルスモークのセルシオが駐車場に入ってきた。

「――きやがった」

「るせえ。頭をさげろッ」

笹岡が押し殺した声で仲尾を叱った。

セルシオはマイバッハのそばに停まって黒いスーツの男がふたりおりてきた。エンジンを切ったかどうか見えなかった。運転席にまだ誰かいるかもしれない。

黒スーツの男たちは険しい顔であたりを見まわしてからエレベーターに乗った。ひとりは身長が百九十はありそうな巨漢で太鼓腹が突きでていた。もうひとりは背が低いが胸板は分厚く上着の肩がアメフト選手のように張っている。

階数表示のランプが上昇するのを見計らって笹岡が軀を起こすと、

「いわんでもわかるだろうが浅羽は丸腰だ。護衛《タマヨケ》を先に弾《はじ》け」

「セルシオにもうひとり残ってたら、どうしますか」

奥寺が訊いた。おれが殺《や》る、と笹岡がいった。

浅羽がエレベーターに乗ったようで階数表示のランプが下降をはじめた。

口のなかが渇ききって舌の付け根が痛い。ふうう、ふうう、と仲尾の呼吸が荒くなった。右手に握ったブローニングが小刻みに震えている。奥寺は肩を落として身じろぎもしない。

ランプが一階で点灯してエレベーターの扉が開いた。

はじめに大男がでてきて左右に視線を走らせた。続いて浅羽が姿をあらわした。銀髪をオールバックにしてダークグレーのスーツを着ている。浅羽のあとから背の低い男がおりてきた。

梶沼はゆっくりと撃鉄《ハンマー》を起こした。

「いけッ」

笹岡が叫んだ。三人はドアを開けて車から飛びだした。糞がッ。仲尾が罵声をあげて先頭に立った。奥寺と梶沼があとに続いた。足が地に着いている気がしない。

大男がこちらに気づいて浅羽の前に立ちふさがると懐に右手を突っこんだ。背の低い男も浅羽をかばって前にでた。もう黒光りするものを握っている。

仲尾のブローニングが火を噴くと同時に連続して銃声が轟《とどろ》いた。奥寺は歯を剝《む》きだしてコルト・ガバメントを撃っている。大男が見えないバットで殴られたようにのけぞった。ワイシャツの胸に射入口らしい黒い点がある。大男は眼を泳がせて前のめりに崩れ落ちた。右手にも着弾したようで手首が妙な方向へ曲がっている。

梶沼は両手でチーフ・スペシャルを構えて腰を落とすと背の低い男に照準をあわせた。視界の隅で仲尾が後頭部から血と骨片と肌色の脳漿《のうしょう》をぶちまけながら倒れていった。

梶沼は撃った。手首を蹴るような反動《リコイル》とともに背の低い男の肩から埃《ほこり》があがり拳銃が手から落ちた。男は銃を拾おうともせずにつかみかかってきた。

「どこのもんじゃ、われッ」

男は歯を剝きだして吠えた。ふたたび引き金《トリガー》を絞ると男は片手で胸を押さえて床に膝をついた。とどめを刺そうと近づいた瞬間、男は靴下のあいだから小型のシースナイフを抜いて斬りつけてきた。すんでのところでかわしたつもりだったが左足が焼けるように熱くなった。梶沼は男を蹴り飛ばして三発目の銃弾を腹に撃ちこんだ。

うめき声に眼をやると奥寺の脇腹に誰かがぶつかっていた。紺色の戦闘服を着た男が白鞘《しろさや》の匕首《ドス》を喰いこませて切っ先をねじりあげている。やはりセルシオには三人目が乗っていた。車をおりる前に応援を呼んでいるはずだからもう時間がない。

梶沼が背中に銃弾を撃ちこむと戦闘服の男は軀をそらして匕首《ドス》を抜いた。奥寺の脇腹から鮮血がしぶいて桃色の腸が勢いよくはみだした。奥寺はたたらを踏みながらコルト・ガバメントを撃った。

戦闘服の男の唇が鼻まで裂けて白い破片が飛び散った。歯だ。射出口の耳朶《じだ》から黄色いサンゴのような軟骨が露出している。男と奥寺は空薬莢《やっきょう》が散らばる床に折り重なって倒れた。火薬の匂いが鼻につく。梶沼は硝煙に噎《む》せて咳《せ》きこんだ。

浅羽が身をひるがえしてエレベーターへむかっていく。その背をめがけて引き金《トリガー》に力をこめたとき、右足に痛みが走った。梶沼はよろめいたがかろうじて踏みとどまった。

大男が床に這《は》ったまま無事な左手で足首をつかんでいた。眼の焦点は曖昧《あいまい》で口から血泡を垂らしているが握力はすさまじい。油圧プレスにでもはさまれたような感触でくるぶしが砕けそうだった。銃口《マズル》をむけると大男は顔をかばうようにひん曲がった右手をあげた。

一瞬ためらったが引き金《トリガー》をひいた。指が何本か吹っ飛んで大男の顔は血と肉片で真っ赤になった。力が抜けた手から足首を振りほどくと浅羽の姿がなかった。

不意にタイヤの軋《きし》む音がして黒いヴェルファイアが駐車場へ入ってきた。入れちがいに笹岡のクラウンが急発進した。ななめに傾《かし》いだ車体が柱に擦《こす》れて火花が散った。

梶沼はクラウンを追って走りだした。背後でスライドドアが開く音がして乱れた足音が迫ってきたがすでに弾はない。その頃になって左足が痛みだした。カーゴパンツが黒いせいで目立たないが指で触れるとぐっしょり濡れている。足をひきずりながら地上へむかって走った。


赤坂から千代田線に乗って代々木上原で小田急線に乗りかえた。

梶沼は通勤の人波にまぎれて吊革を握っていた。追っ手を振りきってしばらく経つがまだ呼吸が荒い。チーフ・スペシャルは指紋を拭いてからニットキャップにくるんでビルとビルとの隙間に捨てた。そのあとコンビニに入ってヘインズの黒いTシャツとタオルを二枚買った。

「トイレを借りたいんだけど――」

防犯カメラを警戒してうつむきかげんでいった。マスクはつけたままだ。

「ありません」

レジカウンターの若い男はぶっきらぼうにいった。

Tシャツの胸元をずらして刺青《いれずみ》を覗かせると男は顔をそむけて店の奥を指さした。

梶沼はトイレに入って便器に腰かけた。カーゴパンツを脱ぎベイツのタクティカルブーツを脱いで傷の具合を調べた。右の足首は青黒く内出血しているだけだったが左足の傷は深い。タオルを歯で引き裂いて細長い布切れを作った。布切れで太腿をきつく縛ってから硝煙が染みついたTシャツを脱いだ。洗面台で顔と手を洗い血まみれの足をもう一枚のタオルでぬぐった。洗面台の鏡に暗い眼の痩せた男が映っている。

新しいTシャツに着替えると古いTシャツとタオルを汚物入れに捨ててコンビニをでた。左足は熱を持って疼《うず》いている。いまだに出血は続いているようで乗客の眼が気になる。ライニングにゴアテックスを張ったブーツのなかは乾きかけた血で粘っていて足を動かすたびにねちゃねちゃする。

笹岡はどうして逃げたのか。三人目の護衛がいたら自分が殺《や》るといっていたのに車からでようともしなかった。敵の応援が想定外だったとしてもおれを乗せる余裕はあったはずだ。梶沼はささくれた唇の皮を嚙《か》みながら窓の外を見つめた。

朝の街並は鉛色《なまりいろ》に煙っている。浅羽のマンションをでたときは小降りだったが急に雨脚が烈《はげ》しくなった。けさのニュースでは今週から梅雨入りしたといっていた。

もう警察が動いているはずだから六本木の事務所には近づけない。アパートのある新宿で電車をおりるとホームのゴミ箱にマスクを捨てて公衆電話を探した。携帯はいざというとき身元が割れないよう前もって笹岡に預けてある。

公衆電話を見つけて一ノ瀬《いちのせ》に電話すると笹岡から連絡はないという。

「しょうがねえ奴だな。浅羽組の連中に生け捕られてなきゃいいが」

「おれより先に逃げたんだから、それはないでしょう」

「事情がわかりしだい、けじめはつけさせる」

「そんなことはいいです。ただ仲尾と奥寺さんが——」

一ノ瀬は溜息をついて、

「高くついたな」

「ええ」

「とにかくご苦労だった。浅羽を殺《と》れなかったのは残念だが、敵の軀に弾は入れたんだ。これで組長《おやじ》も恰好がつくだろう」

いまどこにいるかと訊かれて新宿だと答えると大久保のスナックで三十分後に落ちあおうといった。一ノ瀬が守《も》りをしている店らしい。ルミノックスを見たら八時半だった。

新宿駅をでてタクシーに乗った。雨脚はいっこうに衰えない。フロントガラスを往復するワイパーのむこうを職場へむかう傘の群れがよぎる。カーラジオのニュースでは事件の報道はなかったものの緊急配備が敷かれていても不思議はない。

一ノ瀬が指定した店はすぐに見つかった。古ぼけたテナントビルの二階にアガシと看板がでている。梶沼は足を忍ばせて階段をあがった。

営業はしていないようだがシャッターは半分ほど開いている。シャッターをくぐるようにしてドアを開けると頬骨の尖《とが》った三十くらいの男がカウンターのなかで会釈した。ときどき事務所で顔をあわせる一ノ瀬の舎弟だ。

梶沼は店に入ってカウンターの椅子に腰をおろした。店名からしてコリアンスナックのようで薄暗い店内にはキムチの匂いが漂っている。眞露《ジンロ》のボトルがならんだ棚に高麗人参やにんにくを漬けこんだ薬酒の瓶がある。

セブンスターをくわえると男はすかさずカルティエのライターを差しだして、

「お疲れさんでした」

慇懃《いんぎん》に頭をさげた。梶沼はうなずいて煙を吐きだした。

男は灰皿をカウンターに置いて、

「道具はどうされました」

「赤坂で捨てた。兄貴は？」

「もうじきこられます。なにか飲んでてください」

「水をくれ」

「水ですか。ジュースやビールもありますし、なんならウイスキーでも――」

「とりあえず水でいい」

男はアイスピックで割った氷をグラスに入れて瓶入りのミネラルウォーターを注いだ。

梶沼は男が差しだしたグラスを手にとった。喉《のど》は渇いていたがどことなく違和感がある。グラスをカウンターに置いて灰皿で煙草を揉み消した。

「どうされました」

椅子から腰を浮かすと男はカウンターから身を乗りだして、

「すぐもどる」

「どこへいかれるんですか」

「煙草を買ってくる」

「セッターなら店のがありますよ。吸ってください」

「ちがう銘柄がいいんだ」

「なにがいいか教えてください。おれが買ってきます」

「いいから、じっとしてろ」

「でも、もう一ノ瀬の兄貴がきますから、ここにいてもらわないと――」

男を無視して立ちあがったとき、カウンターの奥でごとりと音がした。奥にはキッチンがあるようで赤と青の派手な暖簾《のれん》がさがっている。

梶沼は男の眼を見つめた。心なしか瞳孔が縮んでいた。

「誰かいるのか」

「――誰もいません。製氷機でしょう」

梶沼はグラスの氷を一瞥《いちべつ》してから踵《きびす》をかえした。

店をでるとすばやくシャッターをおろして階段を駆けおりた。

梶沼は雨のなかを走った。追っ手の気配はなかったが早く大久保を離れたい。出血と疲労のせいでしだいに息があがってくる。ふたたびタクシーに乗って恵比寿《えびす》へむかった。梶沼はシートに身を沈めて大きく息を吐いた。

あのままアガシにいたら恐らく無事ではすまなかった。浅羽を殺《や》れなかったのがまずかったのかそれともほかの事情なのか。いずれにせよ好ましくない事態が起きているのはたしかだった。笹岡がずらかったのがそもそも不自然だ。杞憂《きゆう》だという可能性もわずかに残っている。しかし状況がはっきりするまで一ノ瀬に連絡する気はしない。むろん新宿のアパートにもどるのは危険だった。

紗希《さき》のマンションに着いてインターホンを鳴らすと眠そうな声がかえってきた。

「まだ九時すぎよ。どうしたのいったい」

「どうかしたからきたんだ」

オートロックを開けさせて七階へあがった。部屋に入るとドアの鍵とドアチェーンをかけた。下着の上にシャツを羽織った紗希が怪訝《けげん》な顔でさっきとおなじ質問を繰りかえした。

梶沼は黙ってブーツを脱ぎキッチンで水を飲んでからリビングにいった。フローリングの床に古新聞を敷いて腰をおろす。カーゴパンツを脱ぐと左足の傷に紗希が眼を見張ったが理由はいわなかった。

「早く病院へいかなきゃ」

「いいから救急箱を持ってきてくれ」

置き薬の救急箱にはスプレー式の外傷液と包帯とガーゼが入っていた。外傷液で傷口を消毒してからガーゼで血を拭いた。脛《すね》からふくらはぎにかけて斜めに走った傷は魚の切り身みたいにぱっくり口を開けている。

紗希に頼んで裁縫道具とラジオペンチを用意させた。女の部屋にラジオペンチはありそうになかったがアクセサリーの修理に使ったとかでちっぽけなやつがあった。

縫い針をラジオペンチでつまんで百円ライターの炎で炙《あぶ》った。縫い針が赤くなるまで炙ってからすこし熱が冷めた頃を見計らって尖端を釣針状に曲げた。針穴に糸を通して傷口を縫おうとしたら紗希が悲鳴をあげて両手で顔を覆った。

紗希を寝室へ追いやってあらためて縫いはじめた。自分で傷口を縫うのは二年前に六本木のバーで白人どうしの喧嘩を仲裁にいってナイフで腕を斬られたとき以来だ。傷口に針を刺すのも苦痛だがそれ以上に糸が肉を通り抜ける感触が不快だった。十三針で縫い終えて余分な糸を鋏《はさみ》で切ったときには全身が汗にまみれていた。

傷口にガーゼを貼り絆創膏《ばんそうこう》でとめると玄関へいってブーツをとってきた。底に溜まった血をティッシュペーパーでぬぐってからブーツをキッチンの開きに隠した。カーゴパンツはタオルで血を拭いてから大ざっぱに裂け目を縫った。

紗希を呼んで抗生剤がないか訊くと歯科医院の薬袋を持ってきた。何年か前に歯茎が化膿したときにもらったという薬袋のなかには抗生剤と消炎剤があった。どちらも使用期限をすぎていそうだがなにもしないよりはましだ。

薬を呑んだあと寝室のベッドで横になると紗希が軀を寄せてきて、

「ねえ、なにがあったのか教えてよ」

「おまえは知らなくていい。そんなことより、きょうは店を休め」

あのさ、と紗希はいった。

「このあいだ逢ってから、どれだけ経つと思う?」

「さあ、ひと月くらいか」

「もう二か月よ。電話はめったにつながらないし、メールしたって返事もくれない」

梶沼は黙って天井を見つめた。

紗希とは半年ほど前に行きつけのバーで知りあってその日のうちに深くなった。歳は二十五で銀座のスナックに勤めているというがそれ以上のことは知らない。梶沼も自分の職業については話さなかった。もっとも背中と胸に刺青があるのに堅気だといっても通用しない。

「ずっとほったからしといて、なによ。連絡もなしに朝早くから血だらけでやってきて理由はいわない。それできょうは店を休めって、どういうこと? あたしはいったいなんなの」

「とにかく休め。それから、おれがいいというまで外へでるな」

「勝手なこといわないで」

「じゃあ好きにしろ。もうすこし経ったら、ここをでていく」

「でてくっていえば、いうことを聞くと思ってるの」

紗希の愚痴を聞いているうちに目蓋《まぶた》が重くなった。

ゆうべから緊張のしどおしで一睡もしていない。だが眠ってはいけない。眠ってはいけない。頭のなかでそう繰りかえしつつ意識が遠くなった。


眼を覚ますと隣に紗希がいなかった。

腕にはめたままのルミノックスは二時五十五分をさしている。

そっとベッドを抜けだしてリビングを覗いた。紗希は膝を抱えてテレビを観ていた。画面ではバラエティ番組が流れている。

「なにかニュースはあったか」

背後から声をかけると紗希はおびえた顔で振りかえった。

「なにも、っていうかニュース観てないし」

梶沼はうなずいてトイレにいった。なにげなく玄関に眼をやるとドアチェーンがはずれていた。用を足してからリビングにもどって紗希の隣に腰をおろした。

「いびきがすごかったよ。よっぽど疲れてたみたいね」

「コーヒーをいれてくれないか」

紗希はうなずいてキッチンに立った。チャンネルを変えると三時のニュースがはじまった。リモコンを片手に音量をさげて画面を見つめた。警官と野次馬が群がったマンションの映像とともにアナウンサーが喋《しゃべ》っている。

「きょう午前七時二十分頃、赤坂のマンション駐車場で暴力団どうしの抗争と思われる発砲事件があり、六人が死傷しました。現場は都内でも有数の高級マンションで――」

六人。梶沼は胸のなかでつぶやいた。

死亡したのは指定暴力団山中組系の浅羽勝則組長と――とアナウンサーが告げたところで紗希がもどってきた。梶沼はすばやくチャンネルを変えた。鼓動が速くなっている。なぜ逃げたはずの浅羽があの駐車場で死んでいたのか。

「どうしたの。せっかくコーヒーいれたのに」

紗希にいわれて湯気のたつカップを口に運んだが味はしなかった。立ちあがってカーテンをずらすと窓の外を見た。それから紗希の顔を見た。

「おれが寝てるあいだに、どこかへでかけたか」

「ううん。どこにもいかないけど」

「ならいい。ちょっと携帯を貸してくれ」

「なんで？　自分のはどうしたの」

「落としたんだ」

「そう。じゃあ、あたしがかけてあげるから番号をいって」

「だめだ。携帯を貸せ」

紗希は答えない。

「厭《いや》なのか」

「だってプライバシーもあるじゃない。勝手にいじられるのは厭よ」

「外で誰に電話した」

「電話なんかしてないよ。外にはでてないっていってるじゃない」

「おれと知りあったのは偶然か」

「なにをいってるの」

「誰かの差し金かって訊いてるんだ」

「どういう意味？　なんか様子が変よ」

「ひとつ嘘があると、ぜんぶが信用できなくなるんだ」

梶沼は腰をかがめて紗希の顔を覗きこんだ。彼女はおびえた表情になって、

「なによ。なにするつもりなの」

「心配するな。おれは女に手をあげない。ただし――」

「ただし、なんなのよ」

「いや、なんでもない」

梶沼は立ちあがって服を着た。

キッチンの開きからブーツをだして玄関へいくと紗希が追ってきた。

「ごめんなさい。でかけてないっていうのは嘘。でもコンビニへいっただけよ」

「そうだろうな」

「お願い、信じて。あたしと一緒にいて」

「信じてもいいが、もうここにはいられない」

「どうして。信じてるんなら、でていかなくていいじゃない」

「そういう性分なんだ」

梶沼はブーツを履《は》いて玄関をでた。

非常階段で一階におりてから非常口を通ってマンションの裏側にいった。周囲にはフェンスが巡らしてある。それを乗り越えて隣のビルの敷地に入った。ビルの陰からマンションの前方を窺《うかが》うと細い路地の奥に黒いヴェルファイアが停まっていた。

舌打ちをして踵をかえすと駅へむかった。雨はまだ降り続いている。路地から路地へ身を隠しながら走っているとさっきのヴェルファイアが何度かそばを通りすぎた。

恵比寿から内回りの山手線に乗って鶯谷《うぐいすだに》で電車をおりた。

まだ四時前だというのに駅前には地回りや客引きが立っていて通行人に鋭い視線をむけている。このへんを仕切っているのは梶沼が所属する東誠会とは別系列の組織だから面は割れていない。しかしおなじ稼業の人間はすぐに堅気かどうかを見抜く。

急ぎ足でラブホテルが密集する路地に入った。尻ポケットの現金を確かめると二万円ちょっとしかない。飲食費を考えれば二日も泊まれないだろうがとりあえず身を隠したほうがいい。

眼につく範囲でいちばん料金が安いラブホテルに入った。休憩三千五百円から宿泊七千円からと看板にある。フロントのパネルで休憩が三千五百円の部屋を選んでエレベーターに乗った。部屋は三階だからいざというときは窓からでも逃げられる。

部屋に入ると黴《かび》と埃がまじったような臭いがした。梶沼はブーツを履いたままベッドに横たわっていま自分の身になにが起きているのかを考えた。

理事長の一ノ瀬から呼びだしを受けたのはきのうの夜だった。

六本木の事務所へ顔をだすと本部長の笹岡が応接室のソファに坐っていた。一ノ瀬はいつものようにドルチェ&ガッバーナのスーツを着て自分のデスクでパーラメントを吸っていた。

一ノ瀬は三十八歳だから笹岡より十歳下だが本城組《ほんじょうぐみ》の序列では理事長が組長に次ぐナンバーツーでその下が本部長である。一ノ瀬の立場が笹岡よりも上なのは地下賭場がらみの商売《シノギ》で上納金《ギリ》を人一倍納めてきたからだ。

「なんかあったんですか」

梶沼は訊いたがふたりとも答えない。まだ待てというように黙って眼を伏せている。あとから仲尾と根津組の奥寺がきて一ノ瀬がようやく口を開いた。

「おまえらを呼んだのは浅羽の件だ」

梶沼はそれだけ聞いて唇を噛んだ。

「上のほうじゃ手打ちに動いてるって噂もあるが、このまま浅羽をのさばらしたんじゃ、うちの看板に泥を塗ることになる。組長《おやじ》を的《まと》にかけられたのに黙っていられるか」

一ノ瀬はテーブルの上に地図を広げると蛍光マーカーで囲んだ一画を指さして、

「このマンションに浅羽の女がいる。浅羽は今夜ここに泊まるはずだ。何時にくるかはわからんが、朝は遅くとも七時にはマンションをでる。そのときを狙《ねら》うんだ」

「浅羽を殺《や》るってことですか」

仲尾が訊いた。一ノ瀬はこめかみに青筋を浮かせて、

「いちいちいわせるな。ガラス割りなんかじゃ、もう恰好がつかん」

組長の本城が西麻布の路上で襲われたのは四月の末だった。

その夜、本城はなじみの割烹《かっぽう》をでてきたところを三人組の男に銃撃された。護衛はひとりしかいなかったが拳銃で応戦して三人組のふたりを射殺しひとりに重傷を負わせた。護衛は蜂の巣になって絶命したものの本城は無事だった。重傷を負った男の証言で本城を襲ったのは山中組の二次団体である浅羽組の組員だと判明した。

山中組は関西最大の広域指定暴力団でここ数年関東への進出が著しい。浅羽組をはじめ山中組傘下の組織は次々に東京で事務所を構え古参の組織と抗争を繰りかえしている。本城が狙われたのも六本木の縄張り《シマ》をめぐっての諍《いさか》いが原因だった。

事件が起きてから浅羽組とは抗争状態に入ったが警察の監視が厳しいせいもあって目立った動きはできなかった。非は先方にあるとはいえ浅羽組は山中組の二次団体である。東誠会の三次団体——枝の枝にすぎない本城組が事を構えるには強大すぎる相手だった。

事務所をでると笹岡の車で赤坂見附のホテルへいった。笹岡はホテルの前で車を停めて、

「部屋はひとりずつとってある。おれが連絡するまで待機してくれ」

梶沼と奥寺と仲尾は車をおりて歩きだした。笹岡は見届け役だから表情にゆとりがあるが三人は襲撃班を命じられただけに足どりは重かった。いったん部屋に入ったら外出はするな、と笹岡は念を押した。食事はルームサービスですませておたがいの部屋を行き来するのもだめだという。ホテルは組の息がかかっているからていのいい監禁だ。

フロントでキーを受けとって部屋へむかった。エレベーターのなかで仲尾が溜息をついて、

「浅羽を殺《と》ったら、刑務所《なか》でも神戸の連中に狙われますね」

たぶんな、と梶沼はいった。

「報復《かえし》をやらなきゃ面子《メンツ》が立たないのはわかりますけど、相手は山中組の直参《じきさん》ですよ。本家は知ってるんでしょうか」

「知ってたって知らなかったっていうさ」

「あんたらはてめえの組だから、まだいいよ」

と奥寺がいった。

「おれは根津組なんだぞ。一ノ瀬の兄貴に眼をかけられたのはうれしいが、こんな場面で加勢《すけ》るのは割にあわねえよ」

エレベーターの扉が開いて会話が途切れた。三人は無言で廊下を歩いて部屋に入った。一応はシティホテルだがシングルルームの室内はビジネスホテルと大差ない。

梶沼はベッドに腰をおろしてセブンスターを吸った。この稼業に足を突っこんだ以上こういう日がくるのは覚悟していた。しかし計画はずさんだし上の了解も得ていない可能性が高い。首尾よく浅羽を殺《と》って無事に懲役を終えたところで殊勲にならないのではただの鉄砲玉である。糞ッ、と梶沼はうめいた。

夜が更けた頃チャイムが鳴った。

梶沼は冷蔵庫にあったジャック・ダニエルのミニボトルを呑んでいた。身構えながらドアスコープを覗くと若い女が立っていた。誰だ。ドア越しに訊いた。あれ、と女はいって、

「呼んだんじゃなかったんですか」

「なんだ、デリか」

「ええ」

一ノ瀬の野郎、と梶沼はつぶやいた。

「変な気をまわしやがって」

「えッ」

「帰っていいぞ。そんな気分じゃねえんだ」

「でも、このまま帰ったら叱られます」

梶沼は舌打ちをしてドアを開けた。女は部屋に入ってきた。すらりとした軀つきだが顔はまだ幼かった。髪はショートカットで豹柄のワンピースを着ている。

ベッドに腰をおろすと女は隣に坐って肩を寄せてきた。かすかに柑橘《かんきつ》系のコロンが香った。

香水をつけるとはデリヘル嬢のくせに気がきかない。

梶沼は太腿に伸びてきた手を払いのけて、

「そんな気分じゃねえっていってるだろ」

「でも――」

「茶でも呑んだら帰れ」

女は背中に腕をまわすとぎこちない手つきでファスナーをおろしはじめた。

「やめねえと叩《たた》きだすぞ」

「どのコースでもお金はいらないんですよ。もうもらってあるし」

「そんなことはわかってる」

あたしって、と女はいった。

「あたしって、そんなに魅力ないですか」

「誰だろうとおなじだ」

「なにか厭なことでもあったの」

「おまえには関係ねえ」

「でも――」

「でもなんだ。仕事が楽にすんでよかったじゃねえか」

「この仕事はじめて、まだ一週間なんです。でもぜんぜん慣れないし、しょっちゅうチェンジっていわれるから、だんだん自信がなくなってきて――」

「なら辞めちまえ」

「やっぱり、むいてないのかな」

「気にするな。おまえはじゅうぶんイケるよ」

「マジですか。あたしもお客さん好みです」

「調子に乗るなバカ」

女はうつむいたがすこし経っても帰らない。冷蔵庫から二本目のジャック・ダニエルをだして蓋を開けた。ひと口飲んで隣に差しだすと女はかぶりを振った。酔うと叱られるから。梶沼はうなずいた。女はアナスイのショルダーバッグから名刺をだして、

「いつか気がむいたら、呼んでくださいね」

「ああ」

前をむいたまま名刺を受けとった。トゥルーロマンスという店名と電話番号が印刷された安っぽい名刺には手書きでアンジーとあった。

女は立ちあがって、じゃあ、といった。梶沼は片手をあげた。ドアが閉まったあと名刺を引き裂こうとしたがふと気を変えてセブンスターの箱とセロハンのあいだに差しこんだ。

日付が変わった頃に携帯が鳴った。相手は笹岡だった。

「さっき見張りから連絡があった。浅羽が女のマンションに入ったそうだ」

奥寺の部屋にきてくれ、と笹岡はいって電話を切った。

やはり決行か。梶沼は寝そべっていたベッドを殴りつけた。奥寺の部屋へいくと笹岡と仲尾がいた。笹岡はデパートの紙袋から三丁の拳銃をだしてテーブルに置いた。

「どれでも好きなのをとれ。弾丸《マメ》は装塡《そうてん》してあるから気をつけろよ」

奥寺がコルト・ガバメント、仲尾がブローニング、梶沼はチーフ・スペシャルをとった。そのあと笹岡から携帯や財布、カードや免許証といった身柄の割れそうなものをとりあげられた。現金は財布から抜いて尻ポケットに入れた。

「あらためていうまでもねえが――」

笹岡はそう前置きして、

「万が一、浅羽組や警察に捕まっても、ぜったい唄うなよ。あくまでおまえらが勝手にやったと押し通すんだ。うちの名前をだしたら二度と組にもどれんぞ」

もどるもなにも、と奥寺がいった。

「もう破門状をだしてるんじゃねえですか」

「破門じゃなくて除籍だ」

「ほらね。手回しがいいな」

「手回しなんかするひまはねえ。除籍の回状は先月付けになってるが、決まったのはきょうだ。むろん、おまえらが娑婆にもどったら除籍は撤回する」

「もどったらって軽くいわんでくださいよ。きょうび拳銃《チャカ》弾いただけで何年打たれると思ってるんですか」

「表立ってはなにもしてやれんが、裏ではできるだけのことをする」

下手《へた》したら、と仲尾がいった。

「無期喰らうかもしれませんね」

「死ぬまで保護観察《べんとう》持たされたら、やくざもんはしまいだよ。そもそも、いまどきの無期は娑婆にでられん。組がケツ持っていっても、どうしようもねえ」

「なにぐだぐだいってんだ、てめえ。組がちがうからって調子こいてんじゃねえぞ。うちも根津組もおなじ東誠会の代紋《だいもん》で飯喰ってんだろうが。親がいけっていやあ、黙っていくんだよ」

「だから命《タマ》はとるっていってるじゃないですか」

ただ、と奥寺はいって、

「デリの女一匹抱かせただけで、いきなり殺《や》れはないでしょう」

「――それはすまないと思ってる。おれだって無理をいうのはつれえんだ」

笹岡はテーブルに両手をついて頭をさげた。

明け方になって襲撃班の三人は笹岡の車に乗りこんだ。

ホテルへ送ってきたときは真新しいレクサスだったが、古びたクラウンに替わっていた。

クラウンは浅羽の女のマンションへむかって走りだした。

記憶をたどってもそこまではさして不審な点はない。

急な計画のわりに拳銃や車まで用意しているとは段取りが整いすぎだが激しやすいようでい

てすべてに周到な一ノ瀬ならやりそうなことだ。

浅羽を殺《や》るのは前から決まっていたのだろう。直前まで計画を伏せていたのは情報が漏れるのを警戒していたのかもしれないしべつの理由があるのかもしれない。

しかし問題はそのあとだ。襲撃班が浅羽の護衛《タマヨケ》と撃ちあっているあいだに笹岡は逃げて山中組の連中とおぼしいヴェルファイアがあらわれた。一ノ瀬が指定した大久保のアガシではあきらかにおれを狙っている気配があった。

さらに紗希のマンションまでヴェルファイアが追ってきた。あの車に乗っていたのが山中組の連中だとしたら事態はかなり複雑だ。もっともどちらの組からも追われているのはまちがいないらしい。じきに警察がそれに加わる。

「どうしようもねえな」

梶沼はひとりごちて四隅が黒ずんだ天井を見つめた。そのままの状態で一時間が経った。ブーツを脱いで足の傷を調べるともう出血は止まっていた。

ブーツを履いてセブンスターを吸おうとしたら残りが一本しかない。その一本を抜いて箱を握り潰そうとしたとき、掌《てのひら》につかえるものがあった。箱を見るとセロハンのあいだにアンジーと書かれた名刺があった。

しばらくそれを見つめてからベッドの枕元にある電話に手を伸ばした。

名刺の電話番号を押すと呼出し音が鳴ったとたんに、はいもしもし、と若い男の声がした。店名を名乗らないのはほかの店と女を共有しているということだ。

「いま鶯谷なんだけど呼べるかな」

「大丈夫です。ホテルに入ったら部屋の番号を教えてください。女の子いかせますんで」

梶沼はホテルの名前と部屋番号を告げて、

「アンジーって子はいるか」

「いますけど、夜出勤で予約が入ってまして」

「何時に空く」

「十時頃ならなんとか」

「それまで待つよ」

「コースのご希望は？」

「九十分でいい」

電話を切ると小便にいってから冷蔵庫のウーロン茶を飲みルームサービスのメニューを広げた。フロントに電話してハンバーグステーキとナポリタンとセブンスターを注文した。

三十分ほど経って厚化粧の老婆が料理と煙草を載せたトレイを運んできた。梶沼は代金を払うとトレイをベッドの横のテーブルへ運んで革の剝《は》げかけたソファに腰をおろした。ハンバーグはあきらかにレトルトでナポリタンは冷凍っぽい味がした。

テレビの画面では六時のニュースが流れている。浅羽の事件は大きなあつかいで警視庁の元刑事がゲストに呼ばれ付近の住民がインタビューに答えていた。紗希の部屋でニュースを観たときは浅羽のほかに誰が死んだのかわからなかったが今度は詳細がはっきりした。

仲尾は即死で奥寺は搬送先の病院で死亡していた。浅羽の護衛はふたりが現場で死んでいてひとりが意識不明の重体で病院へ運ばれたという。面識がないから氏名を聞いてもわからないがあのときの状況からして重体なのは背の低い男だろう。

梶沼は料理を残さずたいらげると脂《あぶら》で汚れたナイフとフォークを見つめた。ナイフは尖端がまるくて刃もなまくらだったがフォークはステンレス製でそこそこ硬度がある。

洗面所でフォークを洗ってタオルで拭くとベッドに坐ってそれを折り曲げはじめた。フォークの柄を握って櫛《くし》状の尖端が拳の前にくるようUの字に曲げていく。思ったよりも硬くて即席のブラスナックルが完成したときには額に汗をかいていた。Uの字に曲げたフォークを枕の下に入れると目覚まし時計を十時にセットして目蓋を閉じた。

けたたましい電子音で眼を覚ました。

目覚まし時計のアラームを止めてセブンスターを一本吸ったところで電話が鳴って受話器をとった。こちらはフロントですが、と中年女の声がして、

「お連れ様がお見えです」

電話を切ると枕の下からフォークをとってカーゴパンツのポケットに入れた。

一分ほどしてチャイムが鳴った。ドアにはスコープがない。ドアを細めに開けるとゆうべの女が眼をまるくして、

「もう呼んでくれたんですね。うれしい」

梶沼はうなずいてアンジーを部屋へ入れた。きょうは丈の短い白のワンピースを着ている。ちょっと待ってくださいね。アンジーは微笑するとショルダーバッグから携帯をだして電話をかけた。ええ、そうです。いま部屋に入りました。アンジーは電話を切って浴室を覗いた。

「あれ、お風呂入れてないんだ」

アンジーはひとりごちて浴槽に湯を溜めはじめた。デリヘルは最初に風呂で客の躯を洗う。たいていの客はプレイ時間を長くするためにデリヘル嬢がくる前に湯を張っておく。

「お客さんって、あんまりデリ呼んだことないんですか」

「ああ」

「そうなんだあ。じゃあ一応説明しますね。まずコースと料金なんですけど——」

梶沼は浴室へいって湯を止めた。アンジーがあとをついてきて、

「どうしたんですか。最初にお風呂に入んなきゃ」

「入らなくていい」

「そんなの困ります」

「おまえは、いまからおれとでかけるんだ」

「ちょっと、なにいってるんですか」

アンジーは顔色を変えて浴室をでていった。急いで追いかけたらアンジーはもう携帯を握っていた。背後から抱きつくようにして携帯をひったくった。アンジーは悲鳴をあげかけたが顔の前で拳を構えると口をつぐんだ。梶沼は彼女の携帯をカーゴパンツのポケットに入れて、

「おとなしくしてりゃ、危害は加えない」

「だったら携帯かえして」

「あとでかえしてやるが、騒いだら壊す。おまえの顔と一緒にな」

アンジーはおずおずとうなずいた。

「車はどこにある？」

「車？」

「おまえを送ってきたデリの車だよ」

「駐車場で待ってるけど――なにするつもりなの」

「なんでもない。心配するな」

フロントに電話してチェックアウトを告げた。料金は休憩の延長とウーロン茶代で七千円近かった。アンジーをうながしてドアの前にいくとオートロックが解けるのを見計らって部屋をでた。エレベーターで一階へおりてフロントで料金の精算をすませた。

自動ドアを抜けて駐車場にでたらグレーのセレナが停まっていた。デリヘル嬢の送迎用らしく後部座席にはスモークが貼られている。

アンジーの肩を抱いて近づいていくと運転席から茶髪の男が顔をだした。

「どうしたんすか、アンジーさん。なんかあったんすか」

梶沼は男を手招きして、

「話がある。ちょっときてくれ」

「なんすか。トラブルは困りますよ」

男は眉間《みけん》に皺《しわ》を寄せて車をおりてきた。歳は二十代なかばくらいでステューシーの半袖シャツの袖から骸骨《スカル》のタトゥーが覗いていた。梶沼は右手をポケットに入れて男が近づいてくるのを待った。左手はアンジーの肩にまわしたままだ。

男は梶沼の前に立つと顎をしゃくるように顔を上下させて、

「お客さん、うちのケツ持ちどこだか知ってるんすか」

「知ってるよ。東誠会だろ」

「知ってるんなら――」

と男がいった瞬間、フォークを握った拳をみぞおちに突き入れた。男はお辞儀をするように軀を折って口から白い液を吐きだした。力を加減しながら横ざまに顎を殴ると男は地面に倒れて軀を震わせた。

アンジーが悲鳴をあげて梶沼の腕を振りほどいた。梶沼はセレナのドアを開けて運転席に乗りこんだ。アンジーはフロントのほうへ走りかけたがすぐにひきかえしてきて、

「携帯かえして」

「かえすから、早く車に乗れ」

「厭よ。店に連絡しなきゃ」

やめたほうがいい、と梶沼はいった。

「怖いお兄さんたちから、いろいろ訊かれるぞ。おれとつるんでたんじゃねえかってな。下手

すりゃあ、監禁されたうえに拷問される」

「嘘でしょ。バカなこといわないで」

「嘘じゃねえ。おまえとはゆうべも逢ってるし、おれたちの行動はずっと防犯カメラに映ってる。いまだってそうだ」

梶沼は駐車場の天井を指さした。天井の隅でレンズが黒く光っている。

「おまえはさっきから、おれと呑気に喋ってる。その前は肩を組んでホテルのなかを歩いてた。あいつらがこの状況をビデオで見たら、どう思うかな」

「じゃあ、どうすればいいのよ」

「おれから拉致《らち》られたことにしろ。いったんここから逃げて、途中で警察に駆けこめば、あいつらも手がだせない」

「あんたは、いったいなんなの。どこの誰なのよッ」

「厭なら勝手にしろ」

梶沼はキーをまわしてエンジンをかけた。

「――ああもうッ」

女は頭を掻きむしると助手席に乗りこんできた。

†

八神《やがみ》は病院の廊下を歩いていた。

とうに消灯時間がすぎた暗い廊下には消火栓の赤いランプが灯っている。

八神は白衣の襟《えり》を片手で内側へ寄せて歩いている。白衣のサイズがちいさいせいだがさっきまでそれを着ていた男はリネン室で伸びている。殴りつけて失神させたあとで毛布のなかに頭を突っこんだから意識がもどる前に窒息するかもしれない。

エレベーターで四階にあがって廊下を窺うと目的の病室の前には黒いスーツの男が長椅子にかけている。八神は白衣のポケットからリネン室から持ってきた針金のハンガーを取りだした。ハンガーの上下を握って菱形に広げるとそれを片手にさげて歩いていった。

病室のそばまでくると黒スーツの男が顔をあげた。

八神は足を止めて会釈した。男は険しい表情で腰をあげて、

「なんですか」

大股で近づいてきた。

男が眼の前にきた瞬間、頭からハンガーをかぶせてすばやく背後へまわった。男に背中をむけるのと同時に両手でハンガーをねじってフックがついた側の両端を握った。

男は猛烈に暴れたが針金が喉に喰いこんでいるから大きな声はだせない。八神は背中を曲げ腰を落としてハンガーをひっぱった。背中合せでシーソーをしているような恰好である。

八神が勢いをつけて軀を揺らすたび男はくぐもったうめき声をあげたがやがて静かになった。男を長椅子に寝かせて首からハンガーをはずした。

赤紫に鬱血《うっけつ》した顔に白衣をかけて病室に入ると酸素マスクをつけた男がベッドに横たわって

いた。手の甲には点滴の針が刺さり掛け布団の下から導尿カテーテルの管が覗いている。

八神は酸素マスクをはずして男の顔に枕をかぶせた。枕を上から押さえつけていると男は四肢を痙攣《けいれん》させた。すこし経って枕をはずして男の首に手をあて脈がないのを確認した。

男の顔にもとどおり酸素マスクをつけて病室をでた。エレベーターで一階におりて病院の玄関にあったゴミ箱にハンガーを捨てて駐車場に停めていたカローラに乗りこんだ。

エンジンをかけて手術用のゴム手袋をはずしていると携帯が鳴った。

八神は携帯をとって通話ボタンを押した。

「終わったか」

「ああ」

「立て続けで悪いが、次の仕事《ヤマ》がある」

「わかった」

八神は電話を切って車をだした。

†

セレナは雨の東名を走っていた。

スピードメーターの針は百キロをさしている。深夜とあって渋滞はないが大型トラックが多い。ほとんどが九十キロ程度で走っているからそれを追い越そうとする他のトラックが前をふさぐのがわずらわしい。無意識のうちに貧乏揺すりをすると左足の傷が疼く。

　アンジーは助手席で軽くいびきをかいている。鶯谷のホテルをでて首都高から東名に乗っていましがた静岡をすぎたがついさっきまで騒ぎどおしだった。

「あんたは何者なの」

「いったいどこへいくの」

「こんなことして、ただですむと思うの」

「あたしをどうするつもりなの」

　アンジーはヒステリックにおなじ質問を繰りかえした。梶沼は生返事で答えるかあるいは答えなかった。ただ最後の質問には途中でおろすと答えた。実際パーキングエリアかサービスエリアでおろそうとしたがアンジーが拒んだ。

「あたしにヒッチハイクでもしろっていうの」

「ああ。おまえみたいな小娘でも、拾ってくれる物好きがいるだろう」

「おまえって馴れ馴れしく呼ばないで。あたしはアンジー」

「それは源氏名だろうが」

「だってアンジョリが好きなんだもん」

「そんな外国人みてえな名前で呼べるか。本名はなんだ」

「なんで、あんたに教えなきゃならないのよ」

　梶沼はアンジーの携帯をポケットからだして、

「これをかえして欲しくないのか。警察《サツ》に電話すりゃあ迎えにきてくれるぞ」

「かえしてよ。でも警察なんかに話せないわ」

「なぜだ。デリでひっぱられると思ってるのか」

アンジーは黙ってそっぽをむいた。梶沼は片手で携帯をいじりながら、

「じゃあ、おれが警察《サツ》に電話してやろう」

「ちょっとやめて。あたしの本名は里奈《りな》。里は古里の里で、奈は奈良の――」

「本名なんかどうでもいい。次のパーキングエリアでおりろ」

「やだ。ひと眠りするから、高速おりたら起こして」

名古屋インターで東名をおりたのは午前二時をまわっていた。名古屋に土地勘はないし山中組の枝の組織があるから安全とはいえない。東京よりましというだけだ。

インターをでると道路沿いにラブホテルが点々とならんでいる。高速料金を払ったせいで持ち金はわずかしかないが車で寝るには女が邪魔だった。鶯谷で入ったのよりもさびれたホテルの駐車場に車をすべりこませたとき、里奈はようやく眼を覚まして、

「ここはどこなの」

「名古屋だ」

「なんで名古屋なんかへ連れてきたのよ」

「おまえが寝てるからだ」

「高速おりたら起こしてっていったじゃない。なんでラブホへ連れこむのよ」

「ラブホなら、さっきもいただろうが」

「さっきとは意味がちがうわ。変なことしたら大声あげるから」

「なにもしない。朝になったら、おれはでていく」

「あたしはどうなるの」

「おまえを寝かせるために連れてきたんだ。好きなようにしろ」

「嘘よ。なにかするつもりなんでしょう」

「デリヘル嬢のくせにおたおたするな」

「デリはバイト。本業は大学生よ」

梶沼は舌打ちをして、おりろ、といった。

「おりてどうするのよ」

「とっとと家に帰れ」

「こんなところから、とっとと帰れるはずないじゃない」

「学生のくせにデリなんかやってる奴は嫌いなんだ」

「あたしだって、あんたみたいなわけわかんない男は大ッ嫌いよ」

「いいからおりろ。おりなきゃ叩きだすぞ」

「あたしに帰って欲しいんなら、東京までのタクシー代くらいよこしなさいよ。デリのお金だってもらってないのに」

「悪いが金はない。それに指一本触ってないんだ。デリの金は払わなくていいだろう」

「あんたがあたしを指名したんでしょ」

「だったらチェンジだ。べつの子を呼んでくれ」

里奈は突然身を乗りだしてくるといきなり拳を突きだした。不意をつかれて鼻に鋭い痛みが走った。梶沼は片手で鼻を押さえて、

「この糞アマがッ。なにしやがるんだ」

「なにがチェンジよ。そういわれるとむかつくの」

里奈はふたたびパンチを繰りだしてきた。梶沼はそれをかわして華奢《きやしや》な手首を逆手にねじった。外まで聞こえそうな悲鳴に手を放した瞬間、里奈はもう一方の手で梶沼の頬を張った。

梶沼はものもいわずに車をおりると助手席にまわってドアを開けて里奈の肩をつかんだ。頭や顔を殴られながら里奈を抱きかかえて駐車場にひきずりだした。助手席のドアを閉めて車に乗りこもうとしたら里奈がすがりついてきて、

「もうわかった。朝になったら帰るから、駅まで送って」

梶沼は里奈にシャツの裾をひっぱられたままその場に佇《たたず》んでいたが不意に溜息をついてホテルの入口にむかった。

†

ワイパーが耳障りに軋みながらフロントガラスを往復している。ゴムが傷んでいるらしく拭き残しの筋が白く残る。点々とガラスに弾ける雨滴のむこうで銀座のネオンがにじんでいる。

八神はカローラを七丁目のコインパーキングに停めて歩きだした。

雨は降り続いているが傘は持っていない。午前一時をすぎてタクシー乗場の行列はすくなくなった。通りには仕事帰りのホステスたちが眼につく。ホステスだけだと近場が多いから女たちが手をあげても流しのタクシーは無視して通りすぎる。拾うのは客を連れた女だけだ。

八神はアルファのパーカーから水滴をしたたらせて御影石《みかげいし》を壁面に張ったビルの前に立った。黒いヴェルファイアがそばに停まっているのを横目で見ながら階段をおりた。

階段から地下までは赤い絨毯《じゅうたん》が敷きつめられていて分厚いマホガニーのドアの前には一見してその筋とわかるスーツの男がふたり立っていた。ドアにはちいさく橘《たちばな》と彫られている。

「刑部《ぎょうぶ》さんに呼ばれたんだが」

ふたりの男は一礼して八神の軀に手を伸ばした。両手をあげてボディチェックが終わるのを待って男たちが開けたドアのむこうへ足を踏み入れた。

入ってすぐに木製のカウンターがあり三人の男がスツールに坐っていた。三人とも店の雰囲気にそぐわないランニングウェアを着ているがみなカウンターの正面をむいているのに視線は八神をとらえている。奥のボックス席で刑部と見知らぬ男がふたりむかいあっていて三人の背後には四人の男がうしろに手を組んで立っている。

カウンターのなかにはバーテンがいてホールの隅にウエイターがいる。ドンペリの入ったシャンパンクーラーやヘネシーのボトルがテーブルにあるがホステスはすでに帰したようで女の姿はない。

八神がボックスの前に立つと刑部はブランデーグラスを差しだして、

「ご苦労やったな。まあ一杯やれ」

八神は首を横に振った。濡れた髪から雨水が頬を伝った。そうか、と刑部はいって、

「こちらは東誠会の倉持《くらもち》はんや」

むかいの男を紹介した。

刑部とおなじ五十代前半に見える。でっぷり肥《ふと》った刑部と対照的に顔も軀も引き締まってい
た。倉持はなにかいいたそうな表情だったが八神は刑部に眼をむけたまま、

「話がちがうな」

「なにがちがうんや」

「こんなところで仕事の話をするつもりか」

「的の情報は倉持はんが持っとるんや」

「反目どうしがつるむとは、ずいぶんむずかしい絵を描いたな」

刑部はボクサーのように腫れぼったい眼を細めて、

「おまえには関係ないし、そんなことは気にせんやろ」

「ああ。でも気にいらんな」

「なにが気にいらん」

「おれが仕事をしてる相手はあんただ。ほかの連中とは話したくない」

「そう堅いこというな。倉持はん、的の資料を――」

倉持は筋張った顔を不快そうに歪《ゆが》めていたが黙って茶封筒をテーブルに置いた。封筒のなか

には男の顔写真と居場所を書いたメモ用紙があった。

八神はそれを一瞥してから懐にしまうと、

「もうひとり殺《や》らなきゃいけない奴がいるんじゃないのか」

刑部はカウンターの男たちを顎でしゃくって、

「そっちの的は、いまからうちの兵隊が追う」

「三人がかりで殺《や》るような相手か」

「そこそこ腕は立つらしい。いったんは取り逃がしたが、倉持はんとこが守《も》りしとるデリの運転手を襲いやがった。おかげで居場所がつかめそうや」

「だったら、そいつもおれにまかせたほうがいい」

「なんでや」

「あとでケツ拭くのは面倒だからな」

おいッ。倉持のうしろに立っていた男が声を荒らげた。

「てめえは誰にむかってものをいってるんだ。そのかたは山中組の直参だぞ。鉄砲玉ふぜいが舐めた口をきくんじゃねえ」

八神は首をかしげて、

「おまえは、おれに鉄砲玉といったのか」

「それがどうしたんだ」

「一ノ瀬ッ。おまえは黙ってろ」

倉持が怒鳴った。まあまあ、と刑部が制して、

「八神よ。金は上乗せする。ここはわしに免じておさめてくれ」

一ノ瀬が驚いた表情で刑部を見た。

八神は無言で踵をかえすとカウンターのなかへ手を伸ばしてアイスピックを手にとった。

バーテンがあとずさってカウンターの男たちが身構えた。八神はそれを無視して歩きだしたが不意に足を止めてボックスを振りかえった。

「運がよかったな。一ノ瀬さん」

八神はコインパーキングに停めてあったカローラに乗りこむとゆっくり街を流した。

昭和通りの手前の路地でシルバーのフーガが前を走っているのに気づいた。あたりに車はなくひとの姿もない。八神はアクセルを踏んでフーガに追突した。雨で路面がすべるせいか思ったよりも強い衝撃でフーガのテールランプが砕けてカローラのボンネットがめくれあがった。

八神が車をおりるとフーガからも男がおりてきた。

四十がらみで紺のスーツを着た背の高い男だった。八神は微笑して、

「やあ、悪いね」

「ふざけるなよ。どこ見て運転してるんだ」

罵声をあげて近づいてきた男の頸動脈を狙って手刀を叩きつけた。男は全身の筋肉が一度に弛緩したように崩れ落ちた。八神は男の軀をひきずってカローラの後部座席に横たえるとフーガに乗って昭和通りにでた。

†

雨のせいかラブホテルの部屋には湿気がこもっていた。エアコンを除湿にしても埃臭い風が吹くばかりで空気はじっとりと粘っている。

梶沼はちっぽけな合皮のソファにかけてセブンスターを吸っていた。陶器の灰皿には吸殻が山盛りになっている。テレビの画面では昔のカンフー映画が流れているが音声は消してある。

窓には古いラブホテルによくある木製の扉がついている。それをずらして窓を細めに開けてあるのは換気のためと外の物音を聞くためだ。部屋は四階で窓の外には住宅街が見える。

東誠会が自分を狙っているのならデリヘルの運転手が殴られて車を奪われた件は警察沙汰にしないだろう。そのかわりどこまでも追ってくる。もちろん山中組も。ホテルは車のナンバーをチェックしているからじきに足どりはばれる。このあとどこへ逃げるかが問題だった。

里奈はベッドであおむけになってふたつ重ねた枕に頭をもたせかけている。だるそうな顔をしているがいつまで経っても眠ろうとしない。

里奈は煙草の煙に顔をしかめて、

「もう吸いすぎよ。軀に悪いから、やめたらいいのに」

「もうじき五時になる。早く寝ないとここをでるぞ」

「ね、あんたってゲイなの」

「そうかどうか試したいのか」

「そんなんじゃないけど、退屈だからなんか喋ってよ」

「おれはおまえの子守じゃねえんだ」

「じゃあ、ゲームするから携帯かえして」

「おまえが帰るときまではだめだ」

「電話もメールもしないってば」

「それでもだめだ」

「なんでそんなに頑固なの。歳いくつ？」

「三十三だ」

「ふうん。意外とおじさんなんだ」

里奈は大きなあくびをして、

「名前はなんていうの」

「どうでもいい」

「じゃあ、おじさんって呼ぶよ。それでもいいの」

「どうでもいいっていっただろうが」

「なによバカ。せっかく話しかけてやってんのに」

黙ってセブンスターを吹かしていると里奈はようやくうとうとしはじめた。

三十分ほど経ったとき、表でブレーキの音がした。

窓から下を覗いたらホテルの前に黒いヴェルファイアが停まっていて三人の男がおりてき

た。駐車場へ車を入れないのは防犯カメラを避けているのだろう。

梶沼は急いでドアの前にいった。ドアには非常口の案内図が貼ってある。それを頭に入れてからドアノブをまわした。オートロックだから開かない。緊急時用に内側から鍵を開けられる構造のホテルもあるがここはフロントからしか操作できないようだった。

梶沼は里奈の肩を揺さぶって、

「起きろ。逃げるぞ」

追っ手がきたと告げると里奈は眼をこすりながら、

「どういうこと？　なんでここがわかったのよ」

「どうやら下手を打ったらしい」

「下手ってなによ」

返事をしないでフロントに電話した。受話器のむこうでは呼出し音が鳴っている。誰もでないということは男たちはもうフロントにいる。

奴らが従業員をどうにかしてここへくるまで何分かかるのか。相手は三人だし道具も持っているはずだ。部屋に入ってこられたら手の打ちようがない。

梶沼は天井を見あげてからベッドに腰掛けてハイヒールを履いている里奈を押しのけて枕元にあるティッシュペーパーの箱に手を伸ばした。ティッシュペーパーを大量に抜きとるとまるめて灰皿に入れた。それを手にしてベッドの上に立って百円ライターで火をつけた。

灰皿のなかのティッシュペーパーは勢いよく燃えあがった。梶沼は灰皿を右手にかかげて火災報知器の下にかざした。白い塊が燃え尽きそうになった頃、けたたましいベルが鳴り響いた。スプリンクラーは設置されていないようで水は降ってこない。

「警報なんか鳴らして、どうするのよ」

両手で耳を押さえて叫ぶ里奈の腕を強引にひいて走った。緊急時を想定して火災報知器とオートロックは連動しているはずだ。ドアノブをまわすと思ったとおり鍵は開いていた。里奈を急《せ》きたてながら部屋をでて廊下を走った。

従業員用の階段で一階まで駆けおりて駐車場のセレナに乗りこんだ。

キーをまわしてエンジンをかけたとき、びしッ、と音がして顔のそばを熱いものがかすめフロントガラスに放射状のひびが入った。

「伏せろッ」

梶沼は叫んで助手席の里奈を自分の膝へ押し倒して前のめりにかがみこんだ。

びしッびしッ、とガラスの割れる音が立て続けに響いた。リアウィンドーを貫通した銃弾がフロントガラスにあらたな穴を開けガラスの破片がフロアマットにざらざらとこぼれ落ちる。

シートのあいだから背後を見ると白いマスクをしたランニングウェアの男たちが拳銃を構えて走ってくるのが見えた。拳銃の種類はわからなかったが銃身《バレル》がやけに長かったから消音器《サプレッサー》をつけているらしい。里奈がうわずった声で、

「なんなの、なにが起きてるのよ」

「拳銃《チャヤカ》で撃たれてる」

梶沼は悲鳴をあげる里奈の肩を押さえつけてアクセルを踏んだ。

セレナは駐車場を飛びだすとホテルの前に停めてあったヴェルファイアの横腹に衝突した。

セレナは半回転してヴェルファイアにならぶように停まった。

どすどすッ、とドアに銃弾が当たる音がして里奈がさっきよりも甲高い悲鳴をあげた。消音器《サプレッサー》で威力が減衰しているせいか幸い弾は貫通しなかった。

梶沼は車をいったんバックさせてふたたびアクセルを踏みこんだ。セレナはタイヤを軋ませながらヴェルファイアの車体をこすって火花を散らすと猛スピードで走りだした。

†

御徒町《おかちまち》のガードから始発電車の走る音が響いてくる。

雨は小降りになって東の空が白みはじめていた。八神はフーガの運転席でシートにもたれていた。視線の先には三階建ての古ぼけたビルがある。ビルの一階と三階は真っ暗だが二階の窓からはブラインド越しに明かりが漏れている。窓の脇には雀荘の看板があり一階のシャッターは半開きになっている。その横に白いレクサスが停まっている。

シャッターをくぐって四十代後半に見える男がでてきた。疲れた表情でシャツの胸ははだけ上着を肩にかついでいる。八神は助手席に置いてあった写真をコートの懐にしまって車をおりた。男がキーレスエントリーを押すとレクサスのハザードが点滅した。

「笹岡さん」

八神は声をかけた。

笹岡はぎょっとした顔で振りかえった。もうそのときにはアイスピックの尖端が胸骨の中心を垂直に抜いて心臓に吸いこまれていた。笹岡は眼を見開いて唇をぱくぱくさせたが横隔膜が麻痺《まひ》しているから声はだせない。キーレスエントリーが地面に落ちた。

こちらを見つめる瞳孔が光を失うと八神はアイスピックを抜いて笹岡の軀を道路の脇に横たえた。傷口がちいさいのと筋肉が収縮しているせいで出血はない。

八神はキーレスエントリーを拾ってレクサスに乗った。懐からだした写真にジッポーで火をつけて灰皿で燃やしてからエンジンをかけた。

†

ホテルをでて十分ほど走ると住宅街のはずれにでた。

道路のむこうに大きな工場が見える。スレート屋根に穴が開き鎖の巻かれた門扉は錆ついているから廃墟のようだった。梶沼は工場の前にセレナを停めるとダッシュボードの下を覗きこんだ。黒く平たい箱がビスで固定されているのを見て舌打ちをした。

里奈がハイヒールの足をばたばたさせて、

「なんで停めるのよ。追いつかれたらどうするの」

「この車に乗ってる限り、奴らは追ってくる。ここを見ろ」

梶沼はダッシュボードの下の箱を指さした。

「GPSだ。おれもうっかりしてたが、デリの車ならついてて不思議はない」

「はずせないの、それ」

「そんな時間はない。ここで車を捨てれば奴らは最初にあそこを捜すだろう」

梶沼は廃工場を指さして、

「そのあいだにべつの場所へ逃げるんだ」

「あたしはどうするのよ。駅まで送ってくれるんじゃなかったの」

「この車じゃ無理だ。とにかくおりろ」

里奈は溜息をついたが車をおりるとあとを追ってきた。梶沼は道路を渡って住宅街へひきかえした。ルミノックスの針は五時をまわっている。いつのまにか雨はやんだが空には厚い雲が垂れこめてあたりは夜のように暗い。

住宅街はまだ寝静まっているようでなんの物音もしない。里奈の靴音だけが高く響く。一軒一軒のガレージに眼をむけながら走った。しかし適当な車は見あたらない。

里奈が急に立ち止まると両手で脇腹を押さえて、

「もう走れないよ」

「そんな靴を履いてるからだ。脱いで走れ」

「そんな靴って、これミュウミュウよ」

「ミューでもミャーでもいいから、早く脱げ」

「やだ。なんでこんな目に遭わなきゃならないの」

「おれだってそう思う。おまえがいなければ、とっくに逃げきってる」

「なによそれ。勝手にひとを連れまわしといて」

ふたりでいい争っていたら、すぐそばの家の明かりがついた。里奈は肩をすくめて走りだした。家々が途切れて草が生い茂った空き地が見えてきた。空き地のむこうにぽつんと二階建ての家があってトタン葺きのガレージの下に紺色の車が停まっている。

家の前まで近づいてみると十年落ちくらいのブルーバードだった。イモビライザーはついていないだろうし運がよければ警報装置すらないかもしれない。家の明かりは消えていて表札には新田とある。ガレージの前の鉄柵に手を突っこんで鍵を開けると里奈が声をひそめて、

「ちょっと、なにするの」

梶沼はひと差し指を唇にあてて鉄柵を開けガレージのなかへ入った。梶沼は右足のブーツを脱ぎ靴下も脱ぐとカーゴパンツのポケットから硬貨をだした。百円玉や十円玉を五枚ほどとって靴下のなかへ入れると根元を握ってぐるぐる振りまわした。

硬貨が詰まった靴下は遠心力で尖端が膨らんでいる。梶沼は靴下をまわしながらブルーバードに近づいた。後部座席には通常の窓の横に嵌《は》め殺しになった三角の窓がある。そこを狙って靴下を叩きつけた。

ぐしゃッ、と鈍い音がして窓にひびが入ったがアラームは鳴らない。ふたたび靴下を叩きつけると窓ガラスは粉々に砕けて車内に落ちた。里奈は眼をまるくしてこちらを見ている。

梶沼は靴下から硬貨をだしてポケットにもどし靴下とブーツを履いた。ガラスの割れた窓に

手を差しこんでドアの鍵を開けて後部座席に入りシートを乗り越えて運転席に移動した。

ポケットからUの字に曲げたフォークをだすと櫛状の尖端をドライバーがわりにしてステアリングコラムのカバーをはずしにかかった。里奈の悲鳴に顔をあげるとガレージの奥にパジャマ姿の中年男が立っていた。

髪を七三にわけて銀縁眼鏡をかけた男は及び腰で近づいてくると、

「そこでなにしてるんだッ」

うわずった声で怒鳴った。里奈は車の前に立ちすくんだまま唇を震わせている。梶沼はフォークを握ったたますばやく車をおりた。男はじりじりとあとずさって、

「けけ、警察に――」

舌をもつれさせながら身をひるがえした。梶沼は追いすがってUの字に曲がったフォークを握りこんだ拳で背中を突いた。うわッ、と男は叫んでサンダル履きの足をもつれさせて地面に膝をついた。梶沼はフォークをカーゴパンツのポケットに入れてから男の腕をとって逆手にねじりあげた。うめき声をあげる男の口をもう一方の手でふさいで、

「車のキーをよこせ」

男はもごもごいってかぶりを振った。七三の髪が乱れて銀縁眼鏡が鼻の上までずり落ちている。でかい声をだすな。そう念を押してから口から手を離すと男はあえぎながら、

「キーは家にある」

「家には誰がいる？」

「妻だけだ。まだ寝てる」

「じゃあ新田さん、キーをとりにいこうか」

「頼む、このまま帰ってくれ。警察にはいわないから」

「おれたちは車が借りたいだけだ。キーをもらったら帰る」

梶沼は男の首に左手をまわすと右手で腕をねじりあげたまま玄関へむかった。

「こんなことしてどうするのよ」

里奈は文句をいいながらもあとをついてくる。新田にドアを開けさせて玄関に入った。梶沼はすばやくあたりを見渡した。三和土《たたき》には新田のものらしい革靴と女物のサンダルやパンプスがある。玄関の正面には階段があって左手にトイレと洗面所、右手にはキッチンが見える。

里奈は律儀にハイヒールを脱いでいる。梶沼はサンダルを脱ごうとしている新田の尻を膝でつついて土足で室内に踏みこんだ。キッチンのテーブルには飲みかけのコーヒーとトーストの耳が残った皿がある。流し台の反対側にはカウンターがあってリビングが見渡せる。

「包丁はどこだ」

新田は流し台の開きを指さした。

「とってこい」

梶沼は里奈に顎をしゃくった。里奈は流し台の開きからステンレス製の万能包丁を抜くとそれを両手で握ってこちらをむいた。大きな眼が光っているのを見て梶沼は鼻を鳴らすと、

「やるのか。刺せるもんなら刺してみろ」

数秒の沈黙のあと里奈は溜息をついて包丁を差しだした。

梶沼は包丁を受けとるとそれを新田の背中に突きつけてリビングに入った。十二畳ほどのリビングは床がフローリングで壁は白いクロス貼りだった。入ってすぐに木製のダイニングテーブルと椅子があり壁際に本棚、庭に面した窓際に横長のソファとテレビがあった。

「早くキーをだせ」

「むこうにある」

新田はリビングの奥を指さした。里奈が部屋の隅にあったスタンドライトに足をひっかけて、きゃッ、と声をあげた。ちらりとそれに眼をやったとき、新田が首にまわした手を振りほどいて隣の和室へ駆けこんだ。梶沼は急いであとを追った。

新田は和室を走り抜けて突きあたりの襖《ふすま》を開けると、

「起きろ、大変だッ」

梶沼が部屋へ飛びこんだ瞬間、パジャマ姿の中年女がベッドに半身を起こして、

「誰なの、このひとはッ」

金切り声をあげたが胸元に包丁を突きつけると眼を見開いて口をつぐんだ。新田はベッドの端に両手をかけてうずくまっている。常夜灯のともった部屋は夫婦の寝室らしく女のいるベッドの横にもうひとつベッドがある。部屋の入口でおろおろしている里奈に命じて蛍光灯をつけさせた。

新田は逃げるタイミングを窺うように腰を浮かせている。

逃げるなよ、と梶沼はいった。

「この女が死ぬぞ」

女は胸元の包丁に眼をやりながら、

「逃げないでよ、あなた」

「お、おれはなにも――」

新田はへどもどして腰をおろした。

「ガムテープを持ってくるんだ。おまえは見張りでついていけ」

梶沼は里奈に顎をしゃくった。でも、と里奈は口を尖らせた。

「そんなことしたら共犯じゃない」

「心配しなくても、とっくに共犯だ」

「冗談やめて」

「じゃあ、これでいいか。いうことをきかなかったら、この女を刺すぞ」

里奈はしぶしぶうなずいて新田とガムテープをとりにいった。

ふたりがもどってくると新田を腹這いにして両手をうしろへまわさせると里奈にガムテープで両手と両足を縛らせた。女もベッドでうつぶせにさせて里奈に両手足を縛らせた。梶沼は包丁をおろすと縛りかたがゆるい部分にガムテープを巻きなおした。

女がベッドから顔を浮かせて、

「いったいなにが目当てなの。欲しいものをとったら、さっさとでてって」

「でてって欲しけりゃ、早く車のキーをだせ」

「リビングだ。本棚の引出しにある」

新田のいったとおり本棚の引出しにキーはあった。梶沼はキーをカーゴパンツのポケットに入れてからガムテープをロールから延ばして十センチほどにちぎった。それを女の口に貼ろうとしたら悲鳴をあげて身をよじった。

「心配するな。あとで警察に連絡してやる」

梶沼は夫婦の口をガムテープでふさいでリビングにあった新聞紙で包丁をくるんだ。ごめんなさい。ごめんなさい。里奈は両手をあわせて夫婦に詫びている。

「もういくぞ」

里奈をうながしたとき、玄関のほうでガタンと音がした。

「誰かいるのか」

振りかえると夫婦は烈しくかぶりを振った。

寝室をでて忍び足で玄関へむかった。廊下の角から階段を窺ったとたん誰かが二階へ駆けあがっていった。梶沼は舌打ちをして階段をのぼった。木製のドアがあったが鍵がかかっている。ドアには立入禁止とマジックで殴り書きした貼り紙がある。

「開けろッ」

梶沼はノブをまわして叫んだ。返事はない。新聞紙でくるんだ包丁を床に置くと踵《かかと》でドアを蹴飛ばした。二度三度と繰りかえすうちに蝶番《ちょうつがい》がゆるんできてドアに隙間ができた。

「開けねえと蹴破るぞ」

声を荒らげたとき、鍵の開く音がしてドアが細めに開いた。ドアの隙間から長髪の少年が顔を覗かせて、なにやってんだよ、と怒鳴った。

「バンバンうるせえよ。あんた誰？」

梶沼はブーツの尖端をドアの隙間に喰いこませて、

「でてこい」

「厭だ」

少年はドアを閉めようとしたがブーツがつかえて閉まらない。梶沼は上半身をそらすと肩から思いきり体当りした。どすん、と少年の軀にぶつかる手応えがあってドアが開いた。

部屋に足を踏み入れたとたん饐《す》えた異臭が鼻を衝いた。

薄暗い室内は足の踏み場もないほど散らかっていた。Tシャツやジャージにトランクス、空のペットボトルにコーヒーやジュースの空き缶、カップ麺の容器、マンガ本に雑誌、ゲームソフトにDVD、まるめたティッシュペーパーといったがらくたが床を埋めている。

朝だというのにカーテンは閉めきられて光が漏れるのを嫌ってか窓との隙間をガムテープでとめてある。部屋の隅にはベッドと勉強机があるが生ゴミが詰まったビニール袋が周囲に積み重なっていて少年はその上で尻餅をついていた。

グレーのジャージを着た少年は脂ぎった長髪のあいだから眼をぎらぎらさせてこちらをにらんでいる。中学三年くらいの雰囲気だがもうすこし上にも見える。

「汚ねえ部屋だな」

梶沼は鼻をつまんで部屋を見まわすと、

「てめえは、ひきこもりって奴か」

「うぜえから、どっかいけよ」

「おれと一緒に下へおりるんだ」

「ざけんなよ。糞おやじに雇われたのか」

「一階を見りゃあわかる」

勉強机の上でノートパソコンのディスプレイが光っている。

床のがらくたやゴミ袋をまたいでそれに近づくと、

「パソコンに触るなッ」

不意に少年が飛びかかってきた。

軽く腕を振ったらあっけなくベッドへ吹っ飛んだが奇声をあげてなおもつかみかかってくる。細い手首にリストカットの痕らしい傷が何本も走っている。

「でてけッ」

少年は唇の端に泡を溜めて梶沼の軀をやみくもに殴りつけた。やめろ、と梶沼はいった。やめねえとぶん殴るぞ。しかし少年は腹といわず背中といわず殴り続けている。仕方なく胸ぐらをつかんで拳を振りあげたら、待って、と背後で声がした。

「その子を殴らないで」

振りかえると里奈が立っていた。

「ガムテープを持ってきて、こいつを縛れ」

「縛らなくっても平気よ」

「なにが平気だ。早くここをでねえと警察も動きだすぞ」

里奈は少年に近づいて腰をかがめると、

「ぼく、名前はなんていうの」

「るせえ」

「早くそのガキを縛れっていってるだろうが」

「かわいそうじゃない。それにおなかも減ったし」

「ふざけるな。だったらおまえはここに残って――」

そういいかけたとき、パトカーらしいサイレンの音が近づいてきた。

梶沼は溜息をついて拳をおろした。

†

その部屋は四十九階にあった。

壁の一方は全面が窓で眼下に新宿の夜景が見える。角をはさんだ反対側はジャグジーとシャワールームでそちらの窓からは渋谷方面の夜景と東京タワーがぼんやり見える。

八神はキングサイズのベッドに全裸であおむけになっていてその上でやはり全裸の女がゆっ

くりと腰を使っている。五十インチのテレビと備付けのラジオは電源が入っておらずふたりの息づかいのほかにはなんの音もしない。

ねえ、と女がいった。

「あたしを呼んでくれたのって、これで三度目よね」

「ああ」

「いつもこの恰好ね。ほかのはしてみたくないの」

「上になるのは厭か」

「ううん。でもどうしてかと思って」

「もう歳だからな」

「嘘よ。まだ三十代でしょう」

「どうかな」

「あたしの歳はおぼえてる?」

「二十三だったかな」

「はずれ。二十二よ」

「そうか」

「それで、あなたはいくつなの。まちがったらごめんね。三十六、それとも七?」

「どっちでもない」

「なんにも教えてくれないのね。名前も仕事も――」

「ただのサラリーマンだといっただろ」

「ここってスイートでしょ。ただでさえ高いホテルなのに、こんな部屋にずっと泊まってるサラリーマンなんかいないわよ」

「せまいところは嫌いなんだ」

「それだけの理由で大金を遣うの」

「むだ遣いをしたいわけじゃない。広い部屋の値段が高いってだけだ」

女は八神の胸から腹を指でなぞって、

「筋肉はすごいけどマッチョじゃないし。まさかスポーツ選手じゃないわよね」

「ああ」

「なんの仕事か、ぜんぜん見当つかないわ」

八神は黙って天井を見ていた。女は長い髪を搔きあげてから八神の耳元に唇を寄せて、

「ごめんね。いろいろ詮索して」

「あやまることはない」

「呼んでくれるだけでうれしい」

両手を伸ばして女の乳房をつかんだ。女は声をあえがせてくびれた腰を沈めた。

†

梶沼はリビングでセブンスターを吸いながらテレビを観ていた。

画面の隅に表示されている時刻は七時をまわっている。さっきのニュースで山中組の組員がふたり病院で殺害されたと伝えていた。ひとりは重傷を負って入院中だったというから浅羽を襲ったときに撃った背の低い男だ。もうひとりは護衛《タマヨケ》だろうがどう考えても誰かが口封じに動いている。東誠会かそれとも身内の山中組か。

けさラブホテルで襲ってきた連中の件はまだ報道されていない。しかし警察が動いているのはたしかだから付近には非常線が張られているだろう。すこし前まではパトカーのサイレンがうるさかった。車のキーは手に入ったものの外へでるのは危険だった。包丁は新聞紙にくるんだままそばに置いてあるが包丁一本では警察はもちろんヴェルファイアに乗っていた連中とも戦えない。

二階にいた少年は部屋の隅で膝を抱えている。あいかわらずふて腐れた表情で長髪のあいだから尖った眼をむけてくる。里奈の頼みで手足は縛っていないが勝手に動いたらパソコンを壊すとおどしてある。

新田夫婦は寝室に閉じこめたまま放置している。少年は両親が監禁されているのを気づいているはずなのに心配する様子はない。キッチンのほうに眼をやるとカウンターのむこうで里奈がフライパンを振っていて玉子の焼ける匂いがする。

やがて里奈はトレイを運んでくるとダイニングテーブルの上に皿や椀をならべた。

「なにがどこにあるかわかんなかったから、変な取りあわせになっちゃったけど」

「緊張感のねえ女だな」

「だって、ゆうべからなにも食べてないのよ。どうせ外にはでられないんでしょ」

梶沼は灰皿がわりに使っていた湯呑みに煙草を放りこむとダイニングテーブルの椅子に腰をおろした。テーブルの上には形の崩れたオムレツに焦げ気味のトースト、インスタントらしい味噌汁と割箸が三人ぶんあった。

里奈はむかいに坐ってからまんなかの椅子をひいて、

「さあ、ぼくも一緒に食べよう」

少年は返事をせずにそっぽをむいた。

「放っとけ。このガキは頭がいかれてる」

「そんなことないって。親とうまくいってないだけよ」

梶沼は割箸でオムレツをつついてトーストを齧《かじ》った。

「ねえ。名前教えてよ」

里奈はしつこく声をかけたが少年は無視して窓の外を見ている。

「あたしは宮島里奈。ぼくの名前は？」

「返事くらいしろッ」

梶沼は割箸を投げつけた。割箸は少年の頭上をかすめて壁にあたった。少年はすかさずそれを拾って投げかえしてきた。割箸はテーブルの脚で跳ねかえって床に落ちた。

梶沼が腰を浮かすと里奈はかぶりを振って、

「暴力はやめて」

「ガキは畜生と一緒だ。ぶっ叩かなきゃわからん。それを暴力がだめだとかいって親が甘やかすから、ひきこもりなんかになるんだ」

「なんでそんなにむきになるの。いつもは話しかけても黙ってるくせに」

「生意気なガキが嫌いなんだ。脛かじりの大学生のくせにデリで働くような女もな」

「あたしは親の脛なんて齧ってないよ。それが厭だからデリにいったんじゃない」

「躯売って大学でて、なんになるんだ」

「躯は売ってない。うちのデリは本番なしだもん」

里奈はそこで少年のほうをむいて、

「学校にはいってないの？　中学くらい、ちゃんとでといたほうがいいよ」

少年は床に唾を吐き捨てると里奈をにらんで、

「ざけんなよ。中坊なんかじゃねえ」

「ごめんごめん。だったら高一くらいかな」

「二」

「てことは十六歳？」

「そう」

「そっかあ。ぼくって若く見えるから、わかんなかった」

「るせえ。なにがぼくだよ」

「名前はなんていうの」

少年はまた横をむいた。梶沼は味噌汁を啜《すす》りながら鼻を鳴らして、

「よけいなことをいうな。そんな甘ったれは、ぼくちゃんでいい」

「ざけんなよッ」

「このおじさんはどうでもいいから、あたしにだけ名前を教えて」

健吾《けんご》、と少年は小声で答えた。

†

明け方まで降っていた雨はあがって窓から朝日が射しこんでいる。

女はいましがた部屋をでていった。八神は全裸のままベッドをでるとドアを開けてラックから新聞を取りDo not disturbの表示をだしてドアガードを倒しドアノブの下にゲストチェアを斜めに立てかけてドアが開かないようにした。

八神は床であおむけになった。両腕を頭の先へまっすぐ伸ばし両足をそろえて上半身と下半身を同時に起こしていく。躯がVの字に曲がったところで動きを止めもとの体勢にもどす。イギリス陸軍特殊空挺部隊《SAS》やアメリカ海兵隊でおこなわれるジャックナイフと呼ばれる腹筋運動である。八神はそれを百レップで五セット繰りかえしてから体勢を変えて腹斜筋を鍛えるツイスティング・クランチをおなじ回数こなした。

そのあと腕立て伏せを一分間五十レップで五セット、ヒンズースクワットを二十分で千回、ランジを片足につき五十レップで三セット、最後に全身のストレッチをしてエクササイズを終

えた。八神は手首に指をあてて脈拍を測った。全身に軽く汗が浮いているだけで脈も呼吸も乱れはない。冷蔵庫からエビアンをだして飲みシャワーを浴びた。

浴室をでて軀を拭きデスクの引出しからサプリメントの瓶を何本も取りだした。ビタミンAとB群、ビタミンCとE、亜鉛、カルシウム、ガーリックオイル、タウリン、マグネシウム、フコイダン、ローヤルゼリー、田七人参、冬虫夏草、牛黄、反鼻エキス、ピクノジェノール、DHA、EPAといったサプリメントの瓶でデスクの上はいっぱいになった。メーカーは外国産がおもだったが国産品もある。瓶の中身は錠剤やソフトカプセルや散剤とまちまちだった。八神はそれらをアミノ酸の粉末を溶いた二本目のエビアンで次々に飲みくだした。

ベッドに横たわって枕元のスイッチを押すとカーテンが閉まって室内は暗くなった。八神はあたりの物音にしばらく耳を澄ましてから目蓋を閉じた。

†

梶沼はリビングでテレビを観ながらレースのカーテン越しに窓の外を窺った。

空はどんより曇って草が生い茂った空き地のむこうに住宅街が見える。いまのところ変化はないがまだ非常線は解除されてないだろうしラブホテルでは現場検証が続いているはずだ。外にでるのはできれば夜のほうがいい。

里奈はダイニングテーブルに顔を伏せて眠っている。健吾は食事に手をつけぬまま床で腹這いになってマンガ本を読んでいる。マンガ本は里奈が付き添って二階から持ってきた。

健吾はパソコンを使いたいといったがメールやネットで外部に連絡をとられるのを警戒して許さなかった。

ルミノックスの針が九時をさして梶沼は立ちあがった。

「おい坊主」

健吾に声をかけたが知らん顔でマンガ本をめくっている。

「おまえのおやじさんは、なんの仕事をしてる」

やはり返事はない。尻を蹴飛ばすと健吾はようやく振りかえって白い眼をむけた。

「もういっぺんしか訊かんぞ。おやじはなんの仕事だ」

「――サラリーマン」

「どこの会社だ」

健吾はぼそぼそと有名な都市銀行の名前を口にした。梶沼は里奈を揺り起こすとキッチンとの境のカウンターにあった電話機の子機をとってリビングをでた。寝室に入ったとたん新田とその妻はもごもごいいながら身をよじった。梶沼は新田の口からガムテープを剝がして、

「あんたは銀行員なんだってな。職場の電話番号は何番だ」

新田は大きく息を吐いて、

「息子はどうしてる」

「さっきは嘘をついたな。この家にいるのは、あんたと奥さんだけじゃなかったのか」

「――悪かった」

「もう嘘はつかないでくれ。そうしたら危害を加えないですむ」

「わかった。それで健吾は？」

「むこうでマンガを読んでる」

「あいつを刺激しないでくれ。切れるとなにをするかわからん」

「息子を怖がってどうするんだ」

「そうじゃない。ただ――」

「あんたらのことはどうでもいい。おれが電話するから早く番号をいえ。適当な理由をつけて、きょうは休むというんだ」

新田がいった電話番号を押すと健吾がいった都市銀行につながった。梶沼は新田の耳に電話機を押しあてた。新田は体調不良を理由に欠勤を申しでた。相手は部下のようであっさり会話は終わり梶沼は電話を切った。

新田の口にふたたびガムテープを貼って寝室をでようとしたら新田の妻が眼を見開いてなにかを叫んだ。ガムテープを半分ほど剝がすと女はぜいぜい喉を鳴らして、

「お願い。トイレへいかせて」

梶沼はうなずいてガムテープをもとどおり貼りリビングへいくと里奈に声をかけた。

「奥さんをトイレへ連れてってやれ。ただし眼を離すなよ。ガムテープもはずすな」

「ちょっと訊くけどさ。強盗しにきたわけじゃないよね」

「あたりまえだ」

「じゃあガムテープはずしてあげたら。わけを話せばわかってくれるんじゃないの」

「なにを甘ったるいことをいってるんだ」

里奈は溜息をついてリビングをでた。

健吾は腹這いになったまま横目でこちらを見ていたが梶沼と眼があうとすぐにマンガ本へ視線をもどした。里奈と新田の妻が寝室をでてトイレに入る気配がした。

梶沼はセブンスターに百円ライターで火をつけてテレビに眼をむけた。ワイドショーの途中でニュースがはじまった。また暴力団どうしと思われる抗争事件が発生しました、というアナウンサーの声に緊張が走った。外で車の音がしたような気がしたがテレビの前を動けなかった。

「けさ早く御徒町の路上で、指定暴力団東誠会系の笹岡浩幹部が何者かに刺されて死亡しているのが発見されました。警察は対立組織との抗争の可能性があるとみて――」

山中組の連中に続いて笹岡まで殺されるとは思わなかった。仮に浅羽が殺害されたことに対する山中組の報復だとしても動きが早すぎる。これほど早い段階で笹岡が襲撃班の一味だったと特定するのは内部から情報が漏れていたとしか思えない。

誰がどんな絵を描けばこういう展開になるのか。画面を見つめて考えているとチャイムが鳴った。煙草を消して忍び足で玄関へいった。新田の妻はまだ用を足しているらしく里奈が不安そうな顔でトイレの前に立っている。

恐る恐るドアスコープを覗いたとたん軀がこわばった。ドアのむこうには制服の警官がふたり立っていた。息を殺してドアスコープから離れたとき、ふたたびチャイムが鳴った。

「新田さん。警察ですけど、ちょっといいですか」

梶沼はドアの前からゆっくりとあとずさった。

「お願いします。開けてください」

警官たちはあきらめない様子だから放っておけばガレージへいって車の異変に気づくだろう。新田に応対させようかと思ったがガムテープをほどいていたら時間がかかりすぎる。新田の妻に返事をさせようにも彼女はトイレに入ったままだ。里奈はトイレの前でおろおろしながらこっちを見ている。

どうするべきか迷っていたら健吾が脇をすり抜けて玄関へいった。

とっさのことで呼び止めるひまもなかった。キッチンに身を隠すと玄関のドアが開く音がした。いざとなったら警官を殴り倒して逃げるしかない。梶沼はカーゴパンツのポケットに手を入れてUの字に曲げたフォークを握り締めた。

「なんだ。いたのか」

警官の声がした。

「きみは、ここの息子さん?」

「はい」

「ご両親はいるかな」

「寝てますけど」

「おとうさんは仕事じゃないの」

「風邪ひいたんです」

「この近くで事件があったのは知ってる？」

「いいえ」

「近所で見かけない人物がいたとか不審な物音がしたとか、変わったことはないかな」

「ありません」

「じゃあ、なにかあったら、すぐ警察に連絡して」

玄関のドアが閉まる音に太い息を吐いた。すこし経ってリビングへいくと健吾は腹這いになってマンガを読んでいる。よくやった。声をかけても健吾は黙っていた。

里奈が新田の妻と一緒にもどってきた。

新田の妻はガムテープで両手を前に縛られているがトイレへいく前は後ろ手に縛っていた。しかも口と足にはガムテープがない。梶沼は里奈をにらんで、

「ガムテープを剝がすなといっただろう」

「だって剝がさなきゃトイレができないじゃない」

新田の妻は健吾のそばにしゃがみこむと、

「なんで警察にいわなかったの。健ちゃんはどっちの味方？」

健吾は無視してマンガを読んでいる。

「ちょっと。返事くらいなさい」

「息子を責めるなよ。てめえが騒げばよかったじゃねえか」

梶沼がいうと新田の妻はかぶりを振って、

「この子が心配だったからよ」

「心配なら、ひきこもりなんかさせるなよ」

「関係ないでしょ。あたしはこの子と話してるの。ねえ健ちゃん。ひさしぶりに逢ったんだから、ちゃんと喋りなさい。おとうさんだって心配してるのに――」

もうやめろ。寝室にもどるよう顎をしゃくったが新田の妻は喋り続けている。梶沼はぼんやり突っ立っている里奈にガムテープを持ってこさせると、

「奥さん、名前は？」

「――文江ですけど」

「文江さん、あんたがそんな調子だから、ガキがいうこと聞かねえんだ」

「関係ないでしょう。あなたにそんなことといわれる筋合いは――」

梶沼はガムテープをちぎって文江の口に貼りつけた。

ラブホテルでの騒動がテレビのニュースで流れたのは午後だった。

早朝のホテルで暴力団どうしの銃撃戦。アナウンサーは興奮した面持ちでいったが実際にはヴェルファイアに乗っていた男たちから一方的に撃たれただけだ。目撃者はすくないようで彼らについての報道はなかった。

ラブホテルの壁面についた弾痕に続いて廃工場に乗り捨てたセレナが画面に映った。ラブホテルの防犯カメラは梶沼と里奈の映像をとらえているにちがいない。警察の判断かそれは公開されなかったが身柄が割れるのは時間の問題だった。

ニュースが流れているあいだ健吾はマンガ本を読みながらテレビの画面にちらちらと眼をむけた。眼の前にいるふたりが事件に関係しているのはわかったはずだがなにもいわない。しかし里奈は弁解がましく、

「あたしたちは逃げただけなの。むこうが拳銃を撃ってきて――」

「よけいなことをいうな」

「だって悪者みたいに思われたら厭だもん」

「ひとの家に押し入っただけで、じゅうぶん悪者だろう」

「あんたがやったんでしょう。あたしは無理にやらされただけ」

「そうだ。だから黙ってろ」

梶沼はセブンスターに火をつけてソファにもたれかかった。里奈はダイニングテーブルに頬杖をついている。ふと健吾がマンガ本から顔をあげて、

「なんで逃げてるの」

さあ、と里奈がいった。

「このおじさんが悪いことやったんじゃないの」

「悪いことって」

「あたしは人質だから、よく知らない」

「人質なのに逃げないんだ」

「逃げたら、このおじさんがなにするかわかんないもん。健ちゃんだって、おとうさんとおかあさんが心配だから、警察がきても黙ってたんでしょ」

「逆だよ」

「どういうこと」

健吾は返事をしないでマンガ本に視線を落とした。

「健ちゃんって高二だったよね。どのくらい学校を休んでるの」

「るせえ。気安く健ちゃんっていうな」

「だったら健吾くんにする？　健吾さんでもいいけど」

「どっちもきめえよ」

「じゃあ健ちゃんね。で、いつから学校休んでるの」

「関係ねえだろ」

「あたしは大学二年」

「どこの」

「どこだっていいじゃん。いうほどの大学じゃないわよ」

「だろうね。偏差値低そう」

「悪かったわね。そういう自分は、ちゃんとした高校なの？」

まあね、と健吾はいって全国的に有名な進学校の名前を口にした。

「すごいじゃん。健ちゃんって頭いいんだ」

里奈は眼をまるくして、

「でも、あそこって神戸だし中高一貫でしょ。どうやって通ってたの」

「マンション」

「中学生でひとり住まい？　あ、そっか。おかあさんと住んでたんでしょ」

「いちいちうぜえったら」

健吾は顔をしかめて長髪を搔きあげた。べたついた髪からフケが舞い落ちた。

おい坊主、と梶沼はいった。

「風呂に入ってこい。臭くてかなわねえ」

「もう、マジうぜえッ」

健吾は拳で床を叩いた。煙草を消して腰を浮かすと里奈が割りこんできて、

「暴力はやめて」

「なら、おまえがこのガキを風呂に入れろよ。男の軀を洗うのは慣れてるだろ」

里奈は嚙みつきそうな表情で梶沼をにらむと、

「あたしが入ってくる。ふたりとも覗かないでね」

†

午後二時に目覚まし時計のアラームが鳴って八神はベッドに躯を起こした。枕元のスイッチを押すとカーテンが開いて六月の陽射しが室内を照らした。

ベッドからでてドアを見にいった。ドアガードもノブの下に立てかけたゲストチェアもそのままなのを確認して洗面所にいきリステリンで口をゆすぎ冷蔵庫からホテルオリジナルのミネラルウォーターをだして飲み窓の外を眺めた。

眼下には新宿の街が広がっているが騒音はいっさいなく四十九階の部屋は静まりかえっている。耳を澄ますとごくわずかに空調の音がするだけだ。梅雨の最中とあって晴天は束の間で都庁のむこうには黒い雲が湧きだしている。

八神は備付けのエスプレッソマシンでコーヒーをいれソファにかけて新聞を読んだ。コーヒーを飲み終えると歯を磨いて髭《ひげ》を剃りシャワーを浴びた。シャワールームをでるとウォークインクローゼットからだした真新しい下着に着替えアットリーニのオーダースーツとシャツを着てパンセレラの靴下とガットの靴を履いた。

クローゼットの奥にはワインディングマシンがあって腕時計がふたつ回転している。革ベルトとラバーベルトがある。八神は革ベルトのほうをとって腕にはめドアノブの下のゲストチェアをもとの位置にもどしてドアガードをはずしPlease make up this room の表示をだして部屋をでた。

エレベーターで一階におりるとホテルの玄関でタクシーに乗り区役所通りで車をおりた。古ぼけたテナントビルの地下に食堂街の看板がある。八神は階段をおりて看板にステーキ三田と書かれた店に入った。中途半端な時間だけに客の姿はないがさっきまでは混みあっていたようで英国調の店内には肉とワインの香りが漂っている。

「いらっしゃいませ。お席はいつもの――」

中年の従業員がいいかけるのに八神はうなずいた。

従業員は一礼して入口の脇にある四人掛けの席に案内した。八神は店内が見渡せるよう壁に背をむけて坐り三田牛のフィレをレアで四百グラムとサラダを注文した。

「ミネラルウォーターは炭酸《ガス》なしで」

八神はうなずいた。パンかライスは。いらない。

ステーキとサラダをたいらげた頃にドアが開いて四十がらみの男が入ってきた。紺色のスーツにネクタイをしてアタッシェケースをさげている。八神はシャツの袖をめくって、

「五分早いな」

「まずいんなら、でなおそうか」

八神は首を横に振った。男は八神のむかいに腰をおろした。スーツの襟には弁護士を示すひまわりと天秤《てんびん》のバッジがある。従業員が注文をとりにきたが八神が手を振るとひきかえした。

男は八神の腕時計に眼をやって、

「パテックのグランドコンプリケーションか。あいかわらず景気よさそうだな」

「買ったわけじゃない」

「じゃあ、どうしたんだろう」

「訊きたいのか」

「いや、けっこうだ。ぼくはあんたがなんの商売なのか知らないし知りたくもない」

「それでいい」

男は床に置いたアタッシェケースを八神のほうへすべらせて、

「ちゃんとあるはずだが、確認してくれ」

「銀行の奴が数えるさ」

八神はアタッシェケースを手にして立ちあがった。男は伝票を持ってレジへいったが八神はそのまま店をでて階段をのぼった。

†

梶沼はレースのカーテンを細めに開けて外を眺めた。

空はすっかり暗くなって空き地のむこうの住宅街には明かりが灯りはじめた。検問はすでに解除されているかもしれないしヴェルファイアの男たちも付近にはいないだろう。しかしここをでるのはまだ早い。テレビでは銃撃戦のニュースが何度か流れたが目新しい情報はない。

里奈が飯を炊いてカレーライスとラーメンを作った。

里奈はラーメンがスープがわりだというがカレーはレトルトでラーメンもインスタントだった。梶沼はリビングのテーブルでカレーを食べラーメンを啜った。健吾もさすがに腹が減ったのかカレーの皿を抱えて床に坐った。

里奈は小分けにした食事を寝室に持っていった。新田夫婦は寝室に閉じこめたままだが夕方に一度トイレにいかせ水を飲ませた。里奈は寝室からもどってくると、

「どう、美味《おい》しい？」

「美味しいもなにもインスタントじゃねえか。強《し》いていえば飯がべちゃべちゃだ」

「せっかく作ったのに文句しかいわないのね。健ちゃんはどう？」

健吾はスプーンを動かしながら曖昧にうなずいた。

「ごはんは、いつもどうしてたの。おかあさんが作ってたんでしょ」

健吾は頰をぴくりと震わせてスプーンを止めた。ごめんごめん、と里奈はいって、

「気にしないで。答えたくないことは黙ってていいから」

「――だったら訊くなっつーの」

「だって、健ちゃんに興味があるんだもん」

「うぜえよ」

「ね、そんなにあたしのこと嫌い？」

健吾は舌打ちをしてカレーを食べはじめた。

梶沼は食事を終えてふたたびテレビの前に陣取った。里奈がいれたインスタントコーヒーを飲みセブンスターを吸い夜が更けるのを待った。

十一時をまわった頃、梶沼は洗面所で髭を剃り浴室でシャワーを浴びた。里奈と健吾はすこし前から眠っている。汗でべとついた軀を熱い湯で洗い流してから髪を洗った。左足の傷は順

調に回復しているようで肉がうっすら盛りあがっている。

浴室をでてバスタオルで軀を拭いていたら背後でひとの気配がした。振りかえると健吾が立っていた。健吾の視線は背中の刺青に注がれている。

「なにをしてる」

「それって龍なの」

トイレにいってたんだよ、と健吾はいって、

「ああ」

「おじさんって、やくざ?」

「さあな」

「やくざなら頼みがあるんだ」

「なんだ」

「おれの両親ぶっ殺してくれねえかな」

「なぜだ」

「マジむかつくから」

「おまえは、ほんとに賢い学校へいってたのか」

「学校となんの関係があるんだよ」

「やくざだからって誰でも殺すわけねえだろうが。自分で殺《や》れよ」

「殺《や》ろうと思ったさ。でも――」

「殺《や》れねえんなら、家をでろ」

「家をでてどうすんだよ」

「てめえで飯を喰え」

「なんでおれが――」

「いい歳こいて甘ったれるな」

「じゃあ、あんたが高二の頃は自分で飯喰ってたのかよ」

「高二もなにも中卒だからな」

「なんで高校いかなかったんだよ」

「いいから早く寝ろ。でなきゃ風呂に入れ」

健吾は踵をかえした。

梶沼は軀を拭き終えると服を着てキッチンの冷蔵庫にあったトマトジュースを一気に飲んだ。空になった缶を手にリビングへもどりソファに腰をおろしてセブンスターを吸った。

里奈はダイニングテーブルの椅子をならべてその上で眠っている。健吾はこちらに背中をむけて床に横たわっている。おい坊主、と梶沼はいって、

「親や学校が悪いってごねても、なんにも変わらんぞ」

健吾はわずかに肩を動かしただけで黙っている。

「せまい部屋にこもってねえで、もっと世の中を見ろ」

健吾は背中をむけたまま舌打ちをして、

「見てるさ。バカにすんな」

「どうやって」

「ネットで」

「ネットなんかでなにがわかる」

「なんでもわかるさ。くだらねえ世の中だって」

「なにがくだらねえんだ」

「なにもかもだよ。政治だって会社だって、ぜんぶでたらめじゃんか。みんな金が目当てのクズばっかで、自分のことしか考えてねえ。国どうしも利権の奪い合いで揉めてるし――」

「ひきこもりには関係ねえだろうが」

「関係あるよ。そんな世の中で働いたりするのはバカらしいだろ」

「てめえが怠けてるのを世の中のせいにするな。てめえのケツは、てめえで拭け」

「中卒のやくざにいわれたくねえよ」

「おまえも世の中の連中とおなじ見方をしてるじゃねえか。学歴だの肩書だのが気になるんなら、糞溜めみてえな部屋をでて、まじめに学校いくんだな」

健吾はそれきり口をつぐんだ。

梶沼は灰皿がわりに使っていた空き缶に吸い殻を入れてソファにもたれた。急に眠気が襲ってきて我慢できずにうとうとしていると浴室からシャワーの音が響いてきた。

†

八神がホテルへもどってきたのは日付が変わる時刻だった。

アタッシェケースは持っていない。エントランスを抜けてエレベーターの前に立ったとき、若い女が近寄ってきた。ブランドものらしい派手なドレスを着ている。

なんだ、と八神はいった。

「きょうは呼んでないぞ」

「わかってる。きょうはあたしも休みだから」

「休みなのに、ここでなにしてる」

「声かけちゃいけなかった？」

「おれを待ってたのか」

「ううん。ここのバーで女友だちと呑んでたの。帰ろうとしたら、あなたが入ってくるのが見えたから」

八神は女の背後に視線を走らせてからエレベーターのボタンを押した。

「友だちはどうした」

「先に帰った」

エレベーターの扉が開き八神は乗りこんだが女は扉の前に立っている。

「乗らないのか」

「だって悪いから」

エレベーターのなかへ顎をしゃくると女は瞳を輝かせて乗ってきた。ふたりは四十一階でいったんエレベーターをおりラウンジとライブラリーのあいだの廊下を通ってフロント前のロビーを横切り宿泊客専用のエレベーターに乗って四十九階でおりた。

部屋に入ると女がしなだれかかってきた。八神は女を抱えてベッドに横たえ服を脱いだ。全裸になってパテック・フィリップをはずし枕元のテーブルに置いた。女もあわただしく服を脱いで八神の股間に覆いかぶさった。女はひとしきり顔を上下してから唇を拭うと、

「きょうもあたしが――」

そういいかけたきり口をつぐんで八神の上に腰を沈めた。照明はついていないが街の夜景で室内はほんのりと明るい。女が昂《たかぶ》るにつれて腰の動きが烈しくなった。

女とともに八神が達したとき、ドアの開く音がかすかに響いた。

次の瞬間、男が飛びこんできて短機関銃《サブマシンガン》を乱射した。小型のシルエットとリズミカルな発射音でイングラムだとわかった。

八神はあおむけになったまま女の腰を両手で抱えるとオレンジ色の炎を噴く銃口《マズル》へむけた。白い軀に射出口が開いて血と肉と内臓の破片が降り注いだ。消音器《サプレッサー》特有のこもった銃声が立て続けに響いた。不意に銃声がやみ弾倉《マガジン》の落ちる音がした。

八神は女を投げだすと枕元のパテック・フィリップを右手の拳に巻いて男に飛びかかった。男が弾倉《マガジン》を装塡するのと同時に八神の拳が顎をとらえた。床に倒れこんだ男の手からイングラ

ムをもぎとってから革ベルトのちぎれたパテック・フィリップを放りだし膝に一発撃ちこんだ。男は白眼を剝いて苦悶したが悲鳴はあげなかった。

「どこのもんだ。東誠会か山中組か」

八神は男の脇にしゃがんで無事なほうの膝に消音器《サプレッサー》を押しつけた。

「両膝で終わりじゃないぞ。おれはおまえを喋らせる方法を知っている」

「おれは自分が喋れなくする方法を知ってる」

男は唇から舌を突きだして一気に嚙み切ると血泡をごぼごぼ噴きながら嗤《わら》った。八神は男の眼球のあいだと鼻を撃ち人相を判別できなくしてから照明をつけた。男の服を探ったが携帯も財布も身元を示すものはなにもなかった。

女は床でうつぶせになって倒れていた。背中に点々と開いた射入口に血が溜まっている。女は顔を横にむけて目蓋をうっすらと開けていたが瞳孔は開いていた。

「いつもおまえが上になる理由がわかっただろ」

八神はシャワールームへいって軀にこびりついた血と肉を洗い流した。シャワールームをでるとバスタオルで軀を拭きデスクの引出しから手術用のゴム手袋をだして両手にはめた。部屋をでて非常口からバックヤードに入り掃除道具入れから漂白剤のボトルを持ってきた。

ジャグジーに水を溜めるとベッドのシーツを剝がして枕とバスタオルとパテック・フィリップを放りこんで漂白剤を垂らした。続いて女の股間に漂白剤のボトルをあてがってそれを流しこみ自分の体液のＤＮＡを破壊した。

八神は手早く服を着て靴を履き荷物を大型のトランクにまとめた。

携帯をだしてテンキーで電話番号を押した。電話帳の登録は一件もない。電話はすぐにつながったが相手は黙っている。

「刑部さんか」

「なんや八神か。どないしたんや」

「さっきおれを襲ったのは、あんたの手下か」

「なんのことや」

「おかげで定宿とデポジットがパーになった」

「早とちりするな。わしがおまえを狙うわけないやないか」

「東誠会がやったといいたいのか」

「おまえを狙うとんのは、ほかにもぎょうさんおるやろ」

「最近はそうでもない。あらかた始末したからな」

「まあええ。わしも探りを入れてみるよってに、勝手に動いたらあかんで」

「それは命令か」

「頼んどるだけや。そや、ついでにもうひとつ頼みがある」

「なんだ」

「うちの兵隊が追うとった的やけど、名古屋で取り逃がしたわい」

「やっぱり、おれにケツを拭けっていうのか」

「まだそこまではいっとらんが、様子みて欲しいんや。うちの兵隊がもういっぺん的を殺《と》り損なったら、おまえに殺《や》ってもらうしかない。長引かせよると、とばっちりを喰うからの」

「あんたの兵隊の見届け役をしろってことか」

「そうや」

「どうするかな。ちょうど定宿もなくなったからな」

「すまんの。助かるわい」

「引き受けてもいいが、おれをカタにはめる気なら覚悟してやれよ」

刑部はなにかわめいたが電話を切った。八神は自分が歩いた場所や手の触れた場所に漂白剤を撒くとトランクを片手に部屋をでていった。

†

午前三時になって梶沼はソファから腰をあげた。里奈と健吾はまだ眠っている。健吾はシャワーを浴びたせいで髪も顔もさっぱりしている。里奈を起こそうと伸ばした手を途中で止めた。ニュースでは報道されなかったが警察は男女のふたり連れが現場から逃げたのを把握している。むろんヴェルファイアの連中もそうだ。

この先も里奈と行動するのは奴らの眼につきやすいだけに危険だった。梶沼は彼女の携帯をダイニングテーブルに置き足を忍ばせてリビングをでて玄関でブーツを履いた。ドアチェーンと鍵をはずしてドアを開けようとしたとき、

「どこいくの」

振りかえると里奈が立っていた。梶沼は舌打ちをして、

「でていくんだ。おまえはここに残れ」

「残ってどうするのよ」

「朝になったら警察に電話しろ」

「あんたと共犯だって思われたら、どうするのよ」

「前にもいっただろうが。おれにおどされたっていえ」

「この家のひとがなんていうかわからないじゃない」

「顔を殴ってやろうか。被害者っぽくなるぞ」

里奈はかぶりを振って、

「とにかく、あたしはあんたに拉致られたんだから一緒にいく」

「バカいえ。ふたりでいたらすぐに捕まる。警察ならまだましだが、ラブホで襲ってきた連中に捕まったら生きて帰れねえぞ」

「あんたはどっちに捕まるつもりなの」

「どっちにも捕まらない」

「どこへ逃げるのよ。いくあてはないんでしょ」

「これから考える」

「だったら人質のあたしも連れてってよ。中途半端に解放しないで」

「だめだ。おまえはここに残るんだ」

「やだ。一緒にいく」

「もういい。ついてきたら、ぶん殴るぞ」

梶沼はドアを開けて家をでた。ガレージへいってブルーバードに乗りこもうとしたら里奈が追いかけてきて背後からTシャツの裾をつかんだ。

「放せ。マジで殴るぞ」

振りかえって拳を構えた瞬間、待って、と声がした。

「おれも連れてってくれよ」

健吾が玄関の前に立っていた。アンティーク調の玄関灯が少年の青白い顔を照らしている。

梶沼は拳をおろすと健吾をにらみつけて、

「いま、なんていった」

「連れてってくれっていったんだよ」

「なに考えてるんだ。頭がどうかしたのか」

健吾は足元に視線を落として、

「家をでたいんだ」

「いい考えだが、おまえと話してるひまはねえ。早く家にもどれ」

「あんたがいったんじゃねえか。家をでろって」

「だからって、おれを頼るな。家をでたいんなら、ひとりでどっかいけ」

「いくあてがねえよ」

「おれだってそうだ」

「いいじゃない。連れてってあげようよ」

里奈がいった。いまだにTシャツの裾をつかんでいる。

「あんたは誘拐犯なんでしょ。どうせ人質とるんなら、ひとりもふたりも一緒じゃない」

「ふざけるな。おまえもここに残るんだ」

「やだ。ぜったいにやだ」

梶沼は溜息をついて里奈の胸ぐらをつかんだ。

「やっぱり、ぶん殴るしかねえみたいだな」

「殴りなさいよ。そのほうが人質らしくなるんでしょ」

ふたたび拳を構えると里奈は眼をつぶった。汗で粘った指先を握り締めたとき、健吾が駆け寄ってきた。健吾は梶沼の腕をつかんで、

「暴力はやめろッ」

「なにが暴力だ。ひきこもりは、てめえの部屋にこもってろ」

足払いをかけると健吾はよろめいて梶沼の腕から手を放したが執拗につかみかかってくる。

里奈を放りだして掌底《しょうてい》で胸を突いた。健吾は尻餅をついたと思ったらすばやく立ちあがって身をひるがえすと玄関に入ってドアの隙間から顔をだした。

「ひとりでどっかいけよ。いますぐ両親のガムテープをはずすからな」

「その調子よ。連れてってくれないんなら、あたしも警察に電話するから」

里奈はいつのまにか自分の携帯を手にしている。ダイニングテーブルに置いてきたのを目ざとく見つけたらしい。梶沼は地面に唾を吐いて、

「バカどもが。おれについてきてどうするっていうんだ」

「わかんない。でも警察に根掘り葉掘り質問されて、実家へ帰されたらたまんないわ。一族の恥さらしだって監禁されて殺されちゃう。健ちゃんだって家にいたくないんでしょ」

健吾はうなずいた。

「勝手にしろ。そのかわり、どうなっても知らんぞ」

「やったあ。健ちゃん、一緒にいこう」

「ちょっと待ってて。荷物があるんだ」

健吾は家のなかにひっこんだ。

あたしも。里奈は玄関に駆けこむとショルダーバッグを持ってきた。梶沼はカーゴパンツのポケットから車のキーをだしてブルーバードのドアを開けた。運転席に坐ると同時に里奈が助手席に乗りこんできた。なにがうれしいのか頬がゆるんでいる。

健吾は背中にリュックを背負ってノートパソコンを抱えてもどってきた。そのまま車に乗ろうとするのを梶沼は制して、

「パソコンは置いてこい」

「なんでだよ」

「おまえが家をでりゃあ、警察が行方を捜すに決まってるだろう。ネットにつないだら居場所がばれるんだ」

「じゃあネットはやらない。だったらいいだろ」

「だめだ。おれといるあいだは、そんなものと縁を切るんだ」

「でも――」

「なんでだめなの。ネットにつながないっていってるんだから」

「だめだといったらだめだ。そういうおまえも携帯をよこせ」

里奈はしぶしぶ携帯をだして梶沼に渡したが健吾はパソコンを抱えたまま車の前で立ちすくんでいる。どうするんだ。梶沼はノートパソコンを顎でしゃくった。

「そいつで遊んでたいなら、自分の部屋でひきこもってろ」

「ちくしょうッ」

健吾は踵をかえして家に入った。フロントガラスから外の景色を窺うと雨は降っていない。空は真っ暗だがもう夜明けが近い。どこかに農家でもあるのか鶏が啼《な》いている。

「腰抜けめ」

梶沼はエンジンをかけた。待って。里奈が叫んだ。かまわずギアを入れてサイドブレーキをおろしたとき、玄関のドアが開いて健吾が手ぶらで走ってきた。

梶沼は国道二十三号線から四日市方面にむかった。

高速に乗るのは金が惜しかったしオービスやNシステムもある。もし検問があったら身動きがとれない。とりあえず南下するのが目的だったが新田のブルーバードにはカーナビがついていない。コンビニに寄ってセブンスターと道路地図を買った。何度か道に迷いつつ七時をすぎて京都市内に入った。どんよりと曇った空の下に古びた街並が続いている。

「京都なんて、高校の修学旅行以来だわ」

里奈が弾んだ声でいった。健吾は後部座席でぼんやりと窓の外を眺めている。

「健ちゃんは京都にきたことある?」

「ない」

「ねえ、金閣寺とか清水寺とかいってみない」

「黙ってろ。観光にきたんじゃねえぞ」

「どこいくか決まってないんでしょう。だったら寄り道したっていいじゃない」

「そんなひまはねえ。もうじき警察が大々的に追ってくるんだ」

「どうして」

梶沼は後部座席に顎をしゃくって、

「こいつの両親が息子を拉致られたって騒ぐからさ」

「そうだ。ふたりとも縛られたままじゃ死んじゃうよ」

「あんな奴ら、死んだっていいよ」

「だめよ。早く警察に連絡して助けてもらわなきゃ」

「バカか。警察に連絡したら、おれたちの居場所がばれるだろうが」

「公衆電話でもだめなの」

「警察にかけた時点で場所が割れる」

「じゃあ、どうやって助けるのよ」

「まだ早い。大阪に着いてからだ」

「大阪にいくんなら、お好み焼かたこ焼が食べたい」

「てめえはなにを考えてるんだ」

「いいじゃん。どうせなにか食べるんだから。健ちゃん、どこか美味しい店知らない?」

「知らない」

「高校へ通ってたときは神戸にいたんでしょう。すぐ近くじゃない」

「外食なんてしてねえよ」

「そうなんだ。おじさんは大阪くわしいの?」

梶沼は答えなかった。八幡《やわた》市から枚方《ひらかた》市を抜けて淀川《よどがわ》沿いに車を走らせた。

通勤ラッシュと重なったせいで大阪に着いたのは十時半だった。

梅田に近づくにつれて飲食店の看板が眼についた。窓から吹きこんでくる風には香ばしいソースの匂いがまじっている。里奈が鼻をひくつかせて、

「もうだめ。おなか減った」

「我慢しろ。飯の前にやることがある」

ハンドルを操りながら道路の両側を見まわしていたらコンビニの前に公衆電話があった。コンビニの駐車場に車を停めると電話機に百円玉を入れ一〇四で新田が勤めている銀行の電話番号を訊いた。そのあと銀行の番号を押すと受付嬢らしい女がでた。

「おたくの新田さんが自宅で縛られてる。警察に電話しな」

それだけいって受話器を置いた。

銀行が警察に連絡してから警官が新田の家に着いて夫婦から事情を聞くまでにはすくなくとも一時間はかかるだろう。それ以降は本格的な捜査がはじまる。指名手配がかかるのも時間の問題でその前にブルーバードを捨てなければならない。

車にもどって梅田へむかった。さまざまな店舗がひしめく通りを大勢の人々が行き交っている。ビルの建て込み具合では新宿以上かもしれない。

「ここならなんでもある。お好み焼でもたこ焼でも、好きなものを喰え」

「じゃあ、お好み焼。健ちゃんもそれでいい？」

健吾は曖昧にうなずいた。

コインパーキングに車を停めて梅田の食堂街に入った。あれは何年前だったか、組の義理事で大阪へきたときにこの食堂街で飯を喰ったことがある。迷路のように入り組んだ食堂街を歩いていくとお好み焼の暖簾があった。

三人は店に入って四人がけのテーブル席に坐った。

里奈と健吾はお好み焼のミックス、梶沼はスジ入りのねぎ焼を注文した。店内のテレビでニュースが流れている。新宿の高級ホテルで身元不明の男女が射殺体で発見されたという。警察は事件のあった部屋に宿泊していた三十代の男を捜しているとアナウンサーは告げた。堅気のトラブルとは思えないがどこの組が嚙んでいるのかはわからない。新田の家に押し入った件がニュースになるのは午後だろう。

従業員の中年女がカウンターの鉄板で焼きあげたお好み焼を運んでくるとテーブルの鉄板に載せた。マヨネーズをかけるかと訊かれて里奈と健吾はうなずいたが梶沼は断った。従業員はプラスチックの容器を左右に振りながら絵でも描いているような手際でマヨネーズをかけた。テーブルの鉄板は弱火で温められていてお好み焼は冷めない。

里奈は口をはふはふいわせながら、

「美味しいね」

「まあね」

健吾は無愛想に答えたわりに忙しく箸を動かしている。

梶沼はお好み焼をステンレスのヘラで切ってそのまま口に運んだ。

「変な食べかた」

「こうやって喰うのが旨《うま》いんだ」

里奈がまねをしてヘラを使ったが口に運んだとたん熱いと叫んで箸にもどした。

「熱いから旨いんだろうが」

梶沼は半分ほど食べたところで尻ポケットから五千円札をだすと眼の前のふたりに気づかれないよう伝票の下に置いた。従業員にトイレの場所を訊くと外にあるという。もっともこの食堂街のトイレが店の外にあるのは以前きたときに知っていた。梶沼は席を立ったが里奈と健吾は気にする様子もなくお好み焼をつついている。

店をでると急ぎ足で食堂街を抜けコインパーキングでブルーバードに乗りこんだ。ふたりを置き去りにするのはいくぶん気が咎《とが》めたが女子どもを連れて逃げきれるはずがない。なにかあったら足手まといだし下手をすれば巻き添えを喰うだけだ。

†

八神は東京駅の前でタクシーをおりた。右手にトランクをさげている。

横断歩道を渡って八重洲《やえす》中央口へ入りかけたとき、柱の陰から制服の警官がふたり姿をあらわした。ひとりは背が高くもうひとりはずんぐり肥っていた。どちらも三十代前半に見える。

背の高い警官は笑顔で近寄ってくると、

「お忙しいところ恐縮です。お荷物の中身を拝見させていただきたいんですが」

「すみません。ご協力をお願いします」

肥った警官が頭をさげた。なんだ職質か、と八神はいった。

「ええ。このところ凶悪事件が相次いでいるもので」

「おまえらの官名と職名は」

「えッ」

「警察手帳を見せろ」

ふたりの警官は顔を見あわせた。

「警職法も知らんのか。もういくぞ」

八神が足を踏みだそうとすると背の高い警官がむっとした顔で前をふさいだ。背の高い警官は警察手帳を広げた。肥った警官もおなじようにしたがふたりとも一瞬で手帳をしまった。

「これでいいでしょう。トランクを開けてください」

背の高い警官がいった。八神は首を横に振って、

「おれを職質する法的根拠はなんだ」

「は？」

「おれがどういう犯罪に関わっていると判断したのか訊いてるんだ」

「あなたが関わっているといってるわけじゃない。協力をお願いしているだけです」

「それじゃ答えにならん」

「さっきもいったでしょう。凶悪犯罪が相次いでいるって」

「そんな漠然とした理由で、おれを呼び止めたのか」

背の高い警官は溜息をついて、

「どちらへいかれるんですか」

「職質は任意だ。答える義務はない」

「お名前とご職業は」

「おまえは耳が悪いのか」

「なにも悪いことをしてないんなら、そのくらい答えられるでしょう」

「職質の強要だな。監察室と公安委員会に連絡する」

携帯をだしてテンキーを押そうとすると肥った警官が腕をつかんだ。

「令状もなく身体検査をするのは暴力行為だぞ。なんなら弁護士を呼ぶか」

肥った警官は手を放したが軀をぴったり寄せてきた。通行人が何人か立ち止まってこちらを見ている。背の高い警官が首をかしげて、

「怪しいなあ。あなたはやけに法律に詳しいし、トランクの中身を見せてもくれない。ちょっと署まできてもらえませんか」

「開きなおったな」

「なにがですか。とにかく署まできてもらいますよ」

「どうやって？　転《ころ》び公務執行妨害《コウボウ》で持っていくつもりか」

「いいから署までこいッ」

八神は携帯を上着のポケットにしまうと入れかわりにＩＣレコーダーをだして、

「おれをしょっぴくんなら首を賭けてやれよ。高木巡査部長に馬場巡査長」

背の高い警官の喉仏がごくりと動いた。肥った警官は眼を伏せた。

八神は歩きだしたがふたりの警官はその場を動かなかった。

梅田から曾根崎《そねざき》新地を抜けて御堂筋《みどうすじ》を走り難波《なんば》付近の路地で車を停めた。

路地の脇には電話ボックスがある。セブンスターをだすつもりでカーゴパンツのポケットに手を突っこむと里奈の携帯がでてきた。かえすのをうっかり忘れていたがいまさら梅田へもどるわけにはいかない。梶沼は溜息をついて携帯をポケットにもどした。

日中に動くのは危険だがどこかに泊まろうにも持ち金は千円札が二枚と硬貨しかない。車を処分する前に金を工面したかった。天王寺《てんのうじ》には東誠会のフロント企業があるから平常時なら組を通じて送金してもらうことも可能である。

しかし一ノ瀬は信用できない。山中組の浅羽を襲ったときの見届け役だった笹岡が消された以上、組に内通者がいるのは確実である。大久保のコリアンスナックでの異様な気配やヴェルファイアの男たちもその存在を示している。あの男たちはGPSで自分を追ってきたがそれができるのは里奈のいたデリヘルのケツ持ちをしていた東誠会の人間だけだ。

とはいえ組の状況は探っておきたい。一ノ瀬ではなく組長の本城に連絡をとりたかった。携帯の番号はおぼえているが公衆からでは電話にでないだろう。梶沼は車をおりて電話ボックスに入り組事務所に電話した。

「梶沼だ。組長《おやじ》はいるか」

「――お待ちくださいッ」

当番の組員がうわずった声でいったが電話にでたのは一ノ瀬だった。

「いまどこにいる」

「それはいえません」

「聞いてるぞ。名古屋で派手にやらかしたみてえだな。デリの女はどうした」

「名古屋で捨てました」

「あの女がいたのは倉持さんとこがケツ持ってるデリだ」

「わかってます」

「わかってねえよ。倉持組は直参だぞ。枝の枝の本城組とは格がちがうんだ」

「組にもどれたら詫び入れますよ」

「早くもどってこい。本部はおまえを処分しろって息巻いてるが、なんとか取りなしてやる」

梶沼は黙っていた。

「組長《おやじ》も心配してるぞ」

「おれも話がしたいです」

「組長《おやじ》は入院してる。このところのごたごたで体調を崩してな」

「どこの病院ですか」

「おまえにも教えられん。もし話が漏れたら神戸に狙われるからな」

ところで、と一ノ瀬は続けて、

「大久保のアガシで待ってろっていったのに、なんで消えやがったんだ」

「やばい感じがしたもんですから」

「勘ぐりすぎだ。おれがおまえを殺《や》ると思うか」

「女のマンションに張りこんでた奴らが名古屋まで追ってきましたよ。あいつらは、うちの組がよこしたんじゃないですか」

「わからんが調べてみよう」

「あの女を――紗希をおれにあてがったのは理事長じゃないでしょうね」

「いっていいことと悪いことがあるぞ」

「すみません。でも笹岡さんまで殺《や》られてるんで」

「あれは神戸だろう」

「それにしちゃ動きが速すぎませんか」

「まあな」

「病院で浅羽の護衛《タマヨケ》を殺《や》ったのは、うちですか」

「それもわからんが、おまえの読みどおり身内に裏切り者がいるかもしれん」

「心当たりはないんですか」

「だから調べてみる。しかし誰が犯人にしろ、このままじゃおまえも疑われるぞ」

「どうしておれが疑われるんですか」

「どこかへ飛んだっきり行方をくらましたら、うしろめたいことがあると思われるに決まってるだろうが。破門になってもいいのか」

「仕方ありません」

「おまえが堅気になっても神戸の連中はあきらめん。どこまでも追ってくるぞ」

「そんな仕事《ヤマ》を踏ませたのは、理事長でしょう」

「親を狙われて報復《かえし》もしねえ極道がいるか。おれだって好きで浅羽を殺《と》らせたわけじゃねえ」

「まあいいです。また連絡します」

「おい」

「なんですか」

「金は大丈夫か」

「大丈夫じゃないですが、なんとかします」

「居場所を教えろ。若いのに持っていかせてもいいし、振り込んでもいい」

「遠慮しときます」

「どこにいるのか知らねえが、大阪や神戸にはいくなよ。警察に山中組の子飼いが何人もいる。塀のなかへ逃げこもうとしたら、山中組に売られるのがオチだ」

梶沼は電話を切った。つまり自首をされては困るらしいが警察に山中組の内通者がいるのは事実である。電話ボックスをでかかった足を止めて電話帳を繰った。

さっきのお好み焼屋はすぐに見つかった。店をでて三十分は経っているから手遅れかと思ったが電話にでた従業員に里奈と健吾の風体を告げるとまだ店にいるという。

「なにやってるのよ、いったい」

里奈は電話にでるなり叫んだ。

「トイレを見にいってもいないし、なんべん電話してもつながらないし――」

「電話？」

「あたしの携帯よ」

「それをかえそうと思って、わざわざ電話したんだ。おまえがわかる場所に預けとくから、あとでとりにいけ」

「なにいってんの。あたしたちを置いてくつもり？」

「ああ」

「だめよ。ここで待ってるから早くきて」

「それはできない」

「じゃあ、あたしたちがそっちへいく」

「それもだめだ」

「いいから、どこにいるのか教えて。それから携帯の電源入れといて」

だめだといおうとして厭な予感が胸をよぎった。

「さっき、なんべんも電話したっていったな」

「それがどうしたの。ずっと電源切ってるくせに」

「店の電話からかけたのか」

「ううん、健ちゃんの携帯」

「糞ッ——あいつは携帯を持ってたのか」

梶沼は思わず宙をあおいで、

「いますぐ携帯の電源を切るようにいえ。それからその店をでて、さっき車を停めたコインパーキングで待ってろ。すぐ迎えにいく」

急いで電話ボックスをでて車に乗った。ブルーバードは梅田にむかって走りだした。

†

新幹線はいましがた三島駅をすぎた。

窓の外には富士山が見えるが八神はそれに眼をむけずに車内販売で買ったコーヒーを啜っていた。グリーン車は空いていて乗客は数えるほどしかいない。

窓際に置いていた携帯が震えた。コーヒーのカップを置いて携帯を手にした。ディスプレイに相手の名前はなく電話番号だけが表示されているがそれだけで刑部だとわかった。

「警察《サツ》からの情報や。的は名古屋でガキを人質にして大阪へ逃げた。デリの女も一緒におる」

「まだ大阪にいるのか」

「梅田や。さっきガキの携帯から発信があった」

「じゃあ、おれの出番はないいな」

「警察には渡さん。うちの兵隊もむかっとるし、大阪にはなんぼでも若いもんがおる」

「女とガキも殺すのか」

「ガキは場合によってや。女は的とつるんどるみたいやから、生かしとくわけにはいかん」

「大阪まではしばらくかかるぞ。あんたの兵隊の見届け役は無理かもしれん」

「かまわん。そのときは事後処理を頼む」

「何人だ」

「関わった奴ぜんぶや」

「最初からそのつもりだったんだろう」

ふふふ。刑部は低い声で笑って、

「とにかく頼んだぞ。的の資料は大阪で渡す」

八神は電話を切ってシートに身を沈めた。

†

ブルーバードは梅田の繁華街を走っていた。

途中で車が混んでいて予想以上に時間がかかった。新田の銀行に電話してからすでに二時間近くが経っている。少年の誘拐事件とあって警察の動きは早い。すでに電話会社に位置情報の照会をしているはずだ。

携帯は送受信すればもちろん電源を入れているだけでも基地局からおおまかな居場所が特定される。ＧＰＳがついているならさらに精度は高い。里奈と健吾が警察に保護されるのなら問題はないがふたりの居場所が山中組に漏れていたらそっちに捕まる可能性がある。ふたりがどうなろうと逃げるべきだと思いつつ、もときた道をたどった。

里奈はコインパーキングの壁にもたれて腕組みをしていた。健吾は隣にしゃがんでいる。梶沼は大きく息を吐いた。コインパーキングの前に車を停めてクラクションを鳴らすとふたりはのろのろと近寄ってきた。梶沼は運転席の窓を開けて、

「早く乗れ」

「自分が逃げたくせに、なに急いでるのよ」

里奈が尖った声でいったとき、背後から重い衝撃があってヘッドレストに後頭部を打ちつけた。振りかえるとトランクがめくれあがっていてそのむこうに黒いヴェルファイアが見えた。ヴェルファイアはいったんバックしたかと思うとエンジンを吹かした。

アクセルを踏んでハンドルを切ろうとした瞬間、さっきよりも強い衝撃があった。ブルーバードはそのまま前に進んでコインパーキングに停めてあった軽トラの横腹にぶつかった。ボンネットが歪んでヘッドライトのガラスが飛び散った。どこかで女の悲鳴があがった。ヴェルファイアは白い煙をあげながらまたしてもバックした。

運転席のドアを開けて外へ転がりでたとたんヴェルファイアがブルーバードに突っこんだ。里奈と健吾は道路の脇で立ちすくんでいる。梶沼はふたりに駆け寄って、

「逃げろッ。食堂街にもどるんだ」

三人が走りだすと同時に背後でスライドドアが開く音がして足音が追ってきた。

食堂街のなかは小規模な店舗が密集して迷路のように入り組んでいる。昼飯どきとあって細

い通路はサラリーマンやＯＬたちで混みあっている。梶沼を先頭に里奈と健吾は人混みを掻きわけながら走った。

サングラスをかけてランニングウェアを着た男がふたり背後から追ってくる。六月もなかばに近いというのにふたりとも薄手のコートを羽織っているのが異様だった。コートの下には恐らく拳銃があるだろうがこれだけ人目があってはさすがに撃ってこない。

「あいつらはなんなの」

健吾が走りながら訊いた。

「おれを殺しにきたんだ。なんでこうなったかわかるか」

「さっき携帯を使ったから？」

「それだけじゃねえ。電源を入れとくだけでも居場所がばれるんだ」

通路の角をいくつも曲がり食堂街をぐるぐると走りまわった。里奈と健吾は脇腹を押さえてあえいでいるが男たちは走るペースを乱さない。追いつかれないですんでいるのは人波にさえぎられているからだ。通路が空いたらたちまち捕まるだろう。

男たちから死角になるタイミングをはかって立ち喰いの串カツ屋に飛びこんだ。暖簾の下から外を窺うと男たちが店の前を駆け抜けていった。梶沼はすぐさま里奈と健吾を連れだして男たちと反対方向に走った。

食堂街を抜けて大阪駅前にでたところで健吾の足が止まった。ぜいぜい喉を鳴らして前かがみになっている。追っ手の姿は見えないが安心はできない。

「ちょっと走ったくらいでへたばるな。ひきこもりなんかやってるからだ」

健吾は上目遣いににらんだが息があがって言葉がでないようだった。里奈も口を半開きにして足元をふらつかせている。

「こんなところにいたら捕まっちまう。さっさと走れ」

ふたりを急かして大阪駅の構内に入った。自動販売機に千円札を入れて百七十円の切符を三枚買い二枚を里奈と健吾に渡して改札口を抜けた。里奈がかすれた声で、

「どこへいくの」

「知るか」

各線の発車時刻を示す電光掲示板を見ながらコンコースを歩いていたら背後で短い悲鳴があがった。振りかえるとコートにランニングウェアの男たちが改札を飛び越えて走ってくる。

「きたぞッ」

梶沼は怒鳴ってエスカレーターを駆けあがった。ホームにでると電車が扉を開けていて発車のベルが鳴っていた。三人は電車に飛び乗ったがドアはまだ閉まらない。

里奈と健吾の背中を押して隣の車両へむかった。ようやくドアが閉まる音がして電車は動きだした。ほっとしてうしろを見たらいつのまにか男たちも電車に乗っていた。

糞ったれがッ。梶沼は毒づいて腰をかがめた。

座席は埋まっているものの立っている乗客はまばらで見通しがいい。里奈と健吾をうながしてもうひとつ隣の車両へ移動するとドアの前に立った。ふたりの男は乗客の顔をたしかめなが

らじわじわと迫ってくる。次は天満《てんま》。車内のアナウンスが告げた。

「いいか。次の駅でおりるんだ」

声をひそめていうと里奈が口を尖らせて、

「また逃げるの。もう足が限界だよ」

「いったんホームにおりて、あいつらが追ってきたら、またこの電車に乗るんだ。ドアが閉まるぎりぎりで乗れば、そのまま振りきれる」

まもなく電車は天満駅のホームに入った。男たちはもう隣の車両まできている。電車が停まってドアが開いた瞬間、三人はホームに飛びだした。振りかえると男たちも電車をおりてこちらへむかってくる。三人は死にもの狂いでホームを走った。

ドアが閉まります、ご注意ください。車掌のアナウンスが響いた。

「いまだッ」

梶沼は叫んで電車に飛び乗った。健吾に続いて里奈が駆けこんできたとき、居眠りしていたらしい中年男があわてて電車をおりようとして彼女にぶつかった。

里奈は電車から押しだされるとよろめいてホームに膝をついた。弾みでショルダーバッグの中身があたりにこぼれ落ちた。あのバカが。梶沼は唇を噛んだ。健吾が電車をおりて里奈に駆け寄った瞬間、ドアが閉まった。

とっさにドアの隙間に指を差しこんで強引にこじ開けた。肩から軀をねじこむと急にドアが開いてホームに転げでた。背後でふたたびドアが閉まって、動きだした電車の窓から男たちが鋭い眼をむけてきた。こちらの行動を見て奴らも電車にひきかえしたのだろう。

梶沼が電車に乗ってからドアが閉まるまでには思ったよりも余裕があった。タイミングを読みちがえたのは失敗だったが結果的にアクシデントが幸いした。

ホームにはカラフルな色合の品々が散らばっている。ボディソープ、除菌スプレー、うがい薬、ローションといったデリヘル嬢の必需品にまじってローターと絆創膏の箱がある。

里奈はホームにしゃがみこんでそれらを拾い集めている。健吾も手伝っていたがローターを手にして眼をしばたたいた。里奈が真っ赤な顔でローターをひったくった。通行人たちがちらちらと好奇の視線をむけてくる。

早くしろ、と梶沼はいって、

「ローターはともかく絆創膏はなんだ。ＳＭプレイでもやってたのか」

「ちがうよ。ヒール履くと靴擦れができるから」

里奈はバッグの中身を拾い終わるといまさらのように周囲を見まわして、

「さっきの連中は？」

「電車のなかだ」

「だったら乗らなくて正解じゃん」

「偶然だ。べつにおまえの手柄じゃない」

えっらそうに、と里奈はいって、

「これからどうするのよ。また電車に乗るの」

「ああ。奴らはすぐにもどってくる。裏をかくにはおなじ方向にむかったほうがいいが――」

梶沼がそういいかけたとき、紺色の制帽に淡いブルーの制服を着た男がふたりホームのむこうから歩いてきた。腕章に眼を凝らすと鉄道警察隊だった。

「やばい。いくぞ」

梶沼は小声でいって出口へむかった。

三人は階段を駆けおりて改札を抜けた。

天満駅をでてすぐに交番があってぎくりとしたが追っ手の気配はない。梶沼は足早に歩きだした。うしろのふたりは疲れた表情であとをついてくる。

すこし歩くと大きな公園があった。

里奈にせがまれて三人はベンチにかけた。梶沼は健吾にむかって、

「おやじさんの車がパーになっちまったな」

「いいよ。あんなボロ車」

健吾は前をむいたまま答えた。

「さっきの奴らを見て、よくわかっただろ。おれと一緒にいたらマジで殺《や》られるぞ。怪我しねえうちに家へ帰んな」

健吾は黙って宙を見ている。

「聞いてるのか。おまえの体力じゃ、とても逃げきれん」

「まだ外にでるのに慣れてないだけよ。若いんだから、すぐ調子よくなるって」

「おまえもひとのことがいえるか」

梶沼は里奈のハイヒールを顎でしゃくって、

「そんなもん履いて、まともに走れるわけねえだろ」

「じゃあ靴買ってよ」

「ふざけるな」

「殺し屋から逃げまわってるくせに、靴買うくらいのお金も持ってないの？」

「さっきお好み焼をおごったからな」

「恩着せがましいこといわないでよ。もっと美味しいものをおごってもらわなきゃ、こんな目に遭わされてる甲斐がないわ」

「こんな目に遭いたくねえなら、早くどこかへいけ」

梶沼はカーゴパンツのポケットから携帯をだして里奈に放った。

里奈はあやうい手つきでそれを受けとって、

「持っていいの」

「ああ。どこかへ電話するなりゲームするなり、好きなだけ使え。ただし次は助けねえぞ。このへんでお別れだからな」

「やだ。ひとりで逃げるなんて」

「おまえらは逃げなくていい。警察署へいって保護してもらうんだ」

「それは厭だっていったでしょう。あんたのせいでこんな目に遭ってるんだから、元がとれるまで帰らない」

「おれにどれだけくっついてきても元なんかとれねえぞ。さっきの奴らに拉致られるか殺されるのがオチだ。いまからどこへいくかもわからねえのに、おまえらは足手まといなんだよ」

「ドヤ街とかどう。大阪って大きなドヤ街があるんでしょ」

「知ったかぶりするな。ドヤは住人の顔が割れてるし警察とも通じてる。女子どもがまぎれこんだだけで街じゅうの噂になる。そもそもドヤだって泊まるのに金がいるんだ」

「じゃあ、どうするの」

「どうしようもねえ。三人で逃げるのは無理だって最初からいってるだろうが」

あーあ、と里奈は大きく伸びをして立ちあがると、

「走りすぎて喉渇いた。健ちゃん、飲みもの買いにいこう」

健吾はうなずいて腰をあげた。

「貧乏なおじさんにジュースくらいおごってあげる。でも、あたしたちがいないあいだに、こっそり逃げないでね」

里奈と健吾は自動販売機を探しに公園をでていった。

公園はがらんとしてひと気がない。薄曇りの空に太陽がぼんやりと輪郭をにじませている。汗ばんだ肌にまとわりつくような湿っぽい風が吹いてきてベンチの前に落ちていたコンビニの袋をさらっていった。

梶沼は溜息をついてポケットからセブンスターをだした。百円ライターで火をつけて煙を吐

きだしたとき、首筋に硬いものがめりこんで撃鉄《ハンマー》を起こす乾いた音がした。落胆と悔恨が一気に押し寄せて頭のなかが白くなった。

「立て。動いたら弾くで」

背後で男の声がして梶沼はゆっくりと立ちあがった。

「女とガキはどこいったんや」

「――途中ではぐれた」

「嘘や。駅のホームで一緒におったて、わいの連れがいうとったで」

「そのあと職質に遭いかけて、おれだけ逃げたんだ」

「それも嘘やな」

「ごちゃごちゃいわずに、さっさと殺《や》れよ」

「そうあわてんでもええ。こっちこいや」

梶沼はすなおに歩きだした。

里奈たちがもどってくる前にこの場から離れたかった。公園の前にフロントがひしゃげたヴェルファイアが停まっていて男は後部座席に乗るよううながした。スライドドアを開けて車に乗りこむと両手をうしろにまわすよういわれ梶沼はそれに従った。

男は梶沼の背中に銃を突きつけたまま片手だけで器用に両手首を縛った。手首に喰いこむ感触からしてケーブルを束ねるのに使う結束バンドだとわかった。商品名はタイラップかインシュロックでその筋の人間には手錠がわりとして有名だ。

もっとも人間を拘束するために作られたものではないから手錠としては欠陥がある。ナイロン製の結束バンドは横への力には強いが縦からの衝撃には弱い。膝や腰に叩きつければ自力ではずすことも可能である。しかし男に見張られていてはどうにもならない。ちらりと背後に眼をやると男の拳銃は銃身《バレル》の短いリボルバーだった。

男は携帯で誰かに電話すると、

「的は捕まえたから、はよこっちこい。天満駅のそばの公園の前や」

まもなく駅のほうから男がふたり走ってきた。さっき電車のなかまで追ってきた奴らだった。ふたりが運転席と助手席に乗りこむと梶沼の隣の男が、だせ、といった。ヴェルファイアは四気筒独特の甲高いエンジン音を響かせて走りだした。

†

八神は新幹線をおりて新大阪駅のホームに立った。

改札へむかう階段をおりているとスーツを着た初老の男とすれちがった。階段をおりてからトイレに入り男から受けとった封筒をトランクにしまった。トイレをでて改札を抜け駅前からタクシーに乗り梅田にあるホテルの名前を告げた。

中年の運転手は無言で実車ボタンを押すと車を走らせた。八神はネームプレートに眼をやってから防犯カメラがついていないのを確認した。五分ほど経って携帯が鳴った。ディスプレイに刑部の番号が表示されているのを見て通話ボタンを押した。

「資料は受けとったか」

「ああ」

「実は若干変更があっての。うちの兵隊がさっき的を生け捕ったんや。とりあえず倉庫に監禁しとるんやが、そっちへまわってくれんか」

「だったら、そいつらを足止めしといてくれ。いまからホテルにチェックインする」

「えらい悠長やな」

「おれは計画どおりに動いてる。変更したのはあんただ」

「そういう意味やない。ひとことというてくれたら、ホテルくらい用意しとったのに」

「どこへいけばいいんだ」

「すまんすまん。野暮な話やったわ。うちの兵隊がおるんは――」

刑部から倉庫の場所を聞いて電話を切った。

タクシーはホテルの玄関にすべりこんだ。運転手は車を停めると、

「着きましたけど」

ドアはまだ閉まっている。金モールの制服を着たポーターが駆け寄ってくるのが窓越しに見える。八神はそれを掌で制して、

「どこに着いた」

「どこて、お客さんがいうたホテルですよ」

「おれが行き先をいったとき、おまえは返事をしなかったぞ」

「せやったかな。ここんとこ疲れ気味やから」

「おまえが疲れているのが、おれとどんな関係があるんだ」

「すんまへん、ぼんやりしてたんで。千五百十円ですわ」

「なぜ金の話をする」

「そら着いたからでしょう」

「おまえが返事をしなかったってことは、まだ契約は成立してないんだ」

「契約て」

「おれはどこへ着くのかわからないまま、この車に乗っていたんだ」

「んなあほな。ちゃんとホテルに着いたやないですか」

「ということは、おれの声が聞こえていたのに返事をしなかったのか」

「せやから、ぼんやりしとったいうてるやないですか。堪忍してください」

「いや、ちがう。ぼんやりしていたんなら、おれに目的地を訊きかえすはずだ。おまえは返事をするのが面倒だった。たったひとこと、はい、というのがな」

「はあ、そうかもしれませんわ。えらいすんません」

「かもしれませんとはなんだ。おまえは自分がなにをいってるかわからないのか」

運転手は八神を振りかえって眉をひそめた。

「ややこしいお客さんやなあ。妙なアヤつけんでくださいや」

「きょうの勤務は何時までだ」

「はあ？」

「何時に仕事が終わるのかと訊いてるんだ」

「——きょうは昼勤やから三時までですけど」

「よし。三時きっかりに辞めろ」

「いわれんでも三時になったら、会社でひと眠りしますわ」

「そうじゃない。運転手を辞めるんだ」

「えッ」

「いいか。三時になって会社にもどったら、すぐ退職届をだせ。それ以降も運転手を続けるつもりなら、おまえの未来はなくなる」

「なんやようわからんけど、それはおどしでっか」

「おまえの名前もタクシー会社もおぼえた。おどしだと思うのは勝手だが、おまえはもう一度おれに逢うことになる。そのときがおまえの最期だ」

「物騒なこといわはるなあ。なんなら警察呼びまひょか」

「呼べ。そのぶん残り時間はなくなるがな」

「残り時間？」

「おまえの人生のだ」

八神は運転手の眼を見据えた。

「警察を呼べばどうにかなると思ってるだろうが、どうにもならない。この世にはおまえが想像もつかないようなことがいくらでもある。たとえば、いまがそれだ。おまえはおれがどういう人間か知らないにもかかわらず、仕事の手を抜いて返事をしなかった。そんな不用心な人間がこれまで無事だったのは運に恵まれていたにすぎない。しかしその運は、たったいま尽きた。おれの警告に従って運転手を辞めるか、いますぐ警察に連絡するか、どちらか選べ」

運転手は前をむいて無線のマイクを握ったがそのままの姿勢でじっとしていた。

「こっちをむけ、吉井」

運転手は肩をびくりと震わせて振りかえった。血の気が失せた顔に汗の粒が浮いている。

「そうか。おまえは承諾したときに返事をしないんだったな」

八神は財布をだすと運転席に一万円札を放って、

「釣りはいらん。おまえの退職金だ」

†

ヴェルファイアは府道十四号線から阪神高速を通って一般道へ抜けた。

工場や倉庫が建ちならぶ通りを走っていくと川沿いの道にでた。橋のたもとに安治川《あじがわ》と看板がある。梶沼は脇腹に銃を突きつけられて後部座席に坐っていた。

ここまでくるあいだ男たちはほとんど口をきかなかったが自分がどうなるのかははっきりしていた。わずかでも解放する可能性があるなら目隠しをするから目的地で始末されるのは確実だった。脱出するなら車をおりてからでは遅い。

けれども反撃の機会は見つからぬままヴェルファイアは雑草が生い茂る空き地に入り小学校の体育館ほどもありそうな倉庫の前で停まった。波トタンが真っ赤に錆びついた外壁には運輸会社らしい社名が記されているが白いペンキの文字はかすれて読めない。

助手席の男が先に車をおりて倉庫のドアを開けた。続いて運転席の男が外にでると後部座席にまわってスライドドアを開け車からおりるよううながした。逃げるならいましかないと思ったが隣の男は梶沼の背中に銃口《マズル》を喰いこませている。

梶沼はふたりの男に前後をはさまれて車をおりると倉庫に入った。外からは廃墟に見えたが倉庫のなかは蛍光灯が灯っていた。東南アジアや中国の刻印がある木箱やパレットと呼ばれる木製の荷台が至るところに積みあげられそれらの隙間にはフォークリフトが停まっている。

四人は木箱やパレットを避けながら壁際に沿って歩いた。倉庫のまんなかあたりで先頭の男が足を止めて金属製のドアを開けた。ドアの上には梱包室と書いたプレートが貼ってある。

梱包室は二十畳ほどの広さでひどく殺風景だった。

作業用らしい大型のテーブルがふたつと折畳み式のパイプ椅子がひとつあるだけでデスクも窓もない。のっぺりしたクリーム色の壁はカレンダーの一枚もかかっておらずところどころに茶褐色の染みがある。濃いグリーンの床にカッターナイフやステープラー、ガムテープや荷紐が散らばっているが部屋の隅にガスボンベとバーナーがあるのは梱包室が本来の用途には使われていないのを示している。外気のせいか天井の下の換気扇がゆっくりまわっていた。

梶沼はパイプ椅子に坐らされ上半身を背もたれごとガムテープで縛られた。ずっと拳銃を突きつけていた男がようやくそばを離れてテーブルの上に腰かけた。

男の顔を正面から見るのははじめてだった。三十代後半くらいで色白の顔をしているが頬から唇にかけて深い傷跡がある。この男がリーダー格のようであとのふたりはコートを脱ぐとサングラスをはずして梶沼の両脇に立った。ひとりは長髪をうしろで束ねもうひとりは顎髭《あごひげ》を生やしている。

頬に傷のある男はリボルバーをテーブルに置いてマルボロに火をつけた。

同時に着信音が鳴って男はニューバランスのランニングウェアのポケットからだした携帯を耳にあてた。はいはい。ええそうです。はい、あんじょうやっときまっさ。男は電話を切ると梶沼にむきなおって、

「おまえの注文どおり、早めに殺したろう思うとったが、そうもいかんようなった」

「だからなんだ」

「もういっぺん訊くで。女とガキはどこや」

「知らん」

「ほんまに知らんのやったら気の毒やなあ。わいらはおまえが知っとるもんと思うて痛めつけるよってに、吐くことなかったら、死ぬまでだいぶ苦しまなあかんで」

「勝手にしろ。知らねえものは知らねえんだ」

「ほな勝手さしてもらうけど、苦しまぎれに嘘いうたらあかんで。なんぼ痛うても、おれは知らんいうて、じいッとしとき。嘘いうたら、なんぼ殺してくれて頼んでも殺してやらんで」

梶沼は無言で男を見つめた。

殺人の経験がある者らしい濁って据わった眼をしている。男はその眼を細めて、

「人間ちゅうのは、なかなか死なんもんやで。こないだの若い兄ちゃんなんか、眼ェくりぬいて両手両脚バーナーで焼き落として、キンタマとサオまでちょん切ってもまだ生きとる。しゃあないから、なんも喋れんように舌ひっこ抜いて西成《にしなり》の梅之家に売ったわい」

「梅之家？」

「これ専門の旅館やがな」

男は右手の甲を左の頬にあてて指をそらすと軀を傾けてしなを作った。

「あこは変態が多いさかい、ダルマの兄ちゃんいうて人気あるらしいわ。軀はぐちゃぐちゃでもケツは無傷で若いし朝から晩まで掘り放題やから、時間潰しにちょうどええんや」

ほな、はじめよか。男がいうと長髪の男が床からステープラーを拾いあげた。ステープラーはホチキスの別名で紙を綴じるのに使うが男が手にしているのは卓上用でサイズが大きい。男はそれを上下に開くと綴じ針を打ちこむ側のグリップを握って歩み寄ってきた。

男は梶沼の太腿にステープラーを押しつけてガチャリとグリップを押した。綴じ針が皮膚と筋肉を貫いて鋭い痛みが頭を突き抜けた。思わずうめき声をあげて軀をよじったが椅子から離れることはできない。頬に傷がある男はマルボロを吹かしながら、

「そんなケチ臭いことしてもおもろないけど、しばらく遊んどれちゅうお達しや。見届け人がきたら、ダルマの兄ちゃんみたいにしたるさかい、もうちょい待っときや」

長髪の男は作業をこなすようにステープラーを次々と太腿に打ちこんだ。両脚の太腿にコの字形になった針の背がならんで銀色に光りカーゴパンツに血がにじんでいる。

「もうカチャカチャはええわ。そいつで鼻でも削《そ》いでみよか」

頬に傷のある男が床に顎をしゃくった。

顎髭の男がカッターナイフを拾うとカリカリ音を鳴らして錆びついた刃をだした。カッターナイフは業務用の大型で刃の大きさは小ぶりの包丁くらいある。顎髭の男はそばへくるなり梶沼の鼻をつまんで鼻孔にカッターの刃をあてがった。

錆びた金属の匂いを嗅ぐと腹の底に冷たいものが湧いて全身の毛が逆立った。

「待て。待ってくれッ」

梶沼は叫んだが頬に傷がある男は首を横に振って、

「このくらいで吐くくちゅうても信用ならんで。どうせ時間稼ぎやろ」

「ちがう」

「なにがちがうんや」

鼻孔にカッターをあてがわれたまま必死で頭を働かせたが適当な口実を思いつかない。

「見てみい。やっぱり時間稼ぎやないか」

男は嗤って、やれ、といった。

八神がフロントの前に立つと従業員の若い女が会釈して、ご予約は、と訊いた。

してない、と八神は答えた。ご宿泊は一名様でしょうか。二泊だ。申しわけございません。女は頭をさげて、

「本日はあいにくシングルルームがふさがっておりまして、ダブルかツインでしたら――」

「ロイヤルスイートだ」

女の顔色が変わった。女はいったん奥へひっこんで支配人だという中年男を連れてきた。支配人はうやうやしく頭をさげて名刺を差しだすと、

「当ホテルのロイヤルスイートは二百五十平米の広さでございまして、室内には――」

「説明はいいから部屋へ案内してくれ」

「失礼いたしました。お客様は以前ご利用になられたことが――」

「ない」

支配人は女と一瞬顔を見あわせてからふたたび頭をさげて宿泊カードとペンを前に置いた。ふたりは八神の袖口から覗くロジェ・デュブィ・エクスカリバークロノに眼をむけている。

宿泊カードに必要事項を記入すると支配人は上目遣いに電卓を押しだした。宿泊料金は二百万近かったが八神は無表情で財布からアメックスのセンチュリオンカードいわゆるブラックカードを抜いてカウンターに放りだした。

支配人はインプリントをしてからカードを八神にもどすと晴れ晴れとした笑顔になって、

「お待たせいたしました、和泉《いずみ》様。お部屋にご案内させていただきます」

ロイヤルスイートは最上階でフロントの女が案内についてきた。

女がトランクを持とうとするのを断ってエレベーターに乗った。部屋に入ると女は設備の説明をはじめたが八神は一瞥もせずに窓の前に立った。トランクを床に置いて窓の外を眺めている。女は当惑した声で、

「和泉様、お部屋について、もうすこしご案内させてください」

もういい、と八神は窓をむいたままいって、

「なぜ予約でふさがっているといわなかった」

「えッ」

「スイートはホテルの顔だろう。うさん臭い客は泊めないいんじゃないのか」

「そんな――」

「予約なしのうえに、ひとりでロイヤルスイートに泊まる奴がいるのか」

「いいえ、お客様がはじめてです」

「売上げ優先ってわけか」

それでは、と女は口ごもりつつ、

「もし、お部屋の空きがないと申しあげていたら――」

「どうかな。あきらめたかもしれないし、そうでなかったかもしれない」

「ホテルに勤める者として、お客様のことを詮索するのはタブーなんですが――」

「なんだ。いってみろ」

「和泉様はどのようなお仕事を――」

「知りたいか」

八神は振りかえって女を見た。女は上気した顔でうつむいた。

「ついさっき、他人に無関心なせいで職を失った男がいた。あるいは、もっと大きなものを失うかもしれん」

「どういうことでしょう」

「その逆もあるということだ。好奇心は猫をも殺すというぞ」

「もう結構です。よけいなことをおうかがいして、申しわけございませんでした」

「詫びる必要はない。賢明な選択だ」

女は一礼して部屋をでていった。八神はふたたび窓の外を眺めてからコンシェルジュに電話してレンタカーを手配するとトランクを開けた。

†

梶沼はカッターの刃を避けようとあおむけに顔をそらした。

「こらッ、じっとしとらんかい」

顎髭の男は怒鳴って鼻から手を放し梶沼の背後にまわった。

左腕を梶沼の顔にまわすと顎を抱くようにして押さえつけ右手に握ったカッターナイフを鼻に押しつけてきた。錆びた刃が浅く皮膚を裂いてぴりぴりと鼻孔に痛みが走った。一気に鼻を削ぎ落とされそうな恐怖に身をよじった。

頬に傷がある男はマルボロをくゆらせながら眼を細めて、

「暴れたらあかん。刃が錆びとるさかい、切り口がぎざぎざなるで」

「待て。女とガキは梅田にもどった」

梶沼はでまかせを口にしたが頬に傷がある男は鼻で嗤って、

「苦しまぎれに嘘いうたらあかんていうたやろ。梅之家に売られたいんか」

「嘘じゃない」

「ならいうてみい。梅田のどこや」

梶沼は梅田の街中で見かけたホテルの名前を口にして、

「夜にロビーで落ちあう約束だ」

「ほな、いちおう調べてみよか。けど夜まで、おまえと遊んどるひまないんや。そこのホテルで落ちあうんが嘘でもほんまでも、軀は刻ませてもらうわ。そのうちべつの居場所を吐くかもしれんよってに」

顎髭の男は笑みを浮かべて梶沼を見おろすとカッターの刃を鼻孔に喰いこませた。こんなことなら身柄を拘束される前に抵抗すべきだった。たとえ撃たれても無意味な拷問を受けるよりはましだ。絶望に奥歯を嚙み締めたとき、携帯の着信音が響いた。

頬に傷がある男が携帯にでるとすぐに通話を切って、

「このへんで女の携帯から電波がでとるそうや。はよ捜せッ」

長髪の男がドアを開けて駆けだした。顎髭の男は舌打ちをして梶沼の頭をこづくとカッターナイフを放りだして部屋をでていった。梶沼は顔をのけぞらせたまま大きく息を吐いた。

頬に傷がある男は腰かけているテーブルで煙草を揉み消して、

「なんで女がついてきとるんや」

「わからん。なにかのまちがいだろ」

里奈がこんなところまでくるとは思えない。もし天満駅前の公園で自分が拉致されるのを目撃したとしても尾行する手段はなかったはずだ。仮に車があったところでこんな郊外まであとをつけてきたら男たちがそれに気づくだろう。といって自分が拉致されたのと同時に尾行しない限りこの場所を知る方法はない。

「おまえ、発信器かなんか持っとるんちゃうか」

頬に傷がある男はテーブルからおりて梶沼に近づいてきた。

そのときドアを叩く音がした。

「誰や」

男は鋭い声をあげるとテーブルの上のリボルバーをとってドアの前に立ち慎重な手つきでノブをまわした。ドアを細めに開けて、誰や、ともう一度怒鳴ったが返事はない。

男は首をかしげてドアの隙間から外を覗いた。しゅーッ、となにかが噴きだすような音がしたかと思うと男がうめいて左手で顔を押さえた。

ドアが開いて里奈と健吾が駆けこんできた。里奈の右手には白い筒型の容器が握られている。男はリボルバーを構えたが眼が見えないようで狙いが定まらない。里奈は自分に銃口《マズル》がむいているのに気づかないのか及び腰できょろきょろしながら、

「おじさん、大丈夫？」

「そこをどけッ」

梶沼はパイプ椅子ごと立ちあがって肩から男に体当りした。

男はよろめいて壁にぶつかった。弾みで引き金《トリガー》をひいたらしく銃声が室内の空気を震わせて床から土埃が舞った。

里奈は悲鳴をあげて両手で耳を押さえた。健吾は青ざめた顔で腰をかがめている。

男は壁にもたれるようにしてしゃがみこむと真っ赤に充血した眼からおびただしい涙を流しながら銃口《マズル》をむけてきた。梶沼はそれをめがけて思いきり軀を反転させた。パイプ椅子の脚が男の腕にぶつかる手応えがあってリボルバーが床をすべっていった。

梶沼は男に背をむけた姿勢で前かがみになると腰に全体重をかけてぶつかった。パイプ椅子の脚が男の腹にめりこむ感触があった。

ぐえッ。男はくぐもった声をあげて動かなくなった。

「拳銃《チャカ》を拾えッ。それからそこのカッターでガムテープを切るんだ」

梶沼は叫んだが里奈と健吾はおびえたように立ちすくんでいる。

「早くしろッ。こいつの仲間がもどってくる」

健吾がおずおずとリボルバーを拾いあげた。里奈が床に落ちていたカッターナイフを拾って

駆け寄ってきた。里奈はガムテープを切り離そうとしたがカッターの刃が錆びているせいか手間どっている。

「ガムテープはあとまわしにして、手を縛ってるやつを切れッ」

「せっかく助けにきたのに文句ばっかりいわないでよ」

里奈はパイプ椅子のうしろから結束バンドを切った。自由になった両腕に力をこめると切れ目の入ったガムテープが裂けてパイプ椅子がはずれた。梶沼は椅子を放りだして健吾の手からリボルバーをもぎとった。

リボルバーはコルト・ディテクティブスペシャルだった。銃把《グリップ》の上にある留め金《ラッチ》をひいて弾倉《シリンダー》をスイングアウトすると弾は残り四発だった。梶沼は銃を横に振って弾倉をもとにもどしてから撃鉄《ハンマー》を起こした。

頬に傷がある男は上半身を壁にもたせかけて床に足を投げだしている。上着の懐を探るとヴェルファイアのキーレスエントリーがでてきた。男は頭を振って苦しげにうなったがまだ意識はもどらない。梶沼はキーレスエントリーをカーゴパンツのポケットにしまって傷のある頬を掌で叩いた。男はようやく薄目を開けた。立てよ。梶沼は二インチの短い銃身《バレル》を男の額にあてがった。

「手は頭のうしろだ」

男は充血した眼をしばたたきながら両手を後頭部にまわしてふらふらと立ちあがった。男は里奈と健吾をにらみつけて、

「おんどれら、ぜったい生きてかえさへんで」

「黙ってろ」

男の額に銃口《マズル》をめりこませたとき、叩きつけるようにドアが開いた。顎髭の男と長髪の男が相次いで飛びこんできた。

「動くんじゃねえ。おまえらの兄貴分がくたばるぞ」

梶沼はリボルバーを突きつけたまま男を羽交い締めにするとこめかみに銃口《マズル》を喰いこませた。手を頭のうしろへやって壁にむかって膝をつけ。顎髭の男と長髪の男がいわれたとおりにすると梶沼は里奈にむかって、

「ドアを開けろ。坊主は椅子を持ってこい」

里奈が外にでて片手でドアを押さえた。健吾もパイプ椅子を抱えて部屋の外にでた。梶沼は男を羽交い締めにしたまままあとずさった。

梱包室をでた瞬間、男から手を離して背中を蹴り飛ばした。

男はつんのめって部屋のなかへ転げこんだ。すかさずドアを閉めると健吾からパイプ椅子をひったくってレバー式のドアノブの下に背もたれがくるよう椅子を置いた。即座に足音がしてドアノブがまわったがレバーの尖端が背もたれにつかえてドアが開かない。

「開けんか、こらッ」

梱包室のなかの男たちはわめきながらドアを叩いている。顎髭の男と長髪の男は銃を持っているかもしれないがドアは金属製だけに簡単には破れないだろう。

三人は倉庫を駆け抜けて入口のドアを開けた。外の空き地にはヴェルファイアが停まっている。それをめがけて走った。里奈が息を弾ませながら、

「どう？　これでもあたしたちは足手まとい？」

「考えてみよう」

「なによ、そのいいかた。健ちゃんもがんばったでしょ」

「まあな」

梶沼は歩調をゆるめると健吾の頭を撫でた。

やめろってば。健吾は口を尖らせて梶沼の手を振り払った。

「それにしても、どうやってここへきた」

「タクシーよ」

「そうじゃない。おれがここにいるのがどうしてわかったんだ」

里奈はヴェルファイアのうしろへまわってバンパーの下を指さした。彼女の携帯が何枚もの絆創膏で貼りつけてある。里奈はそれを剝がして電源を切りショルダーバッグにしまうと、

「ジュース買って公園にもどったら、おじさんがさっきの男に拳銃でおどされて、この車に乗せられるのが見えたの。その場じゃどうしようもなかったから、あとをつけようと思って」

「話はあとだ。早く車に乗れ」

「なにそれ。どうしてって訊くから答えてるのに」

梶沼はヴェルファイアの運転席に乗るとコルト・ディテクティブの撃鉄《ハンマー》を正常な位置にもど

してグローブボックスに入れた。里奈は助手席に健吾は後部座席に乗りこんだ。

†

八神は安治川の倉庫の手前でレンタカーのＢＭＷからおりた。

倉庫の敷地に入ってあたりを見まわしたが男たちのものらしい車がない。倉庫のドアを音をたてないように開けると足を忍ばせて歩いた。梱包室と表示のある部屋の前で足を止めた。

金属製のドアは蝶番がはずれて斜めに傾いている。靴で蹴ったらしい凹《へこ》みがドアの表面にいくつもあってノブがあるはずの場所には黒い穴が空いている。ノブはシリンダーごと床に落ちていてガムテープがあちこちにへばりついたパイプ椅子が転がっている。

誰かが銃を撃ったのか硝煙の匂いがした。上着の懐に手を入れて部屋のなかを窺うと頬に傷がある男がテーブルの上に坐って携帯で誰かと喋っていた。

八神はパイプ椅子を抱えて梱包室に入った。男は八神に気づくとぎょっとした表情で携帯を上着の懐にしまってテーブルからおりた。眼が泣き腫らしたように赤い。

「あんたは組長《おやじ》の使いの――」

八神はうなずいてパイプ椅子を壁際に置きそれに腰をおろすと、

「的はどうした」

それが――と男は顔をゆがめて、

「逃げられたんや」

「的は梶沼といったな」

「ああ」

「いったんは、ここに監禁したんだろう」

「せやけど、女とガキが助けにきよっての」

「刑部さんには伝えたのか」

「まだや。けど、すぐ捕まえるよってに」

「どこへ逃げたかわかるのか」

「わいらの車に乗ってるさかい、じき足がつく」

「梶沼が車を捨てたらどうする」

「その前に、わいの手下が追いつくはずや」

「いますぐ呼びもどせ」

「それじゃ組長《おやじ》に顔むけでけん。もうちょっと待ってくれ」

「いいから呼びもどせ」

男は携帯をだすと手下らしい相手に倉庫へもどるよう告げて電話を切ると、

「なあ、見逃してくれへんか」

「どういう意味だ」

「あんたがなにしにきたんか知っとるで」

「おれは、ただの見届け人だ」

「うちの組長《おやじ》はそない甘い男やない。下手打ったんがばれたら、わいらをまとめて消すつもりや。それもあって、あんたをよこしたんやろ」

「勘ぐりすぎだ。おれは丸腰だぞ」

「あんたの噂は聞いたことがある。シニガミの八神ちゅうてな」

「おれは初耳だな」

「頼むわ。この場は眼ェつぶって、ひきあげてくれへんか」

「仮におまえの想像どおりだったとして、おまえらを見逃すことにどんなメリットがある？」

「金なら用意するで。梶沼の身柄《ガラ》さろてきたら――」

「金はいらん」

八神はくつろいだ様子で足を組んだ。男は溜息をついてテーブルをおりると苛立ちを鎮めるように室内を歩きまわって、

「ほな、どないしたらええんや」

「さあな。おれには思いつかん」

「さよか。せやけど、わいらも玄人《くろうと》や。おとなしゅう消されへんで」

男は一気に詰め寄ってくると腰から黒鞘の匕首《ドス》を抜いた。波状の刃紋が浮いた刃が八神の喉元で冷たい光を放っている。匕首の切っ先が喉仏に触れて針を刺したような痛みがあるが八神は表情を変えずに、

「なんのまねだ」

「あんたは見届けにきて梶沼に殺されたんや。わいらがおらんあいだに梶沼はあんたを殺して、ここから逃げた。組長《おやじ》がそれで納得するかどうかわからんが、とりあえず話の筋は通る」

男は右手で匕首《ドス》を突きつけたまま左手で八神の軀を探って、

「あきれたもんや。ほんまに丸腰かい」

倉庫のドアが開く音がして顎髭を生やした男と長髪をうしろで束ねた男が梱包室に入ってきた。どちらもサングラスをかけて薄手のコートを羽織っている。ふたりの男はパイプ椅子に坐って喉元に匕首を突きつけられている八神を見て表情をこわばらせた。

顎髭の男が八神に顎をしゃくって、

「こいつ誰でっか」

「組長《おやじ》がよこした見届け人や」

頬に傷がある男がいった。長髪の男が首をかしげて、

「見届け人なら身内やないですか」

「その身内が、わいらを殺しにきたんや」

「ほんまでっか、兄貴」

「ほんまや。こいつ殺《や》らな、わいらが殺《や》られる」

「刑部さんがなんというかな。いまなら、おまえがやったことを忘れてやるぞ」

「八神。おどれは黙っとれッ」

頬に傷がある男は匕首《ドス》の切っ先を八神の喉に喰いこませた。

喉仏の皮膚が切れて血が流れだし鎖骨のあいだを伝った。八神はあいかわらず無反応で腕をまわすような仕草をした。一瞬のあいだに匕首を握った手首の関節をひねりあげてみぞおちに拳を突き入れていたが顎髭の男と長髪の男には見えなかった。頬に傷がある男はいつのまにか匕首を落とし腹を押さえて悶絶していた。

八神はパイプ椅子の下に手を伸ばすとガムテープで貼りつけてあったマカロフを剝がして立ちあがり顎髭の男と長髪の男の眉間に一発ずつ撃ちこんだ。

ふたりの男はコートの懐に手を入れたままの恰好で床に崩れ落ちた。男たちの眉間に血がこんもりと盛りあがりピンクの泡が弾けた。

頬に傷がある男は片手で腹を押さえながら匕首《ドス》を拾おうとしたが胸を蹴られてあおむけに倒れた。八神は匕首を蹴り飛ばして男のそばにしゃがんだ。マカロフの銃口《マズル》を顔にむけると男はあえぎながら、

「拳銃《チャカ》持っとんなら、はなから弾かんかい」

「おまえの連れがもどってくるのを待っとっただけだ。ひとりずつ殺《や》るのは面倒だからな」

「このド腐れがッ」

「おまえこそ、おれから殺《や》られるとわかってたんなら、なぜすぐに刺さなかった」

「おう。そうすりゃよかったわい」

「それでおれが殺せたと思うか。思うと悔いが残るぞ」

「知るかボケ。さっさと殺《や》れや」

「口を開けろ」

男は横をむいた。八神は男の顎を片手で押さえて正面をむかせマカロフの銃口を唇にあてた。男は固く口を閉ざしていたがかまわず銃身《バレル》をねじこむと前歯が砕けた。男は血と唾と前歯の破片を吐きだしながら口を開けた。

「悔いのないように教えといてやる」

男は銃口をくわえたまま顔を左右に振った。

「おまえらは下手を打とうが打つまいが、おれに殺《や》られる予定だったんだ」

八神は銃身《バレル》を喉の奥まで差しこんで引き金《トリガー》をひいた。

銃弾は頭蓋骨を貫通したようで男の後頭部から豆腐の破片のような脳漿がまじった鮮血が広がった。八神は男の上着で銃把《グリップ》の指紋を拭いてから男の右手にマカロフを握らせるとふたたび引き金《トリガー》をひいた。壁からコンクリートの破片が散り床に落ちた薬莢がチリンと音をたてた。

薬莢のそばに弾痕らしい穴がある。八神は床に落ちていたカッターナイフを拾って穴の前にかがみこんだ。錆びついた刃で穴をほじると潰れた弾頭がでてきた。八神はそれを上着のポケットにしまってからハンカチで指紋を拭ったカッターナイフを床に放りだして梱包室をでた。

†

ヴェルファイアは国道四十三号線を北上していた。まだ安心はできないがいまのところ追っ手の気配はない。梶沼はハンドルを切りながらセブンスターに火をつけて、

「携帯でおれの居場所がわかったってことは、ＧＰＳか」

そうよ。里奈が答えた。

「どこでそれを調べるんだ。携帯から電波がでてるにしても受信する方法がないだろう」

「そんなの簡単よ。なくした携帯を探せるサービスがあるもん」

「サービス？」

「前もって電話会社に登録しなきゃいけないけど、最近の若い子はみんなそうしてるよ」

「知らん。ふだんは他人名義《トバシ》の携帯しか使わねえからな」

里奈と健吾は家電量販店のパソコンで携帯の位置を検索してからタクシーに乗り倉庫にたどり着いた。しかし相手は三人もいる。その時点ではどうすることもできなかったが男がふたりでていくのを見て倉庫に忍びこんだという。

「おまえにそんな知恵があるとはな」

「ううん。携帯を車に貼りつけたのは健ちゃんのアイデア」

「やっぱり、おまえじゃなかったか」

「だからなによ。助けにいったのはあたしじゃない」

「そういやあ、おまえが男に吹きつけてたのはなんだ」

「除菌スプレー。駅のホームでバッグを落としたときに見たでしょう。あれが眼に入ったら、めちゃめちゃ沁みるの」

ねえ、と里奈は梶沼の顔を覗きこんで、

「鼻はどうしたの」

手の甲で鼻を拭うと薄く血がついた。

「さっきの奴らにやられたのね」

「このくらい、やられたうちに入らん」

「なんで憎まれ口しか叩かないの。すこしは感謝したらどう」

「おれが下手を打ったのは、おまえらがついてきたからだ」

ちょっと、と健吾が口をはさんだ。

「これなんだろう。シートの下にあったんだけど」

健吾は黒革のセカンドバッグを持っている。里奈はそれを手にとってファスナーを開けた。

とたんに、わッ、と叫んで梶沼の肩を揺さぶった。

梶沼はあやうくハンドルを切り損ねそうになって、

「やめろ。あぶねえだろうが」

「ちょっと見てよ、これ」

セカンドバッグを横目で見ると札束がぎっしり詰まっていた。


インパネの時計は六時をまわっている。

ヴェルファイアは阪神高速から中国自動車道を通って神戸ＪＣＴから山陽自動車道に入った。大阪と神戸は山中組の眼が光っているうえに追っ手の車に乗っているとあって下道は走れない。検問で逃げ道をふさがれるのが怖いが一刻も早く他県へ入りたかった。

セカンドバッグに入っていた札束はぜんぶで三百万あった。里奈ははしゃいで、

「これで靴が買えるわ。あと服も欲しい。健ちゃんはなにが欲しい？」

「パソコンとゲーム」

健吾はそういって、どうせだめなんだろ、とつけ加えた。梶沼はハンドルを操りながら、

「おまえが家に帰るんなら、いくらでも買っていいぞ」

「だったら、いらねえよ」

梶沼は助手席の里奈にセカンドバッグを押しつけると、

「この金を山分けして、おさらばしよう。おれは五十万もあれば充分だから、坊主に小遣いをやって、あとは好きにしろ。それだけありゃあ、おまえもデリから足を洗えるだろ」

「ざけんなよ。小遣いなんていらねえよ」

「あたしもいらない」

「どうしてだ。元がとりたいっていってたじゃねえか。その金じゃ足りねえのか」

「うん」

「欲の深い女だな。この先、金が入る予定なんかねえぞ」

「知らない。お金目当てみたいにいわないで」

「おれにくっついてきて、なにがおもしろいんだ」

「おもしろいかどうかわかんないけど、ここまできたら最後まで見届けたいの。そんなことよ

り、もうあたしたちを置いてかないで」

「約束はできねえが、なるべくそうしよう」

「なにが約束はできねえよ。次は助けてあげないからね」

「それはこっちの台詞《せりふ》だ」

「ねえ、せっかくお金があるんだから、きれいなところに泊まろうよ」

「その前に、この車を捨てなきゃな」

「またなの。せっかく乗り心地いいのに」

「こんな車に乗ってたら、捕まえてくれっていってるようなもんだ」

「おじさんを拉致った奴らのこと？」

「ああ」

「あいつらって、どこのやくざなの」

「たぶん山中組だ」

「それ知ってる。すごく大きい組なんでしょ。そんな組から狙われて大丈夫なの」

「他人事《ひとごと》みたいにいうな。おれと一緒にいる限り、おまえも狙われてるんだ」

「でも、おじさんが守ってくれるんでしょ」

「バカいえ。おれを追ってるのは山中組だけじゃねえんだぞ」

「警察もでしょ」

「そんなことはわかってる。ほかの組もからんでるかもしれねえってことさ」

「ほかの組？」

「おまえは知らなくていい」

「またそういういいかたする。それってマジ感じ悪いよ」

「ならついてくるな。金を山分けして、お別れだ」

「もう、そういういいかたもやめにしない？　あたしと健ちゃんは命の恩人なのよ」

「いちいち恩着せがましいんだ。だいたいおまえは――」

梶沼がそういいかけたとき、静かにしろよッ、と健吾が怒鳴った。

「眠いんだ。痴話喧嘩はあとでやれよ」

梶沼はハンドルを握ったまま里奈と顔を見あわせた。里奈がなにかいおうとするのを梶沼は片手で制して低い声で笑った。

†

窓の外には梅田の夜景が広がっている。

八神は全裸でキングサイズのベッドに横たわっていた。いましがたトレーニングを終えてシャワーを浴びたばかりで軀はうっすらと汗ばんでいる。

二百五十平米の部屋にはリビング＆ダイニングにキッチンやパーラーまであるが寝室とシャワールーム以外は出入りしていない。ジョージアンスタイルのソファもグランドピアノもジノリのティーセットも手つかずのままだ。ジャグジーを含めて三台あるテレビは電源が入っておらず専用スピーカーつきのオーディオプレーヤーも沈黙している。

静寂のなかで目蓋を閉じていると枕元で携帯が震えた。相手は刑部だった。

「三人の屍体《ロク》はうまいことやってくれたの」

「もう警察に知らせたのか」

「おう。内輪揉めの末に主犯が自殺ちゅう筋書でカタがつきそうや」

「車はどうなった」

「まだ見つからん。三人に渡しとった手付金の三百万も消えとる」

「的がその金を持っているなら、車を捨てるはずだ」

「せや。空港や新幹線のホームには兵隊を張りこましとるが、県外まで手がまわらん」

「六代目に掛けあえば、そのくらい造作もないだろう」

「組長《おやじ》にそんなことといえるかい。表向きは浅羽の仇討ちやけど、裏じゃ東誠会も嚙んどるんや。せやから、おまえに頼んだんやないか」

「最初から、おれひとりでよかったんだ。あんたの兵隊が下手に追いまわしたから、よけいに手間がかかる」

「そう責めんでくれや」

「的か車が見つかったら連絡してくれ」

「そういうても、のんびりしとるひまはないんや。警察《サツ》からの情報やと、もうじき指名手配がかかるよってに」

「警察《サツ》が捕まえる前に殺《や》れっていうのか」

「頼むわ」

「的の居場所も見当がつかないくせに虫のいい話だな。また経費がかかるぞ」

「かまわん」

八神は電話を切って宙を見つめた。

梶沼とその連れはもう大阪にはいない。神戸は山中組の本拠地だけに避けるはずで南下した公算が高い。裏をかくなら北上すべきだが名古屋か東京へもどるとは考えにくい。京都は大阪に近いうえに地元の組織は山中組の傘下である。ひとまず潜伏するなら岡山、広島、山口、福岡だろう。土地勘がない場所で筋者が身を隠すとき、より大きな都市を選ぶから山口の可能性は低い。どこで車を捨てるかにもよるが検問を恐れて長時間は乗らない。となると逃走先は限られてくる。

八神はトランクからノートパソコンと携帯用のプリンタをだした。

ノートパソコンを立ちあげてロックされた不可視のフォルダをパスワードを入力して開くと八神の顔写真がいくつもならんでいる。どれも素顔ではなく髪型や眼鏡や髭で変装している。なかには口に綿を含んで頬の肉付きをよくしたものもある。

八神は黒縁の眼鏡をかけて薄い口髭を生やした写真を選んでプリントアウトし写真の余白をカッターナイフで切りとった。二重底になったトランクのなかから警察手帳とピンセット、チューブ入りのペーパーセメントをだした。ふたつ折りの警察手帳には黒縁眼鏡をかけた八神の顔写真が貼られている。その下にある官名は警視庁警部だ。

顔写真と官名と氏名を記した証票には旭日章《きょくじつしょう》のホログラムが浮きでているが実物とちがってシールになっている。八神はピンセットでそれらを剥がすとプリントアウトした顔写真の裏に薄く伸ばしたペーパーセメントを塗り元の写真があった位置に貼った。続いてホログラムのシールを写真と文字をまたぐように貼り作業を終えた。

八神は黒縁眼鏡をかけて口髭をつけブルックスブラザーズのスーツとワイシャツを着てビームスのネクタイを締めた。靴下はＪプレスで靴はリーガルを選んだ。部屋をでしなにタクシー会社に電話して、吉井さんはいますか、と訊ねた。

「仮眠室で寝とりますけど、なんかご用でっか」

配車係の男は明るい声でいった。

†

梶沼は岡山市内に入ってヴェルファイアを停めた。

あたりは暗くひと気がない通りで工場の塀に沿って路上駐車の車がならんでいる。すぐには見つからないだろうが発見されしだい県内は虱潰《しらみつぶ》しに調べられる。岡山にとどまるのは危険だった。警察の捜査を遅らせるためにも県をまたいだほうがいい。

梶沼はグローブボックスからコルト・ディテクティブをだしてカーゴパンツの腰に差すと運転席のドアを開けてふたりをうながした。

「早くおりろ」

「ここで車を捨てるの？」

里奈が訊いた。

「ああ、広島へいこう」

「もうおなか減ったよ。岡山の街も見たいんですけど」

「我慢しろ。新幹線ならすぐだ」

「じゃあ広島のホテルに泊まって美味しいもの食べる。健ちゃんもそれがいいでしょ」

健吾は曖昧にうなずいた。

「広島っていったら牡蠣《かき》だけど、牡蠣は季節はずれだから、お好み焼かな」

「お好み焼は昼に喰っただろうが」

「あれは大阪風でしょ。広島風も食べたいの」

黙って車をおりると里奈が札束の入ったセカンドバッグを抱えて、あとを追ってきた。

「これはどうするの」

「持ってろ」

「こんなおっさん臭いバッグ持ちたくないよ」

梶沼はセカンドバッグをひったくって里奈のショルダーバッグに札束を押しこんだ。空になったセカンドバッグとヴェルファイアのキーレスエントリーを道路脇の側溝に投げこむと先に立って歩きだした。

岡山駅までバスで移動して新幹線で広島駅に着いたのは八時すぎだった。空は雲が多くて星が見えない。カーラジオの天気予報ではあすから雨になるといっていた。

里奈は駅をでるなり真新しい高層ホテルを指さして、

「あそこのスイートに泊まろうよ」

「そう簡単に決めるな」

「駅前のほうが便利じゃない。三人でラブホに泊まるわけにもいかないでしょ」

「こんな恰好でスイートに泊まるほうが不自然じゃねえか」

「そりゃ服を着替えたいけど、この時間じゃどこの店も閉まってるよ。ホテルに二泊することにして、あした服買いにいこうよ」

「二泊なんて、のんびりしてるひまはねえぞ」

「じゃあ、どこいくの。どうせいくあてもないんなら、あわてたっておなじでしょ。新しい服のほうが追っ手に見つかりにくいんじゃないの」

「それはそうだが」

「そうだが、なによ」

「おまえの意見を聞くのは気に喰わん」

「はいはい。もういいから、あたしにまかせて」

「サインするときに、まちがっても本名を書くなよ」

「そんなのわかってる」

「三人だからってエキストラベッドを頼むなよ。ふたりで部屋をとるんだ」

「いちいちうるさいなあ。小姑《こじゅうと》みたい」

ホテルのロビーに入ると里奈はチェックインをしにフロントへいった。梶沼と健吾は人目に触れるのを避けてエレベーターホールで待っていた。

やがて里奈はむっつりした顔でカードキーを手にしてもどってくると、

「ツインしか空いてなかった。スイートはふさがってるって」

「おおかた足元を見られたんだろう」

「なんでよ。あたしがみすぼらしいっていうの」

梶沼は鼻を鳴らしてエレベーターのボタンを押した。

部屋は十階にあったが繁華街とは反対をむいているようで窓の外には暗い街並が広がっている。里奈はお好み焼を食べにいきたいといったが梶沼は首を横に振った。

「じゃあホテルのレストランは」

「だめだ」

「そうだろうと思った」

里奈はルームサービスのメニューを広げると、

「健ちゃん、なにがいい？」

ふたりはハンバーグやパスタやピザといった食事に加えてケーキやジュースまで注文したが

梶沼はサンドイッチと生ビールだけだった。

「おじさんは、どうしていつもひがんでるの」

里奈が訊いた。梶沼は答えずに、

「ルームサービスがきても、なかに入れるなよ」

ボーイがチャイムを鳴らすと里奈が応対にでてワゴンを部屋の前に置かせた。里奈はワゴンを室内に運び入れて料理をテーブルの上にならべた。

里奈は笑顔でピザを頬張りながら、

「こういう食事、してみたかったんだ」

「ルームサービスがそんなに珍しいのか」

「じゃなくて、こうしてると家族旅行みたいじゃん」

ね、と里奈は健吾にいった。健吾は黙ってハンバーグをつついている。梶沼は生ビールのジョッキを片手にテレビを眺めつつ、

「おまえにも家族くらいいるだろうが」

「あんなの家族じゃないわ。父親は世間体ばっかり気にして、母親はお金の計算ばっか。兄貴はあたしをバカにしてるし――」

「兄貴がいるのか」

「あたしとちがってデキがいいの。医大にストレートで通って、いまはインターン」

「くだらねえよ、そんなの」

健吾が眉間に皺を寄せた。でも、と里奈がいって、

「健ちゃんは成績よかったんでしょ」

「そんなのどうだっていい。親がうるせえから勉強してやっただけさ」

「どんな親でも、いるだけましじゃねえか」

梶沼はテレビに視線をむけたままいった。

画面ではニュースが流れている。里奈が遠慮がちな声で、

「おじさんは家族いないの」

「さあな」

「どうしてそんなにケチなのよ」

「ケチ？」

「だって、なんにも教えてくれないじゃん。もうそろそろ自分の――」

梶沼は片手をあげて里奈の言葉をさえぎった。テレビの画面に一軒の民家が映っている。周囲の景色にはモザイクがかかっているがすぐに健吾の家だとわかった。

いま入ってきたニュースです、とアナウンサーの中年男はいって、

「きのう午前六時頃、名古屋市内の会社員、新田宏さん宅に男女のふたり組が押し入り、新田さんと妻の文江さんを粘着テープで縛って監禁するという事件が起きました。男女のふたり組は、けさ午前三時頃、新田さんの長男の高校二年生、健吾くんを人質にして逃走、警察は捜査を続けていましたが、健吾くんに危害がおよぶ恐れがあるとみて公開捜査に踏みきり――」

「ふたり組ってなによ。あたしも被害者なのに」

「静かにしろッ」

「また事件の直前には、現場付近のホテルで暴力団がらみの抗争とみられる銃撃事件が起きており、警察は防犯カメラの映像から指定暴力団東誠会系組員、梶沼武容疑者を全国に指名手配しました。梶沼容疑者は健吾くんの誘拐事件にも関与しているとみられ、警察は行方を追っています」

ニュースが終わると同時に里奈がまた騒ぎだした。

「いつのまにか、あたしまで犯人になってるじゃない」

梶沼は上の空でテレビの画面を見つめていた。

新田のブルーバードは梅田に置いてきたから警察はとっくに発見しているはずだ。それを報道しなかったのは自分たちを泳がせるためか。あるいは警察の一部が山中組と通じているせいか。ブルーバードの件を報道すれば自分たちを追ってきた連中の目撃者もでてくるだろう。ひいては山中組にも捜査の手を伸ばさざるを得ない。

「どうしよう。刑務所なんかに入りたくない」

大丈夫だよ、と健吾がいった。

「もしものときは、おれがちゃんと説明するから」

「ごめんね。悪いのはぜんぶ、このおじさんだから」

里奈は大きく息を吐いて、

「犯人あつかいされるのはごめんだけど、やっとわかったわ」

「なにがわかったんだ」

梶沼は気のない声で訊いた。

「おじさんは梶沼武っていうのね」

「それがどうした」

「いまさら梶沼さんなんて呼ぶのも変な感じ」

「おれを名字で呼ぶな。外で誰かが聞いたらどうする」

「武さんとかタケちゃんのほうがいい？」

「ぶん殴るぞ」

「じゃ梶さんにしよう。梶さんとおじさんじゃ一字しか変わんないけど」

「勝手にしろ。とにかく人前で名前を呼ぶな」

†

八神は二階の仮眠室をでて一階の事務所におりた。

「どないでしたか。吉井は？」

配車係の男が不安げな表情で訊いた。

「よほど疲れてたんだろう。もうぐっすり寝てる」

「あいつは、なんかやらかしたんでっか」

「いや、ちょっと訊きたいことがあっただけだ」

「でも警視庁の刑事さんがくるなんて、ただごとやないでしょう」

「広域捜査でね。珍しいことじゃない」

タクシーの営業所をでると徒歩で新大阪駅へむかった。駅までは十分ほどの距離である。新大阪駅から新幹線に乗って岡山駅でおりた。時刻は十時をまわっている。

改札口をでると駅に直結したホテルへむかった。

梶沼という男がひとりならふつうのホテルには泊まらないだろう。カプセルホテル、ネットカフェ、漫画喫茶、サウナ、カラオケボックス、個室ビデオ。泊まるところはいくらでもあるが女子どもがいれば安宿では目立つ。三人であることを隠すという点で旅館の線もない。梶沼たちは刑部の手下から奪った三百万を持っている。三人で泊まるなら交通の便がいい駅周辺の高級ホテルで支払いは現金だ。

八神はホテルに入るとロビーを見渡して防犯カメラの位置を確認しそちらへ顔をむけないようにしてフロントに立った。若い従業員に警察手帳を見せると中年男を呼んできた。まばらな髪を横に撫でつけスーツの胸に主任の名札がある。

「本日の宿泊客について、おうかがいしたいんですが」

八神がそう切りだすと男は眉をひそめて、

「県警のかたですか」

八神はふたたび警察手帳を示した。警視庁ですか、と男はつぶやいて、

「宿泊者名簿の閲覧でしたら、支配人に確認しないと――」

「名簿は必要ありません。きょう五時以降で、三十代前半の男もしくは二十代前半の女性のチェックインはありましたか」

「二名様ということでしょうか」

「いえ、一名の場合でも」

男はカウンターのむこうでパソコンを操作してから、

「三十代前半の男性でしたら、該当するお客様が一名いらっしゃいます」

「部屋のタイプは？」

「セミダブルです」

「支払いは現金ですか」

「いえ、カードです」

「結構です。ご協力ありがとうございました」

八神は一礼してフロントを離れた。

†

ルミノックスの針は十一時をさしている。

梶沼はソファにかけて音声を消したテレビを眺めていた。ふたつあるベッドには里奈と健吾が寝ている。昼間の疲れからかふたりはベッドに入るなり寝息をたてはじめた。

梶沼はソファの隙間に差しこんでおいたコルト・ディテクティブを手にとった。セミオートの拳銃とちがってリボルバーは分解清掃の必要がほとんどないが銃身《バレル》のなかを覗くと火薬の煤《すす》で黒く汚れている。

やくざの持つ拳銃は施条痕《ライフルマーク》で銃を特定されるのを警戒して一度でも仕事《ヤマ》に使ったら捨てるのがふつうだ。前科《まえ》のある拳銃を使うのは新品を仕入れる金を惜しんでいるかそんなひまもないほど仕事《ヤマ》を踏んでいるかのどちらかだがあの男たちは後者だろう。

こより状にしたティッシュペーパーで銃身《バレル》の汚れを拭っていると、

「ねえ、梶さん」

里奈が小声でいった。いつのまにかベッドに半身を起こしている。

「こっちで寝たら？　せまいけど、あたしは細いから大丈夫よ」

「おれは平気だ。さっさと寝ろ」

「ソファで寝たら疲れるでしょ。そのかわり変なことしないで」

「こっちにこいとか変なことはするなとか、勝手な奴だ」

「なによ。ひとが心配してやってるのに」

「おれのことより自分の心配をしろ」

「心配なことがありすぎて、考える気もしないわ」

「なら、なにも考えないで寝ることった」

「あしたもここに泊まるとして、それからどうするの」

「わからんって、なんべんいえばいいんだ」

「どこかに頼れるひとはいないの」

「ああ」

「三十三にもなって、ひとりぼっちなんてさびしいね」

「北九州にひとりだけ信頼できるひとがいる。しかし迷惑はかけたくねえ」

「あたしたちには迷惑かけても？」

「とにかく、ケリをつけなきゃな」

「どうしてあたしの話を聞かないの」

「うるさい。ぜんぜん眠れねえじゃん」

健吾が怒鳴って寝返りを打った。ごめん。里奈はそういってから声をひそめて、

「ケリってなんなの」

「おまえらがついてくるのは勝手だが、いつまでもってわけにはいかねえだろ」

「――まあね」

「おれが無事に逃げきるのを期待してるんなら、お門ちがいだ。警察はほとぼりが冷めりゃあなんとかなるが、やくざのほうは何年経とうと地の果てまで追ってくる。それに最後までつきあうのか」

「そんなつもりはないけど――」

「なら、どこかでケリをつけよう。ゴールを決めて、そこに着いたら解散するんだ」

「ゴールって、どこかの街とか？」

「そうだ。山口とか福岡とか」

「すぐ近くじゃない、そんなの」

不意に健吾が軀を起こして、沖縄がいい、と叫んだ。

†

六つ目のホテルで聞きこみを終えたのは十二時だった。

深夜とあってフロントの従業員は不審な表情だったが緊急の捜査だと偽った。岡山駅周辺のめぼしいホテルはすでにまわった。駅前の路上で盗んだスカイラインで市内へむかっていると刑部から電話があった。

「やっと車が見つかったで。岡山や」

ちょっと待ってくれ。八神は車を路肩に停めてから、

「岡山のどこだ」

「町はずれの道路脇や。いまどこにおる？」

「岡山だ」

「さすが八神や。図星やないか」

「いや、車を捨てたってことは岡山にはいない。恐らく広島だ」

「なんでそう思う」

「梶沼って奴は、それほど抜けてるように思えんからな」

八神は電話を切るとカーナビで地図を確認してからアクセルを踏んだ。

†

「それって名案かも。あたしも沖縄いきたい」

と里奈がいった。沖縄だと、と梶沼は首をひねって、

「どこだっていいが、もっと近くにしろ」

「目的地を決めようっていったのはおじさん、じゃなくて梶さんでしょう。せっかく健ちゃんが意見をだしたのに、そんないいかたはないでしょう」

「沖縄なんかへいってどうするんだ」

べつに、と健吾がいった。

「ただいってみたいだけ」

「どうせまた海が見てえとか、甘っちょろいことを抜かすんだろう」

「どこが甘っちょろいの。なんにも考えないで海辺でごろごろしたいとか思わない？」

「おまえはふだんから、なんにも考えてねえだろうが」

「わかった。梶さんは刺青あるから、海へいっても裸になれないんだ」

「バカ。海なんか興味ねえ」

「とにかくいってみようよ。梶さんだって沖縄いったことないんでしょ」

「ああ」

「じゃあ決まりね。目的地は沖縄」

健吾はうなずいた。梶沼は溜息をついて、

「忘れるなよ。着いたら解散だからな」

「そんなに念を押さなくてもいいじゃん。梶さんは解散するのが目的かもしれないけど、あたしと健ちゃんは沖縄へいくのが楽しみなんだから」

「なんだっていい。そもそも沖縄までたどり着けるかどうかわからんぞ」

「だめよ、約束したんだから。ぜったい沖縄いくの」

梶沼はふたたびコルト・ディテクティブの清掃をはじめた。

音声を消したテレビの画面で古い時代劇が流れている。やがて里奈は寝息をたてはじめたが健吾は布団から顔をだして梶沼の作業を見つめている。

「それって、引き金をひけば弾がでるの」

「こいつがなきゃだめさ」

梶沼はテーブルに顎をしゃくった。四発の38スペシャル弾がティッシュペーパーの上で鈍く光っている。健吾は舌打ちをして、

「そんなことわかってるよ」

梶沼はコルト・ディテクティブの弾倉《シリンダー》を銃に装填して引き金《トリガー》にゆっくり力をこめた。弾倉が回転し撃鉄《ハンマー》が後退する。さらに力をこめると乾いた音をたてて撃鉄が落ちた。

こういうリボルバーは、と梶沼はつぶやいた。

「ダブルアクションっていって、引き金をひけば弾倉がまわって撃鉄があがる仕組みになってる。ただし、いきなり引き金をひくのは緊急の場合だけだ」

梶沼は親指で撃鉄《ハンマー》を起こしてから引き金《トリガー》をひいた。

「こうやって撃ったほうが、引き金をひく力がすくないぶん命中精度があがる」

健吾はベッドからでてくると梶沼のそばに腰をおろして、

「触ってもいい？」

梶沼はコルト・ディテクティブの銃身《バレル》を持って健吾に差しだした。健吾は恐る恐る銃把《グリップ》を握ったが梶沼が手を放したとたん銃にひっぱられるようにつんのめった。

「おもちゃとちがって重いだろう」

「知ってるよ。大阪の倉庫でも持ったから」

健吾は顔をしかめながら片手でリボルバーを持ちあげた。重さに耐えられないのか腕が小刻みに震えている。梶沼は鼻を鳴らして、

「貸してみろ。そんな構えじゃだめだ」

健吾は銃把《グリップ》を握ったままリボルバーを差しだした。

梶沼は即座にそれをもぎとって、

「相手を殺すとき以外、銃口はひとにむけるな。わかったか」

「弾が入ってなくても？」

「弾が入ってなくてもだ」

「わかった。相手を撃つときはどうやるの」

梶沼は立ちあがってコルト・ディテクティブを構えた。

「まず敵にむかって半身になるように立つ。左足を前にだして右足はうしろへひけ。軀の面積をちいさくすることで敵の弾が当たりにくくなる。銃把《グリップ》を握るのは中指から小指までの三本だ。ひと差し指はそのまま伸ばして引き金のまわりのトリガーガードという枠の上に置く。引き金に指をかけるのは実際に撃つときだけだ。やってみろ」

リボルバーを渡すと健吾は立ちあがって銃把《グリップ》を握った。

「指の位置はそれでいいが、手首を横に曲げるな。銃身が腕に対してまっすぐになるよう構えるんだ。こうすれば撃ったときの反動《リコイル》を腕全体で逃がせるが、妙な構えかたをすると怪我をする。銃を握ったら、左手で右手を包みこむようにして、しっかり銃を支える。肩の力は抜いて、右腕は肘を軽く曲げて軀にひきつけろ。これも反動《リコイル》を逃がすためだ」

梶沼は健吾の姿勢を直してから、

「よし。狙いをつけて撃鉄を起こせ」

健吾は壁に銃口《マズル》をむけると撃鉄《ハンマー》を起こした。

「銃身の先についている突起が照星《フロントサイト》で、銃の手前にある凹みが照門《リアサイト》だ。照門のあいだから照星が見える位置で照準をあわせる。だが、むやみに撃っても当たらない。敵に命中する距離はせいぜい五メートルだ」

「たった五メートル？」

「敵にダメージを与えられる射程距離は五十メートルくらいあるが、実戦で当たるもんじゃねえ。片手で撃ってぽんぽん当たるのは映画かドラマだけだ。確実に仕留めたかったら五メートル以内に近づくことだ」

「そこまで近づいたら撃つの？」

「ただ撃ってもだめだ。引き金はひくんじゃなくて絞るんだ。一気に引き金をひくと力が入りすぎて照準がぶれる。呼吸も乱れると命中率がさがる。いったん息を吸って、すこしだけ吐いてから息を止めて、照準があったところで撃つ」

さあ撃ってみろ、と梶沼はいった。

健吾はいわれたとおりに呼吸してから引き金《トリガー》を絞った。

撃針が乾いた音をたてて空を打った瞬間、

「あんたたち、なにやってんのッ」

里奈の金切り声に健吾が飛びあがった。

「健ちゃんは高校生なのよ。高校生に拳銃なんか持たせてどうするの」

「なら何歳だったらいいんだ」

「何歳だってだめでしょう。ここは日本なんだから」

「堅気はな。おれたちは弾かなきゃ弾かれる」

「とにかく、あぶないからやめて」

梶沼はコルト・ディテクティブを健吾から受けとって、

「やくざもんがいる倉庫に、高校生連れてカチコミかけるほうがあぶねえじゃねえか」

「きのうのこと？　それは梶さんを助けるためでしょ」

「いいから早く寝ろ」

健吾は笑いをこらえるように頬をゆるめてベッドへいった。

†

岡山から山陽自動車道を通って広島市内に入ったのは午前二時をすぎていた。

広島東ＩＣから都市高速に乗って一般道におりたところで検問があった。広島へくる途中で梶沼が指名手配されたというニュースをカーラジオで聞いた。そのための検問にしては早すぎるが車列のむこうは大型トラックにさえぎられて様子が見えない。

八神はグローブボックスからイングラムと消音器《サプレッサー》をだして指紋を拭いたあとビニール袋に入れて新聞紙にくるみ車の窓を開けると道路脇の草むらへ投げこんだ。車は盗難車だし免許証は偽物だから本格的に調べられれば強行突破するしかないが警官を撃てばそのあとの警備が厳重になるし前科《まえ》のある銃を使いたくなかった。

車列が前に進むとヘルメットをかぶって白い蛍光ベストを着た警官が近寄ってきた。八神が窓を開けるなり警官は顔を突っこんできて、

「すいません。飲酒検問ですが、ちょっと息吐いてもらえますか」

アルコールチェッカーに息を吹きかけたがなんの反応もない。

警官は八神の顔を一瞬見つめてから頭をさげた。

「はい、ご苦労様です。気をつけて」

検問を抜けてから広島駅の近くでファミレスに寄ってコーヒーを飲み電話を一本かけた。車にもどるとゆっくりしたスピードで流川《ながれがわ》の繁華街へむかった。

八神は流川通りの手前でスカイラインを停めて携帯を手にした。ネットの地図で駅周辺のホテルをチェックしていると誰かが運転席の窓をノックした。

パワーウィンドーをさげかけた瞬間、窓ガラスが砕け散ってリボルバーがこめかみに押しつけられた。

おりろ、と男の声がした。八神はうなずいてドアを開けた。

軽く両手をあげて車をおりると四十がらみの男がリボルバーを構えていた。髪は角刈りで頬と顎が尖っている。痩せた軀にダブルのスーツが不似合いだった。隣にもうひとりダブルのスーツを着た坊主頭の大男がいる。やはり四十代に見えるが顔が肩に埋まったような猪首《いくび》で柔道家のような体型だった。

「ひさしぶりじゃの、八神」

角刈りの男が唇を吊りあげて嗤った。

「ようもぬけぬけと顔だしたもんじゃのう。こがいなところで、なにしよるんなら」

「仕事だ。しかしタイミングがよすぎるな」

「ここは広島ぞ。おどれみたいなよそもんがうろついとったら、すぐ連絡が入るんじゃ。堅気みたいな恰好しちょるが、それで変装のつもりかい」

「なんの用か知らんが忙しいんだ。またにしてくれ」

「なにを寝ぼけたことを抜かしよんなら。わしの顔を忘れたちゅうんか」

「見おぼえはあるが、名前までは知らんな」

「仁政会の能見《のうみ》じゃ。二年前、おどれが殺《や》った片岡《かたおか》の舎弟よ」

「山中組とは手打ちになっただろう」

「そがいなことは上のもんの話よ。のう力丸《りきまる》」

おう、と坊主頭の男がいった。

「たしかに組どうしじゃ話はついとる。けど、おどれはどこの組のもんでもないし、なんのけじめもつけとらん。おどれを殺《や》っても、誰も文句いう奴はおりゃせんのじゃ」

能見と名乗った男はリボルバーの銃口《マズル》を八神の背中に押しあてて、歩けといった。八神は近くに停めてあったベンツの後部座席に乗せられた。運転席には二十代後半くらいで茶髪の男がいた。力丸と呼ばれた男はスカイラインの車内を探ってからベンツに走ってきた。力丸は八神の隣に乗りこんでくると、

「こいつ、なんも持っとらんで」

能見はリボルバーを構えながら八神の軀に触れて、

「道具もなしに誰を殺《や》りにきたんじゃ。のう八神」

「さあな。ただ、このぶんだと数が増えるかもしれん」

数？　力丸が眼をしばたたいた。能見は嗤って、

「こん外道は、わしらも殺《や》るてイキっとるんじゃ」

「おんどりゃあ、しごうしちゃるでッ」

力丸は怒鳴って八神の胸ぐらをつかんだ。

「こがいなところで騒ぐな。事務所でゆっくりやらんかい」

能見は茶髪の男に命じてグローブボックスからステンレス製の手錠をださせた。力丸はそれを受けとると八神の両手をうしろへまわして手錠をかけた。脇腹には能見のリボルバーが突きつけられている。フィリピン製のスカイヤーズ・ビンガムだった。ベンツが走りだすと八神は正面をむいたまま指先で腰を探った。窓の外は霧雨が降りはじめた。

ベンツが停まったのは薬研堀《やげんぼり》のはずれにある路地だった。

四人は車をおりて古ぼけた雑居ビルに入った。饐えた臭いがこもったエレベーターに乗ると茶髪の男が四階を押した。階数ボタンは煙草の焼け焦げで黒く爛《ただ》れてデリヘルのチラシが床に散らばっている。

四階でエレベーターをおりると廊下の突きあたりに重厚なスチール張りのドアがあった。ドアの上に監視カメラがあるだけで窓も看板もない。茶髪の男がインターホンを押すとドアが開いて部屋住みらしいジャージ姿の若い男が顔をだして一礼した。

能見にうながされて八神は事務所に入った。入ってすぐに応接用のソファとテーブルがあり

そのむこうに申しわけ程度の事務机がある。正面の壁には代紋の入った額と提灯《ちょうちん》が仰々しく飾られ天井の隅には神棚がある。

八神は後ろ手に手錠をかけられたまま壁際に立たされてその前に能見と力丸がならんだ。

力丸は準備運動でもするように巨体を揺すって、

「さあ、えっと礼さしてもらおうかいのう」

「おう、ササラモサラにしちゃれ」

と能見がいった。力丸は猪首を鳴らすと腱《けん》が潰れて平らになった拳を構えた。

「むだだ。やめとけ」

八神がいうと能見が声をあげて嗤った。

「いなげなことをいうとるのう。いまさらイモひいても遅いわい。ここまできちょって、なにがやめれじゃ」

「おまえらのためにいってるんだ。話もあるしな」

「なにカバチたれとんのじゃ。このダボがッ」

力丸が拳を振りあげた瞬間、手錠が宙を飛んで力丸の口元にめりこんだ。力丸が口を押さえてかがみこむと八神はその首に横から手刀を叩きこんだ。力丸は口から血泡と歯を噴きだしてうつ伏せに倒れた。すかさず茶髪の男が背後からつかみかかった。

八神は男のみぞおちに肘を入れて振りかえりざまに股間を蹴りあげた。茶髪の男は声もあげずに軀をまるめてうずくまった。

「暴れるんもそこまでじゃ」

能見が突きつけたスカイヤーズ・ビンガムを八神は無造作に握った。

とっさに引き金《トリガー》をひいたが撃鉄《ハンマー》は動かなかった。能見は呆然《ぼうぜん》としてリボルバーに眼をやった。八神の指に押さえつけられて弾倉《シリンダー》が回転しない。

八神はスカイヤーズ・ビンガムを握った左手に右手を添えて能見の腕をひねりあげた。能見が銃から手を放すと同時に右手の指を横に払った。能見は両手で眼を押さえるとうめき声をあげて床に膝を突いた。部屋住みらしい若い男はその場に立ちすくんでいたが八神が銃をむけると男は床に落ちていた手錠を拾って自分の手首にかけ、もう一方をデスクの脚につないだ。

「おどれ、ぶち殺しちゃる」

能見は床に膝を突いたまま真っ赤な眼を見開いて怒鳴った。

八神は能見の額にスカイヤーズ・ビンガムをむけると親指で撃鉄《ハンマー》を起こした。

「ひとを弾くときは、こうやって撃鉄をあげとくもんだ」

「そのくらい知っとるわい。時間がなかったんじゃ」

「こんな安い拳銃《チャカ》を持ってるようじゃ怪しいな。もっとまともな銃はないのか。それと消音器《サプレッサー》も欲しい」

「拳銃《チャカ》はそれだけじゃ。そのサプなんとかちゅうのはなんなら」

「サイレンサーといえばわかるか」

「そがいな洒落たもんはないわ」

「じゃあお別れだ」

「ほうか。なら、きっちり殺《や》っていかんかい」

能見は床にあぐらをかいて、

「ただ、このままですむと思うなよ。わしは死んでも、おどれに取り憑いて離れんけんのう。地獄の果てまで追いかけちゃる。わかったら、さっさと弾かんかいッ」

「おれを血も涙もない人間だと思ってるようだな」

「おう。おどれにそがいなもんがあるかい」

「殺すにはそれなりの理由がある。誰でも見境なく殺すわけじゃない」

「やかましい。弾けいうたら弾かんかい。お情けでもろたような命はいりゃせんのじゃ」

「そんなに死にたいのか」

「広島極道の喧嘩はのう。殺《や》るか殺《や》られるかしかないんじゃ。おどれみたいな糞バカタレに逢うたんが運の尽きよ」

「運か。たしかに人生は運に支配されている。しかし人間の行動に偶然はない。現におれは自分の意志でここへきた」

「そらどがいな意味じゃ。わしらにわざと捕まったいうんかい」

「わざとより、もうすこしタチが悪いな」

能見は首をかしげたが不意に眼を剝いて、

「ほしたら、うちの事務所に電話したたんは――」

八神はスカイヤーズ・ビンガムの撃鉄《ハンマー》をもどすと銃把《グリップ》で能見の頭を殴りつけた。能見はあぐらをかいたままの恰好で床に伸びた。八神はズボンのポケットから先端がS字に曲がったヘアピンをだすと背中に手をまわして元通りベルトの内側にはさんだ。

デスクに手錠でつながれた若い男がおびえた眼でこちらを見ている。

「これが欲しかったんだ」

八神はリボルバーをくるくるまわして事務所をでていった。

†

床板の軋むかすかな音で眼が覚めた。ソファの隙間に入れてあったコルト・ディテクティブの銃把《グリップ》を握って軀を起こすとガウン姿の里奈が爪先立って歩いていた。

梶沼は軽く息を吐いてリボルバーをソファの隙間にしまうと、

「どこへいく」

「ごめん、起こしちゃった？　ちょっとコンビニまでいってくる」

梶沼はルミノックスに眼をやって、

「まだ五時すぎだぞ」

「だって眼が覚めたから。朝ごはん買ってくるけど、なにがいい？」

「外をうろちょろするな。朝飯もルームサービスでいい」

「だって、ほかにも買いたいものがあるもん」

「どうせあとから買物いくだろうが」

「だから買物にいく前に、ストッキングとか替えの下着とか欲しいの」

梶沼は黙ってテレビの電源を入れた。健吾はまだ眠っている。

里奈は手早く服を着てからカードキーを手にして、

「じゃあ、いってくるね」

「わかったから、さっさといってこい」

里奈が部屋をでていくと梶沼はソファでうとうとした。ドアが開く音に目蓋を開けたら二十分ほど経っていた。里奈はぱんぱんになったレジ袋をふたつベッドの上に投げだして、

「ああ、くたびれた」

「なにをそんなに買ったんだ」

「だって、梶さんと健ちゃんがなに食べたいかわかんなかったから」

里奈はレジ袋からおにぎりやパンやカップ麺を次々にとりだして、

「あ、そういえばホテルに帰ってきたとき、フロントに警察みたいなひとがいたよ」

「警察みたいなひと？」

「うん。ふつうのスーツだったけど黒い手帳を見せてた。フロントのひとが警視庁がどうとかっていってたけど――」

「そいつは、おまえに気づいたか」

「ううん。こっちは見てなかった」

まずいな。梶沼は顔をしかめて、

「こんな時間に聞きこみにくるのは不自然だし、警視庁っていうのも怪しい」

「偽の警官ってこと?」

「だったほうがやばい。いますぐここをでるぞ」

梶沼はソファから跳ね起きて靴下とブーツを履いた。

「マジで? 冗談でしょ」

「冗談じゃねえ。早く坊主を起こせ」

「ちょっと待ってよ。あたしの勘ちがいかもしれないじゃん」

「勘ちがいじゃなかったら、おしまいだぞ」

「朝ごはんはどうするの。せっかく買ってきたのに」

「捨ててけ。飯なんかあとで喰える」

「きょうの買物とホテル代は? 二泊ぶんも払ってるのよ」

「買物はあとまわしだ。ホテル代くらいケチケチするな。それから下りの新幹線の始発が何時か調べろ。携帯は使わずに部屋の電話を使え」

「もう、よけいなことというんじゃなかった」

里奈は愚痴りながらストッキングや下着を自分のショルダーバッグへ押しこむと健吾を揺り起こした。健吾は不満げな表情だったが梶沼の剣幕に圧《お》されてしぶしぶ支度をした。梶沼はテレビの音声をオンにしてからドアの表にDo not disturbのシールを貼りテーブルの上に里奈が買ってきた食材をならべた。

里奈は一〇四で広島駅の番号を調べてから駅に電話すると、

「始発は六時ちょうどの博多行きよ」

「よし。それに乗るぞ」

三人は部屋をでてエレベーターに乗った。梶沼は二階でふたりをおろして非常階段で一階までいくとフロントの様子を窺った。フロントには従業員も警官らしき男もいなかった。

ホテルをでると外は雨だった。三人は駅へむかって走った。

†

八神はフロントの従業員と十階でエレベーターをおりた。三十そこそこに見える従業員の男はDo not disturbのシールが貼られたドアの前で足を止めると、

「お休みのようですね」

「かまいませんから、声をかけてください」

八神は腰に差したスカイヤーズ・ビンガムの銃把《グリップ》を右手で握った。

従業員の男は部屋のチャイムを鳴らすと、

「お休みのところ申しわけございません。フロントの者ですが――」

すこし経っても返事はない。

「鍵を開けましょう」

従業員の男は困惑した表情で、でも、といった。

「誘拐事件の可能性があるんです。客のプライバシーも大事でしょうが、もし人質になにかあったら、マスコミにホテルの対応を責められますよ」

従業員の男は溜息をつくとカードキーでドアを開けた。

ふたりは部屋に入ったが室内には誰の姿もない。照明と連動したホルダーにはカードキーが差してありテレビの画面では天気予報が流れている。部屋はツインだからカードキーは二枚発行しているはずで一枚が残っていても不自然ではない。

八神はリボルバーの銃把《グリップ》から手を放した。

従業員の男はテーブルにならんだ食材を指さして、

「おでかけになってるみたいですから、またあらためて訪ねてみては――」

八神は室内をすばやく見まわってから電話の受話器をあげてリダイヤルボタンを押した。しばらく呼び出し音が鳴ったあと、はい広島駅です、と男の声がした。

†

梶沼は窓からホームを見つめていた。

里奈と健吾は前の座席で背中をむけて坐っている。新幹線に乗ったとき、里奈がシートをむかいあわせにしようとするのを梶沼は制して、

「指名手配がかかってるんだ。一緒にいたら人目につく」

新幹線は八両編成のこだまで三人がいるのは自由席の三号車である。いざというときすぐにおりられるよう席は乗車口に近い先頭を選んだ。のぞみなら終点の博多まで一時間ちょっとだがこの列車は各駅停車のために一時間三十九分かかる。

早朝とあって車内は空いていてサラリーマンやＯＬ風の男女が何人かいるだけだった。発車のベルが鳴って新幹線は動きだした。里奈がこちらを振りかえって、

「やっぱり勘ちがいだったんじゃないかな」

「こういうときは石橋を叩いても渡らねえくらいで、ちょうどいいんだ」

「やくざってそんなに気弱なの」

「強がる奴は長生きできん」

「あーあ、博多へいったらなに食べようかなあ」

「黙って前をむいてろ」

梶沼はシートにもたれて大きく息を吐いた。健吾は窓際の席で外の景色を眺めている。

ふとドアが開いてトイレへいってきたらしい乗客が横を通った。

あッ、と里奈が声をあげて前の車両を指さした。

「あのひとよ。さっきホテルのフロントにいたの」

梶沼はシートから腰を浮かせて眼を凝らした。前方の車両のドアが開いていて通路にスーツにネクタイ姿の男がいた。ドアはすぐに閉まったが男は乗客の顔を検分するように左右を見渡しながらこっちへむかっていた。

「やばいな。席を移ろう」

「移っても追いかけてくるんじゃないか。途中の駅でおりてもいい」

「なんとかしてかわすんだ」

梶沼は里奈と健吾を急かして三号車を通り抜けた。

四号車に入る直前に背後を窺うと予想通り不審な男は三号車へ入ってきた。

黒縁眼鏡に口髭を生やした男は三十代のなかばくらいに見えた。ガムでも嚙んでいるのか呑気に口を動かしながら一定の歩調で通路を歩いている。こちらには気づいていないようで視線は座席の乗客にむいている。

五号車に入ったところで新岩国に着いた。ホームは新幹線が停まる駅とは思えないほど閑散として乗客はほとんどいなかった。里奈はドアの前で足を止めて、

「ここでおりたらどう？」

「こんな田舎じゃ目立ちすぎる」

ちがうの、と里奈はいって、

「いったんホームにおりて先頭の車両に乗れば、さっきの男をまけるんじゃない」

「悪くないアイデアだが、相手がプロならそんなへまはしない。新幹線が駅に停まっているあいだは、おれたちが逃げないかホームを見張ってるだろう」

新幹線はふたたび動きだした。

五号車の通路を抜けてデッキにでたら洗面所とトイレがあった。洋式は使用中で和式は空い

ていた。梶沼は和式トイレのドアを開けると里奈と健吾をなかへ押しこんで、

「ここに隠れてろ。おれが呼びにくるまで、誰がきても鍵を開けるな」

「いつ呼びにくるの」

里奈が訊いた。

「小倉をすぎてもこなかったら、博多でおりて駅員に助けを求めるんだ」

「やだ。あの男が警察だったら、どうせ捕まるじゃん」

「あいつはたぶん偽者だ。ガムなんか嚙んでる警官はいない」

「じゃあ、やくざってこと?」

「なんだっていい。とにかくここに隠れてろ」

「梶さんはどうするのよ」

「おれはあいつをおびき寄せる。うまくいきゃあ、捕まえて黒幕を吐かす」

「そんな無理しないで、一緒に逃げようよ」

いいか、と梶沼はいった。

「あいつは恐らくおれの顔を知っているだろう。しかしおまえらの顔は知らねえはずだ。三人でいるのがいちばん危険なんだ」

「そうかもしれないけど、梶さんが呼びにくるまで、すっごい不安だよ」

「おれが呼びにこなかったってことは、あいつに殺《や》られたか捕まったかのどちらかだ。おまえらが途中ででてきたら、むこうの思うつぼだ」

「ずっとトイレにこもってたら、ほかのひとが使えないじゃん」

「そんな心配してる場合か。トイレくらい、べつの車両にもある」

「さっきの男が無理やり鍵を開けたら？」

健吾が訊いた。梶沼は便器の脇にある非常ボタンを指さして、

「そのときはそいつを押せ」

「押したらどうなるの」

「よくわからんが車掌がくるんじゃねえのか。下手すりゃ新幹線が停まるかもしれん」

「そんなの大迷惑じゃない」

「しょうがねえだろうが。生きるか死ぬかなんだぞ」

梶沼はトイレのドアを閉めて六号車へむかった。早朝のせいか検札も車内販売もこない。六号車の突きあたりに車掌室があり七号車の入口に車内販売の準備に使うらしい部屋があったがいずれもドアが閉まっていて室内の様子は窺えない。

七号車のデッキの先には喫煙ルームがむかいあわせにならんでいた。両方とも無人だ。自動ドアのボタンを押すと電子音が鳴ってドアが開いた。

梶沼は三つならんだ灰皿の右端に立ってセブンスターを吸った。

外は本降りになって車窓をすぎる街並は白く煙っている。窓ガラスに張りついた雨滴は風圧で吹き散らされて真横に流れていく。山陽新幹線はトンネルが多いだけに外の景色が見えたと思ったらすぐトンネルに入る。

音楽とともに車内放送が流れてまもなく徳山に着くと告げた。

緊張のせいか指にはさんだ煙草はたちまち短くなった。吸い殻を灰皿にねじこんだとき、電子音とともにドアが開いてスーツを着た男が入ってきた。

その顔を横目で見たとたん軀がこわばった。

黒縁眼鏡に口髭の男はラッキーストライクにジッポーで火をつけて窓の外を眺めている。さっきの足どりではまだこの車両にはこないと思っていただけに動揺した。あるいは自分の顔を知らないのかと思ったがうかつには動けない。

梶沼は二本目の煙草に火をつけるとさりげなく左手に持ちかえた。いざとなったら腰に差したコルト・ディテクティブを抜くために右手は空けておきたかった。

新幹線は徳山駅で停車したが男はホームを見張るでもなく煙草を吹かしている。せまい密室の空気が息苦しい。汗が頬を伝って首筋をすべり落ちた。新幹線が動きだして男は煙草を灰皿に放りこんだ。仕掛けてくるならいまだという気がして右手に神経を集中していると男はこちらを一瞥もせずに喫煙ルームをでていった。

梶沼は大きく息を吐いて煙草を揉み消した。男は六号車へもどったように見えたが待ち伏せているかもしれない。あたりを警戒しつつゆっくりと喫煙ルームをでたらさっきの男がデッキに立っていた。

「梶沼だな」

男は無表情にいった。すかさず腰にまわしかけた右手が途中で止まった。男は上着のポケットに両手を入れて壁にもたれている。そのポケットが銃口《マズル》の形に突っ張っている。

「拳銃《チャカ》を渡してくれ」

男はごく軽い調子でいった。

贅肉のない端整な顔は警察にもやくざにも見えなかった。ただ異様なのは切れ長の眼で澄んだ瞳にはなんの感情も浮かんでいない。

「なんで拳銃《チャカ》を持ってると思うんだ」

「おれが喫煙ルームに入ったとき、おまえは煙草を左手に持ちかえた。それだけなら拳銃《チャカ》とは限らないが、大阪の倉庫で三人組に監禁されただろう。そこから逃げるときに拳銃《チャカ》を奪ったはずだ」

梶沼は喉の渇きを意識しつつ、

「そんなことを知ってるってことは、おまえは山中組だな」

「話をしてるひまはない。拳銃《チャカ》を渡さないのなら、いますぐ弾くいますぐ弾く」

ここで銃を渡したら終わりだという気がした。いますぐ弾くというのがおどしとは限らないが、この男が山中組がらみなら里奈と健吾の行方を知りたいはずだ。自分を殺すにしてもふたりの居場所を訊きだすのが先だろう。

せまいデッキで発砲すれば跳弾がどこへ飛ぶかわからないし銃声で乗客が騒ぎだすかもしれない。しかもドアの上には防犯カメラ作動中と記されたステッカーがある。喫煙ルームで煙草を持ちかえたのも見逃さないような男だけにそれくらいは計算しているはずだ。

「ここで拳銃《チャカ》をだすのはやばいぞ」

梶沼は防犯カメラのステッカーを顎でしゃくった。

時間稼ぎのつもりだったが男は首を横に振って、

「心配するな。カメラはふさいである」

防犯カメラに眼を凝らすとガムの噛み滓《かす》がレンズに貼ってあった。

梶沼は唇を噛んで腰からコルト・ディテクティブを抜いた。銃把《グリップ》を男にむけてゆっくりと差しだした。男がそれを握ったら腕をとってねじ伏せようと思った。

ところが男は手をだそうとせず床に置けといった。落胆しつつ腰をかがめた瞬間、銃を握った手を蹴り飛ばされた。コルト・ディテクティブは床をすべってデッキの隅で止まった。

とっさに軀を起こすと喉笛めがけて強烈な蹴りがきた。かろうじてかわしたが靴先が顎に入って痺れるような衝撃が脳天を貫いた。休むまもなく次の蹴りが顔面を狙ってくる。それを避けようとして腰をかがめると眼の前にもう拳があった。

目蓋の裏で青白い火花が散って血なまぐさい痛みが鼻孔を突き抜けた瞬間、あおむけに押し倒されていた。のしかかってくる男の胸や脇腹を殴ったがどこもかしこも木のように硬くてなんの手応えもない。

必死でもがいているとカーゴパンツのポケットに金属の感触があった。持っているのを忘れていたから一瞬なにかと思ったがフォークをUの字に曲げた即席のメリケンサックだった。ポケットのなかでそれを握り締めたとき、眉間に銃口《マズル》が押しあてられた。

男は馬乗りになって右手でリボルバーを構えている。四インチの銃身《バレル》には見たことのない刻印がある。男の左手は梶沼の右肩を押さえている。

「女とガキはどこにいる」

男は抑揚のない声でいってリボルバーの撃鉄《ハンマー》を起こした。あれだけ動いたのに男の呼吸はまったく乱れていない。車内放送の音楽が鳴って新山口に着くと告げた。男はアナウンスが終わるのを待ってから、

「もう一度だけ訊く。女とガキはどこだ」

「さあな。自分で探せよ」

「ならいい」

上目遣いで銃を見ると撃鉄《ハンマー》にかけた指が白くなった。

「待て。いうから待てッ」

「早くいえ」

「車掌のところへいかせた」

「嘘だな」

「ガキに気分が悪いっていわせたんだ。それから――」

次の言葉を探していると車両が大きく揺れて右肩を押さえつけていた手がはずれた。

次の瞬間、右手に握りこんだフォークを男の顔めがけて突きあげた。

男はのけぞって壁に頭を打ちつけた。黒縁眼鏡は吹き飛んで左の頬が赤く裂けているが右手

のリボルバーはべつの生きもののようにこちらの動きを追ってきた。梶沼はフォークの先端を下にむけると渾身の力で男の首筋に叩きつけた。

とっさに男がかわしたせいでフォークの先端は鎖骨の上に突き刺さった。同時に突き飛ばされたような衝撃が左肩にあって尻餅をついた。

撃たれたと思ったが痛みはまだない。トンネルを通過する轟音で銃声はわずかしか響かなかった。床に眼をやるとデッキの隅にコルト・ディテクティブがあった。それを握って振りかえったが狙いを定める余裕はなかった。

男は壁にもたれかかったままリボルバーの撃鉄《ハンマー》を起こしていた。銃口《マズル》は薄い煙をくゆらせながら正確にこちらを狙っている。

「あれではずすとはな」

男は唇を曲げて嗤った。

「こいつはフィリピン製の安物なんだ」

もう殺《や》られる。

どうせ死ぬならむだを承知で撃とうと思った。そのとき七号車のドアが開いてＯＬ風の女がデッキに踏みこんできた。女はいまにも悲鳴をあげそうに両手で口を覆った。

男の眼が女へむいた瞬間、梶沼は閉まりかけたドアへ突進して六号車へ駆けこんだ。

†

八神はスカイヤーズ・ビンガムを女に突きつけて立ちあがった。

ワイシャツの胸にはフォークの先端が刺さったままだが鎖骨が折れているらしく左手があがらない。女は二十代後半くらいでワンピースに麻のジャケットを羽織っている。

「うしろをむけ。騒いだら撃つ」

女は唇を震わせながら背中をむけた。

八神は床から黒縁眼鏡を拾って顔にかけ防犯カメラからガムの噛み滓をとると女を盾にして七号車を通り抜けた。自分の顔が見えないようようつむき加減で歩く。新幹線は新山口駅のホームにすべりこんだ。

八神はデッキの先にあった身障者用トイレに女と一緒に入り背後から頭を殴りつけて昏倒させた。ドアの鍵をかけ胸に刺さったフォークを抜くとやはり鎖骨が折れていた。備え付けの手洗いでフォークを洗って汚物入れに放りこみガムの噛み滓を便器に流しトイレットペーパーで出血を拭った。鎖骨の上の傷はすぐに血が止まったが裂けた頬からはまだ血がしたたっている。

新幹線はすでに走りだしていた。傷口をしばらく指で押さえて止血すると床に倒れている女のジャケットを脱がせた。八神は右手と口でジャケットを裂いて三角巾を作り左腕を肩から吊った。一連の作業をしているあいだに新幹線は厚狭《あさ》と新下関をすぎた。

八神はふたたび頰の出血を拭いまだ意識を失っている女を便器に坐らせ背中を壁にもたれかからせてから身障者用トイレをでた。七号車に入るといつのまにか乗客が増えて座席は半分以上埋まっていた。八神は荷物棚にあった乗客用の毛布をとって六号車へむかった。

†

新幹線は関門トンネルの長い暗闇を走っている。

梶沼は六号車の先頭の座席に坐っていた。アドレナリンが薄れてきたのか左肩の傷は熱を持って疼きはじめた。出血はわずかで射出口がないから銃弾は体内に残っているらしい。

傷口が乗客の眼につかないよう窓際に肩を寄せて背後を窺っているがあの男はまだあらわれない。七号車との境目にあるドアが開くたび腰に手をやった。

デッキを渡った五号車のトイレには里奈と健吾がいる。途中の駅でふたりを逃がすべきかと迷ったがあの男が見張っているように思えて動けなかった。ずっと見張られているのならどこまでいってもおなじだがホームの混雑にまぎれることができるぶん大きな駅のほうがいい。

さっきは車両の揺れと女の乗客に助けられた。ふたつの偶然がなかったら確実に殺されていただろう。どんな稼業にも上には上がいるがやくざどうしの争いは格闘技とちがう。腕力や気力ではなく一瞬の駆け引きや手をだすタイミングが勝敗をわける。

しかしあの男はそういう次元を超えていた。

過去に遭遇したことのない種類の男だった。待ち受けてはいるものの倒す自信はまったくない。あの男がこのまま姿を見せなかったら里奈と健吾を呼びだして小倉でおりるつもりだった。小倉に着く前にあらわれたら終点の博多まで車内を動きまわって里奈と健吾が逃げる時間を稼ぐしかない。

　関門トンネルを抜けて窓の外がにわかに明るくなった。

　小倉到着を告げるアナウンスとともに新幹線は速度を落とした。梶沼は何度も振りかえったがあの男はあらわれない。偶然に助けられたとはいえそれなりに手傷は負わせたから応急処置に手間どっているのかもしれない。

　窓の外に小倉駅のホームが見えてきた。梶沼は席を立って五号車へいった。

「おれだ。早く開けろ」

　和式トイレをノックするとドアが開いて里奈と健吾がげんなりした顔を覗かせた。

「一時間以上もトイレにこもるなんて、中学のとき以来よ」

　両親と喧嘩してさあ、と里奈がいうのを梶沼は制して、

「もたもたするな。おりるんだ」

「どうしたの。肩から血がでてる」

「さっきの男にやられたの？」

　健吾が訊いた。新幹線が停まった反動で三人はよろめいた。

「いいから急げ」

　デッキへいくともうドアが開いていて乗客が続々と乗りこんできた。小倉は博多への通勤圏とあってホームには長蛇の列ができている。やばい。梶沼は懸命に乗客を掻きわけたが里奈と健吾がいない。ふたりは人波に揉まれて立ち往生している。発車のベルが鳴りはじめた。

「早くしろッ」

ふたりがようやく追いついてドアの前に立ったとき、前をふさぐように男が乗ってきた。マフラーのように首から肩を毛布で覆った男は、やあ、と口元だけで嗤った。頬の傷痕は赤黒く乾いている。

梶沼は皮膚が粟立つのを感じたがとっさに身をひるがえすと里奈と健吾を抱くようにして走った。乗客たちと何度もぶつかりながら四号車へ入って通路を進んだ。

背後でドアが閉まる音がして車両が動きだした。

あの男が先回りしてホームからくるとは思わなかった。毛布の下には銃があったにちがいない。銃を毛布で覆ったのは人目から隠すのもあるが消音効果を狙っているのだろう。撃とうと思えば撃てたはずなのにそうしなかったのは乗客の眼を意識したからか。あの場所では三人まとめて始末できないと思ったせいか。いずれにせよ里奈と健吾の顔を見られたのはまずかった。

三人は三号車から二号車へ移った。

満席だから車内を移動するのは不自然ではない。空席を探して通路を歩いている乗客も多い。里奈と健吾は前を歩きながらかわるがわるうしろを見て、

「どう？　まだいるの」

「いるよ」

「どこまでついてくるんだろ」

「どこまでだってついてくるさ」

と梶沼はいった。男はのんびりした足どりでこっちへ歩いてくる。一気に追いすがってこないのが獲物をなぶっているように思える。三人は二号車を通り抜けた。

一号車も混んでいたがいくらか空席があった。このまま追いつめられたら逃げ場はない。といってあともどりができない以上、前へ進むしかなかった。

通路を歩いていると里奈がシャツの裾をひいて、

「あいつ坐ったよ」

「どこに」

里奈が指さす方向を見ると一号車のいちばんうしろの席にあの男がいた。

「あそこで見張るつもりだな」

先頭のドアまでいこうかと思ったがデッキには防犯カメラがあるし博多に着く前にあの男が追ってきたら袋の鼠である。一号車のまんなかをすぎたあたりに三人掛けの座席が空いていた。梶沼は里奈と健吾を坐らせるといざというとき動きやすいよう通路側に腰をおろした。

窓の外はまだ雨が降っている。

車内の電光掲示板をオレンジ色の文字が横切っていく。昨夜、新大阪駅近くのタクシー会社で仮眠中の運転手が刺殺されたというニュースだった。直前に警察官を装った男が被害者を訪ねていることから警察は行方を追っているという。里奈がそれを見ながら、

「偽の警官って多いんだね」

「案外、うしろにいる奴かもしれんぞ」

「まさか。なんのためにそんなことするの」

「理由なんか知らん。本物の殺し屋はコンビニへいくくらいの気軽さでひとを殺す」

「そんなひとに逢ったの」

「それに近い奴はいた。しかし、いまうしろにいる奴のほうが手強い」

田園地帯をすぎて市街地へ入ったと同時に博多到着のアナウンスが流れた。乗客たちは次々に席を離れて通路に長い列ができた。座席の乗客もその場に立っておりる順番を待っているせいであの男の姿は見えなくなった。

新幹線は博多駅のホームに入った。三人は席を立って先頭のドアへむかった。ホームの出口から遠くなるだけに行列はわずかで背後には誰もいない。

「いいか。おれが先にホームにおりて様子を見る。合図をしたら全力で走るんだ」

ふたりは緊張した面持ちでうなずいた。あの男はホームで待ち伏せているにちがいない。混雑にまぎれて逃げきれるかどうかが勝負だった。

ドアが開いて乗客がおりはじめた。あッ。健吾が声をあげて窓の外を指さした。

黒縁眼鏡をかけて首に毛布を巻きつけた男がホームを歩いている。まもなく柱の陰で見えなくなったが待ち伏せされるのは想定ずみである。梶沼は踵をかえして、

「ここからおりたら、あいつに見つかる。奥の車両からおりよう」

「途中でトイレにいっていい？」

健吾が訊いた。

「ずっとトイレにいたじゃねえか」

「でも我慢してたから」

里奈がくすりと笑った。梶沼は舌打ちをして、

「急げよ」

健吾が先頭に立って走りだした。

乗客はすでにホームへおりて車内に人影はない。窓の外を窺うと柱の陰から毛布の端が見えている。あの男にしては不用意だと思ったとたん胸騒ぎがした。

「ちょっと待てッ」

健吾を呼び止めたとき、前方のドアが開いて男が入ってきた。

黒縁眼鏡も口髭も毛布もないが肩から吊った腕と頰の傷で誰かわかった。

「こっちのサラリーマンも大変みたいだな」

男は窓の外へ顎をしゃくった。

「たった十万で芝居を引き受けたぞ」

窓に眼をやると柱の陰から見知らぬ男がでていくところだった。歩きながら毛布を畳んで眼鏡をはずしている。梶沼は思わず溜息をついた。

健吾は通路で立ちすくんでいる。男は手招きをして、

「さあ坊主、こっちへくるんだ」

「いくなッ」

梶沼は怒鳴った。健吾は踏みだしかけた足を止めた。膝から下ががくがく震えズボンの裾から漏れた液体が床に広がった。梶沼は横に立っていた里奈を押しのけて座席に坐らせた。

「じゃあ、ここで終わりだな」

男はあいかわらず無表情でいった。右手が動いた。

「健、伏せろッ」

梶沼は絶叫して腰からコルト・ディテクティブを抜きながら撃鉄《ハンマー》を起こした。

健吾が通路に突っ伏した瞬間、引き金《トリガー》を絞った。

男が上体を反らして床に膝をついた。同時に腹を殴られたような衝撃があったがかまわず立て続けに引き金《トリガー》をひいた。弾倉が空になって撃針が空を打った。靄《もや》のように硝煙がたちこめるなかで男があおむけに倒れるのが見えた。

健吾を抱き起こすと里奈が駆け寄ってきた。右の脇腹が焼けるように熱い。

三人はもつれるようにして出口へむかった。


ホームのエスカレーターを駆けおりる途中で息が詰まって咳きこんだ。右の脇腹から黒ずんだ血がにじみでている。肝臓をやられていたらもう助からない。

エスカレーターの手すりにもたれていると里奈が肩を抱いて、

「ひどい傷よ。早く病院へいかなきゃ」

「ここにいたら鉄道警察に捕まる。小倉へもどろう」

「そんなの無茶よ」

「小倉には古い知りあいがいる」

「前にいってたひと？　ひとりだけ信頼できるって」

「ああ。いまからいう番号をメモしろ」

「梶さんが電話するんじゃないの」

「いいから書け。携帯は使うなよ」

　里奈はバッグからペンとメモ帳をだした。彼女は梶沼が口にした番号をメモした。

「南郷正吉《なんごうしょうきち》という男だ。梶沼の使いだといえばわかる」

　エスカレーターをおりて発車案内板を見ると八時発の上りがあった。ふたたびエスカレーターをのぼってホームにあがった。もう発車のベルが鳴っている。新幹線へ駆けこむと立っているのが限界になった。

　三人掛けの座席に坐りこんで窓に頭をもたせかけた。里奈が隣に坐ったが健吾は立ったままもじもじしている。どうしたの、と里奈が訊いた。健吾はうつむいて、

「坐るとシートが汚れるから」

「気にするな。どうってことはない」

　そうよ、ぜんぜん平気よ、と里奈もいった。健吾はおずおずと座席に腰をおろして、はじめて、とつぶやいた。梶沼は荒い息を吐きながら、

「なにが」

「名前を呼ばれたのが」

苦笑して目蓋を閉じると潮が退くように意識が遠のいた。


目蓋を開けたら板張りの天井が見えた。

「気がつかれたようですな」

白衣の老人が眼の前に坐っているが顔に見おぼえはない。

梶沼は八畳ほどの和室で布団に寝かされていた。枕から頭をもたげると開け放った障子のむこうに緑の木々が見えた。軀を起こしかけたら肩と脇腹に痺れるような痛みが走った。里奈が顔を覗きこんでいて隣には健吾がいる。

「だめよ。まだ動いちゃ」

「梶さん、大丈夫?」

健吾がぎごちない口調で訊いた。梶沼は眼をしばたたいて、

「おれは、どのくらい寝てた」

「ここへきてからずっと。もうお昼すぎ」

「ここはどこだ」

「おぼえてないの。南郷さんの別荘よ」

里奈によれば新幹線の公衆電話で南郷に連絡をとったという。小倉駅で新幹線をおりてまも

なく南郷が迎えにきたらしいがまったく記憶がない。

「新幹線では寝てたけど、小倉に着いたら、ちゃんと自分で歩いてたよ」

「それからどうなった」

「マジでおぼえてないんだ」

里奈は溜息まじりにいって、

「南郷さんたちにここまで車で運んでもらって、先生がずっと手当をしてたの。弾もとりだしたから、もう大丈夫だって」

あと一センチ、と老医師がいった。

「あと一センチずれとったら、肝臓をやられちょった」

老医師が示したソラマメ形の膿盆《のうぼん》に血まみれの銃弾が転がっている。銃弾は肝臓と大腸のあいだを抜けたようで神経や臓器は傷ついていないという。布団を持ちあげて体を見ると肩と腹に包帯がびっしり巻かれている。

老医師は帰り際に何種類かの薬を枕元に置いて服用の仕方を説明した。

梶沼が礼をいうと老医師はかぶりを振って、

「気ィ遣わんでよかです。わたしはなァんもしちょりましぇん」

そんなあ、と里奈がいった。

「あんなに一所懸命やってくださったのに」

「そげいわれたら困るです。銃創は警察に届けにゃいけんのですけ」

あはは、と老医師は笑って腰をあげた。

入れかわりに襖が開いて着流し姿の南郷とプーマのジャージを着た五十がらみの男が顔をだした。南郷はゴマ塩だった短髪が真っ白になっている。南郷は顔の彫りが深くて軀つきは大柄だが五十がらみの男は猿のように皺くちゃな顔で背は健吾よりも低い。

梶沼が起きあがろうとするのを南郷は制して、

「じっとしちょけ。ここで死なれたら、屍体を捨てるんが面倒やけの」

「すみません」

梶沼は苦笑した。南郷は里奈と健吾にむかって、

「こげなバカタレに付き添うとっても退屈やろ。祐天《ゆうてん》に近所を案内してもらい。まわりは山ばっかりやけど、景色はきれいやし空気が旨いけん」

「じゃ、いきましょうか」

祐天と呼ばれた男にうながされて里奈と健吾は部屋をでていった。

南郷は枕元にあぐらをかくとハイライトにマッチで火をつけて、

「誰に弾かれた」

「山中組がらみだと思うんですが、やくざには見えませんでした」

「相手はひとりやろ」

「ええ。いままで見たこともないほど強い奴でした」

「テレビじゃえらい騒ぎになっとうぞ。新幹線で銃撃戦ちゅうて」

「おれが撃った男は、どうなったんでしょう」

「わからん。犯人はふたりとも現場から逃走したてニュースでいうとった」

梶沼は宙に眼を据えて、

「あの男は、生きてるんだ」

「殺《や》り損なったちゅうことか」

「ええ。でも手応えはあったんです。すくなくとも胸か腹に一発当たってるはずですから」

「まあ、おまえが助かってなによりや」

「このたびは、ほんとうにご迷惑をおかけして――」

「もう黙っとけ。傷に障ろうが」

「平気です。それよりも――」

いままでのいきさつを語ったが南郷はそれには触れずに、

「梶沼、歳はなんぼになった」

「三十三です。伯父貴は」

「知らん。還暦すぎたら数えとうないわ」

「でも、あいかわらずお元気そうで」

「つまらん。どこもかしこもガタガタよ。ちゅうても、この稼業のわりに長生きしすぎやけどの。組も看板があるだけで開店休業や」

「じゃあ跡目は――」

「わし一代で終わりじゃ。組のもんちゅうたら祐天しか残っとらん。おまえがうちにおった頃は懲役いっちょったけ、逢うたこたあなかろうけど」

「ええ。さっきがはじめてです」

「あんときゃあ、おまえが十九かそこらやけ、かれこれ十四年か」

「はい」

「歳をとるわけや」

南郷は皺深い眼を細めて煙を吐きだすと、

「ずいぶんと面倒なことに巻きこまれちょるようやが、ここにおるあいだは、なんも考えたらいかんぞ。とにかく養生せい」

†

その病院は郊外の住宅街にあった。

二階建ての真新しい建物で看板には動物病院の文字がある。博多駅前の路上で奪ったエスティマを駐車場に停めると生ゴミを漁っていた野良猫が走り去った。

撃たれてからすでに一時間以上が経っている。脈が速く息切れが烈しい。胸からの出血はわずかだったが上着の背中とシートは血でべったり濡れている。貫通銃創で血胸を起こしているらしい。

八神は車をおりて歩きだした。小雨の降る通りには人影がない。肩から吊った左腕で胸の傷口を押さえて病院のドアを開けた。診療時間の九時にはまだ十分ほどあった。

「なんでしょう」

受付にいた若い看護師がぎょっとした表情で訊いた。カウンターのむこうから犬や猫の鳴き声が聞こえてくる。八神は咳きこみながら待合用のソファに腰をおろして、

「院長はいるか」

「いらっしゃいますが、ここは動物病院ですけど――」

「それはわかってる。早く呼んでくれ」

看護師は首をかしげて内線をかけた。その隙に腰をあげて入口のドアの鍵をかけた。まもなく白衣の中年男が奥からでてきた。八神はソファに置いてあったクッションを左手でつかんで立ちあがった。あんたが院長か。男は訝し気な表情でうなずいた。

「ほかの職員は」

「きょうはふたりだけですが」

八神は院長にスカイヤーズ・ビンガムをむけると撃鉄《ハンマー》を起こして、

「その女に猿ぐつわをして後ろ手に縛れ」

看護師を顎でしゃくった。院長はじりじりとあとずさって、

「どういうことなんだ」

「治療をしたいだけだ。いうとおりにすれば危害は加えない」

視界の隅で看護師が電話機に手を伸ばすのが見えた。

八神はカウンターに走り寄ると左手でつかんだクッション越しに看護師を撃った。くぐもった銃声とともにおびただしい羽毛が舞いあがった。焦げた羽毛が空中で煙をあげ看護師は着弾の衝撃でよろめいた。一瞬なにが起きたのかわからない表情だったが白衣の肩に赤黒い染みが広がっていくのを見て白眼を剝くと床に倒れこんだ。

院長は看護師に駆け寄ろうとしたが八神が銃口《マズル》をむけると足を止めた。

「おれはその女にどうしろといった」

「それどころじゃない。早く救急車を呼ばなきゃ」

「まだ死なんさ。おれのほうが重傷だ」

ワイシャツをめくって右胸を見せた。

「貫通銃創による外傷性血胸だ。左の鎖骨も折れてる」

「あんたはいったい――」

「いうとおりにすれば危害は加えないといったはずだ。おまえも警告を無視するのか」

院長はかぶりを振った。

八神は院長に命じて失神した看護師にタオルで猿ぐつわをさせガムテープで後ろ手に縛らせた。そのあと入口のドアに臨時休業の札をかけさせるとふたたびドアの鍵をかけ院長に必要な薬品や機材を集めさせてから手術室に入った。

八神は左腕を吊った布切れをはずすと上着を脱いで手術台に横たわりスカイヤーズ・ビンガムは枕元の器具台に置いた。動物用の手術台は縦が短く膝から下が宙に浮いた。

院長は窓を閉めてから無影灯をつけて、

「わたしは獣医なんだぞ。わかってるのか」

「わかってる。胸腔鏡下手術の設備があるのもな」

「それを調べて、うちへきたのか」

「ああ」

「うちは開業してまもないし、人間の手術なんかやったことがない」

「おまえは助手だ。手術の指示はおれがする」

「なんだって」

「手術の指示はおれがするといったんだ」

「そんなことができるのか」

「いいからやれ」

「しかし麻酔をしなきゃ――」

「麻酔は必要ない。フェンサイクリジンを呑んである」

「フェンサイクリジンというとケタミンか」

「おれのはもっと強い。安心してやれ」

院長はハサミでワイシャツを切って銃創を露出しポビドンヨード製剤で周囲を消毒し手術用手袋をはめた。八神も手袋をはめると軀を横にして、

「触診で脈拍は百二十、血圧は百二の八十、射入口は右胸骨第三肋骨上、右肩甲骨横に二セン

チ大の射出口。左側臥位で腋窩《えきか》切開だ」

「あ、あんたは医者なのか」

「いいから早く開胸しろ」

「血胸なら、まず胸腔ドレナージを――」

「そんな時間はない。さっさとやらなきゃ看護師が死ぬぞ」

院長は八神の腋にコンプレッセンをかけ震える手でメスをとり皮膚と脂肪層を切開した。

院長は手術創からあふれだした血をガーゼで拭って、

「ほんとうに平気なのか」

「なんなら自分でやってもいいんだ。そのかわり、おまえは用済みになる」

院長は溜息をついて胸壁を切開し胸腔にポートを挿入した。ポートから内視鏡を挿入するとモニターに紫がかった肺の内部が映しだされた。胸腔に大量の血腫があり射出口側の肋骨が折れてそこからも出血している。八神はしばらくモニターをにらんでから、

「よし。血腫を郭清《かくせい》して電気メスで骨折部を焼灼《しょうしゃく》止血しろ」

院長は額に脂汗を浮かべながら八神の指示に従った。

銃弾の熱で組織が凝固したせいで肺から空気は漏れておらず出血も止まった。院長がドレーンを勧めるのを拒んで閉胸を命じた。閉胸後に射入口と射出口の壊死《えし》した組織を切除するデブリードマンをおこない銃創を縫合してガーゼをあて包帯を巻いて手術を終えた。梶沼にフォークで刺された傷は浅く鎖骨の骨折は骨折部のずれがすくなかったため放置した。

八神は手術台に起きあがると自分で腕に抗生剤と消炎剤を注射して院長に服を持ってくるようにいった。院長は手術室をでていくと自分の着替えらしいジャケットやジーンズを抱えてもどってきた。さっきより顔が青ざめているのに気づいたが八神は黙って服を着替えた。

三角巾で腕を吊りスカイヤーズ・ビンガムを腰に差したとき、遠くからサイレンの音が近づいてきた。八神は首を横に振って、

「残念だ」

「ちがう。私じゃない」

院長は眼を見開いて両手を振った。八神はうなずいて院長の脇を通りすぎた。

院長が太い息を吐いた瞬間、振りかえりざまに手術用のメスで喉笛を引き裂いた。八神は頸動脈から勢いよく噴きだす血を避けながら院長をうつ伏せにして手術台に載せた。手術台に残った八神の血と院長の血が入りまじって流れ落ち床に見る見る血溜まりができた。

院長はうつ伏せになったまま四肢を反らして痙攣している。血の匂いを嗅いだせいか犬や猫の鳴き声が一段と大きくなった。サイレンの音もすぐそばまで迫っている。

八神は指紋を残した部分を脱脂綿で拭い着ていた服を持って手術室をでた。カウンターのなかに転がっている看護師の頭に銃弾を撃ちこんでから病院をでてエスティマに乗りこんだ。

†

一ノ瀬は倉持に続いて座敷へ入った。

ゆうに三十畳はありそうな広さで床の間も大人が何人か横になれるほど大きかった。瘤《こぶ》の浮きでた太い床柱に両側をはさまれた床板は欅《けやき》の一枚板でその上には水墨画の掛軸がある。

縁側は全面が窓で白い玉砂利を敷きつめた庭が見える。玉砂利は庭の景観を整え雑草を防ぐ効果があるが外敵の侵入を知らせる意味もある。苔《こけ》むした石灯籠のむこうに広々とした池がありライトアップされた築山が青白く浮かんでいる。

当番らしい戦闘服の男が敷いた座布団に坐って待っていると襖が開いて刑部が入ってきた。藍染めの作務衣を着た刑部は床の間を背に腰をおろして片手を振った。男は一礼して座敷をでていった。

「すまんな。倉持はん」

刑部は軽く頭をさげて、

「せっかくうちへきてもろたのに、なんのもてなしもせえへんで」

「いえ。それより梶沼は――」

「博多駅のドンパチは知っとるやろ」

「テレビで観ました。あれはやっぱりそうなんですか」

「わしも細かくは知らん。ただニュース観た限りじゃ、拳銃《チャカ》弾いた奴の一方は若い女とガキ連れとったちゅうから、梶沼しかおらんやろ」

刑部はそこで溜息をついて、

「はっきりしとんのは、八神が下手打ったちゅうことだけや」

「八神というと、前に銀座で逢った？」

「せや」

「あいつは無事なんですか」

「わからん。広島いくて電話があったきり、連絡がとれへん。おおかた広島から博多まで梶沼を追うていったんやろうが、新幹線なんかで無茶しよって」

「死んでればともかく、病院にでも入ってたらまずいですね」

「あっさり死ぬような奴やないが、しょせん一匹狼や。いつ裏切っても不思議はない」

「あいつは――八神はいったい何者なんですか」

「素性は誰も知らん。長いこと海外におったとか、どっかの組をまるごと潰したとか噂はいろいろ聞くけど、はっきりした情報はない」

「なんで、そんなにわからないんでしょう」

「それも知らんわ。あいつに関わった奴は、ぎょうさん死んどるさかい」

「あぶねえ野郎だな」

「せや。いっぺん臍《へそ》曲げたら、なにしでかすかわからん」

「よろしければ、うちからも腕の立つのをだしますが――」

「八神はわしがなんとかする。問題は梶沼や」

「ええ」

「今回の件で警察も大騒ぎしとるが、なんとしても身柄《ガラ》を渡すわけにはいかん。浅羽のことを唄わんうちにケリをつけるんや」

「うちで始末しろと」

「そうはいうとらんが、どこにおるんか見当がつかん。もとはおたくの身内やさかい、なんぞ心あたりはないかと思うての」

倉持はちらりと一ノ瀬に眼をやった。一ノ瀬は軽く咳払いをして、

「梶沼はうちの組に入ってすぐ、共和会の南郷組へ行儀見習いにだされてます」

「共和会いうたら本部は小倉やな。なんで北九州までいったんや」

「うちの組長《おやじ》が南郷組の組長と兄弟ですから、その関係だと――」

「その組に、梶沼と親しいもんはおるか」

「組長の南郷がかわいがっていたそうです。南郷を鉄砲玉から守ったとかで――」

「ほな、南郷組がかくまっとる可能性もあるの」

「ええ。ただ南郷は引退同然で、組員もほとんどいないと聞いてます」

「いちおう探りを入れましょうか」

倉持は一ノ瀬を顎でしゃくると、

「こいつの組長《おやじ》の名前をだせば、共和会に近づけますし」

「本城は、まだ病院にこもっとるんやろ」

「ええ」

「はよ本城を殺《と》れて、浅羽ンとこの若いもんを焚きつけとるが、どいつもこいつも根性なし

で、よういきやがらん。せやからちゅうて、うちが殺《や》るわけにもいかんしの」

「本城は病院じゅうに護衛《タマヨケ》を張らせてます。すっかり疑心暗鬼になって、理事長のこいつも近づけんような状況ですから簡単にはいかんでしょう」

「一ノ瀬はんまで疑われとるようじゃ、ますますあかんな」

「近いうちに本部で呼びだしかけて病院からひっぱりだしますんで、そのときはよろしくお願いします」

「わかった。ほな梶沼の行方を頼むわ。いざちゅうときは兵隊だすよってに」

倉持と一ノ瀬は席を立った。倉持は座敷をでしなに掛軸を指さして、

「その雪舟は真筆ですか」

「せや。もとは盗品やけどな」

刑部は眼をなごませずに嗤った。

†

九州北部はとうに梅雨入りしているがここ数日は晴れの日が続いている。

梶沼はベランダの手すりに両肘をついて外の景色を眺めていた。板張りのベランダからは小倉の街が一望できる。左に皿倉《さらくら》山、その先に若戸大橋、右手には玄界灘《げんかいなだ》が見える。青く澄んだ空から吹いてくる風は土と草木の匂いがした。

南郷の別荘は木造の二階建てで山の中腹にある。

もともとは南郷が家族のために建てたらしいが妻は子に恵まれぬまま病死してそのままになっていたという。あたりに人家はなく建物の周囲には森が迫っている。東京のくすんだ景色ばかり見てきた眼に木々の緑が新鮮だった。

小倉にきてから一週間が経った。

最初の二日ほどは発熱と痛みがあったが傷口はふさがってけさ抜糸を終えた。南郷は警察の眼を警戒しているようであれから一度訪ねてきたきり姿を見せない。食料品や日用品は祐天がこまめに運んでくる。祐天は里奈と健吾が街にでられないのを気遣って散策に連れだしたり近くの小川へ釣りに連れていったり、なにくれとなく世話を焼いている。

深夜になると里奈は二階へあがり健吾は梶沼の隣で寝た。健吾はときおり寝つかれない様子で声をかけてくる。ゆうべもそうだった。

「梶さんは、どうしてやくざになったの」

「どうしてかな。いつのまにかなって感じだ」

「ふつうに就職しようとか思わなかったの」

「ああ。若い頃のおれはまともじゃなかったからな」

「じゃあ、いまはまともってこと？」

「若い頃よりはな」

「そんなに悪かったんだ」

「だから伯父貴に——南郷さんに預けられた」

「やくざって、いつ殺されるかわかんないんでしょ。怖くないの」

「そりゃ怖いさ。だからって筋を通さなきゃ飯が喰えねえ」

「筋を通すって」

「やることたあ、やるってことさ」

「梶さんはそうやってきたんだ」

「いちおうはな。けど、だめになった」

「べつにだめじゃないじゃん」

「いや、だめさ。やくざもんも廃業だしな」

「どうして。やることはやったんじゃないの」

「それでも、だめなときがあるんだ」

「そういうときって、むかつかない？」

「むかつくな」

「むかついたら、どうするの」

「どうもしない。酒を呑むくらいだ。おまえはどうしてた？」

「自分の部屋で暴れてた。あとリスカとか――」

「リスカって手首を切るやつか」

「そう」

健吾は布団から手首をだした。

常夜灯の明かりにミミズ腫れのような傷跡が浮かんでいる。

「痛かっただろ」

「痛いけど気持がすっとする。それに親が厭がるから」

「ただで切るのはもったいねえな。やくざもんになったら指が詰めれるぜ」

うるせえバカ、と健吾はいって背中をむけた。


梶沼はセブンスターに火をつけて溜息とともに煙を吐きだした。

テレビのニュースでは連日のように梶沼の名前が報道されている。誘拐犯としてはすでに指名手配されているが博多駅ホームの監視カメラの映像から新幹線での銃撃事件も容疑に加わった。映像は不鮮明で梶沼とは断定されていないものの警察は捜査に全力をあげているらしい。

ニュースで見た監視カメラの映像にはあの男が新幹線からでてくる姿も映っていた。あの男は傷を負いながらもカメラを意識していたようで顔は映っていなかった。

大阪市内の倉庫で暴力団組員三人が内輪揉めで死亡というニュースもあった。ニュースのなかで梶沼が監禁されていた倉庫の映像が流れたがむろん内輪揉めのはずがない。三人を殺したのはあの男にちがいなかった。

あの男がどうなったのかを考えていると里奈がベランダにでてきて、

「どうしたの、こんなところでぼんやりして」

「ぼんやりできるっていうのは贅沢だな」

「そうね。でも、ぼんやりしてるときには、それがわからないの」

「いつもぼんやりしてるくせにか」

里奈は隣にならぶと梶沼とおなじように手すりに肘をついて、

「あたしって、そんなにぼんやりしてる？」

「女はぼんやりしてたほうがいいんだ」

「へえ。じゃ、ほめ言葉なんだ」

「そんなつもりじゃない」

「ぜったいすなおになれないのね。彼女から厭がられたでしょ」

「彼女ってほどの奴はいない」

「ほら、やっぱりモテないじゃん。憎たらしいことばっかいうからよ」

「おまえみたいに不特定多数とはつきあいねえからな」

「失礼ね。いまは誰ともつきあってないよ。元カレはパチスロ中毒のＤＶ男だったし、その前つきあってたのは見た目はイケてるけど超浮気性で、息するみたいに嘘つく奴。その前はマザコンのゲームおたくで携帯を着拒《チャッキョ》したらストーカーに変身」

「男を見る眼がねえんだな」

「自分でもそう思う。だから、お金だけでも稼ごうと思って――」

「デリで働きだしたのか」

「そう。いま考えたらバカみたい」

「なにが」

「いくら稼いだって目標がなきゃ、むだな買物して飲み喰いして終わりだもん。いくらも稼がないうちに、こうなっちゃったけど」

「こうなったって、どうなったんだ」

里奈はしばらく黙っていたがふと溜息をついて梶沼の肩に頭をもたせかけた。

「こうしたら厭？」

「いちいち訊くな」

会話はそこで途切れた。

ベランダのまわりではおだやかな陽射しを青葉が照りかえしている。不意に強い風が吹き抜けて木々の梢を揺らした。葉擦れの音に驚いたのか小鳥の群れが森から飛びだして啼《な》き交わしながら飛んでいった。里奈が風を避けるようにして梶沼の肩に顔を押しつけたとき、健吾が二階へあがってきた。里奈はあわてて軀を離して、なに？　と訊いた。

「もうお昼ごはんだよ。きょうはラーメンだって」

一階におりると祐天が岡持から丼をだして座敷のテーブルにならべていた。里奈と健吾はさっそくテーブルについて丼のラップをはずしはじめた。梶沼は畳に腰をおろすと、

「こんなところまで出前がくるんですか」

ラーメン屋のおやじにね、と祐天は笑って、

「ここまで持ってこいちゅうたんですが、そげな山奥まで持っていかれんちいうから、おれが

出前したとです。ちィと伸びとるかもしれませんけど、かんべんしてください」

「すみません。そんな無理されなくてもよかったのに」

梶沼は頭をさげた。祐天は白い歯を見せて、

「こっちのラーメンば、健ちゃんと里奈さんに食べて欲しゅうてですね」

「その呼びかたは、いいかげんやめてくださいい。坊主とバカ女でいいですから」

「そげなこといわれるもんですか。梶沼さんたちは大事な客人やのに」

「おれのさん付けもやめてくださいい。祐天さんがそういうんなら兄貴って呼びますよ」

祐天は拝むように両手をあわせて、

「かんべんしてください、軀がこそばゆくなりますけん」

「さん付けは、あたしもやめて欲しいけど、バカ女はないでしょう。ねえ祐天さん」

祐天は大仰に顔を引き締めると、

「はい。それは梶沼さんが失礼です。里奈さんにあやまってください」

「ほらあ。なんとかいったら」

梶沼は黙って丼に鼻を近づけて、

「ひさしぶりの豚骨の匂いだな。健は喰ったことねえだろ」

「インスタントならあるけど」

「あんなのはちがう喰いもんだ。もっともラーメン屋でもこっちの味はだせん」

健吾は麺を啜るなり、うまッ、と声をあげた。里奈も丼に口をつけると眼を見張って、

「美味しい。こんなスープ飲んだことない」

「バカ。いただきますもいわねえで喰う奴がいるか」

梶沼が怒鳴ると里奈と健吾は肩をすくめて、いただきます、とつぶやいた。

まあまあ、と祐天が片手を振って、

「そげん堅いこといわんで食べてください」

梶沼は丼のスープをひと口啜ってから麺に箸をつけた。豚骨を骨まで炊いて白濁したスープは脂とゼラチンが早くも膜を張りはじめているが濃厚な味のわりにしつこさはなくコシのある中太麺によくからむ。具は豚バラ肉を醬油で甘辛く煮たチャーシューと大盛りの青葱、キクラゲと海苔《のり》と紅ショウガだ。梶沼はたちまち麺と具をたいらげてスープを飲み干すと、

「旨かったです。やっぱり本場はちがいますね」

「よかったよかった」

祐天は笑顔でいったが自分の前の丼には箸をつけていない。梶沼がそれをいうと、

「わたしは先に喰うてきましたけん。これはみなさんのおかわり用です」

「梶さんは小倉にいたとき、いつもこんな美味しいラーメンを食べてたの」

里奈が訊くと梶沼はうなずいて、

「こっちの喰いものは、なんでも旨かったな」

「東京よりこっちがよかでしょう。喰いもんは旨いし家賃は安いし。どげですか。いっそのこと、みんなで小倉に住まれたら？　組長《おやじ》も喜びますけ」

里奈と健吾がこちらを見たが梶沼は無視して、

「そこまでご迷惑をおかけするわけにはいきません。そろそろおいとましないと」

「なしですか。組長《おやじ》は、いつまいでんおってもろてもええちゅうとるですよ。健ちゃんもご両親としっかり話つけてから、こっちの学校いったらええのに」

健吾は箸を止めると下をむいた。里奈さんも、と祐天がいいかけるのを梶沼は眼で制して首を横に振った。

その夜、南郷から電話があった。

祐天から連絡用に預かっていた他人名義《トバシ》の携帯である。梶沼は座敷をでて隣の部屋へいった。祐天はすこし前に帰って里奈と健吾はテレビを観ている。

「東誠会の一ノ瀬ちゅうたら、本城組のもんやの」

「ええ。理事長で、おれの元兄貴分です」

「元ちゃあ、どういう意味か」

「おれは組を除籍されてますから。浅羽を殺《と》りにいく前に」

「しかし浅羽は逃げたんやろ。そのあと誰かに殺されちょるが」

「このあいだお話ししたとおりです。で、一ノ瀬がどうかしたんですか」

「いまこっちにきとう。おまえのことを嗅ぎまわっとるぞ」

「どうしておれがこっちにいると――」

「おまえが若い頃に、うちで預かっとったからやろう。最初はわしのところへおまえの消息を知らんか電話してきよった。知らんちいうたら、今度は猪目《いのめ》組がおなじことを訊いてきよった。むろん知らんと突っぱねたが、どうもこっちの動きを探っとうごたる」

「猪目組？」

「うちの枝よ。組長の猪目はおまえの親分やった本城ともつきあいがあったが、暴排条例のせいで最近は商売が苦しいごとある。金になりそうなことやったら、なんでん飛びつくけ、おおかたその一ノ瀬がコナかけたんやないか」

「だったら、ここをでます。ご迷惑がかからないうちに」

「まあ待て。おまえをカタにはめたんは一ノ瀬か」

「その可能性もあります。証拠はありませんが」

「おまえは極道として筋をたがえちゃおらん。山中組直参の浅羽を襲うたんやけ、浅羽組はもちろん山中組から追われるのはやむを得んが、その指示をした一ノ瀬がおまえを陥れようとするのは言語道断じゃ。ここは事実関係をあきらかにして、組の判断をあおいだほうがええんやないか」

梶沼は電話口で考えこんだ。

一ノ瀬とは大阪から電話をかけたきり連絡をとっていない。一ノ瀬が裏で糸をひいているのならそれなりに決着をつけたいし真相を知りたいのもたしかだった。

「本城の兄弟と話ができたらええが、まだ病院におるそうやの」

「はい。おれも連絡がつきませんでした」

「浅羽組の報復《かえし》から身をかわしとんか」

「かもしれませんし、内輪でなにかあったのかも――」

「いずれにせよ、おまえの判断しだいやの。このまま逃げ続けるンもええけど、いうべきことはいわんと立場が悪なるだけぞ。なんやったら、わしが話を預かって掛合いにいってもええ」

「いえ、おれが直接一ノ瀬と話します」

「おまえひとりやったら、またカタにはめられようが。わしも同席する」

「困ります。伯父貴になにかあったら、どうするんですか」

「わしは自分の組こそないに等しいが、肩書は共和会最高顧問や。一ノ瀬がなんぼ腹かいても、うちと事を構えるには覚悟がいるやろう」

「しかし、おれをかくまってるのが山中組や警察に知れたら大変です。共和会のなかでも伯父貴の立場がまずくなるでしょうし――」

「いまさらまずくなるような立場やらない。おまえを預かったちゅうことは最後まで面倒みるちゅうことや。わしの性根を忘れたんか」

「いえ」

「ならあきらめて、わしに一任せい」

梶沼は電話を切って窓の外を眺めた。

ベランダのむこうで夜景がまたたいている。とりあえず南郷に従ったものの一ノ瀬に逢うのは気が進まない。ひとりで逢うのならともかく南郷を巻きこみたくなかった。会合の日取りが決まる前にこの街を離れたほうがいいかもしれない。

座敷にもどると里奈が気配を察したように、

「なにかあったの」

「なんでもない」

「またそうやってごまかす。顔見たらわかるんだから」

「嘘をつけ。気分が表にでるような、やわな面はしてねえ」

「はいはい。あたしの勘ちがいでいいから、なにがあったか教えて」

「なにもねえっていってるだろうが」

梶沼は声を荒らげて畳にあぐらをかくと、

「あしたの朝、ここをでるぞ」

「やっぱり、なんかあったんじゃない」

「なんかあってからじゃ遅えんだ。おれの傷も治ったし、おまえらものんびりしただろう。これ以上、伯父貴や祐天さんに迷惑はかけられん」

「それはわかるけど急すぎるよ。遠出するんなら服も欲しいし」

「また服か。服なんかいった先で買え」

「前もそういってたけど、どこかいくたびにそれどころじゃなくなるじゃん」

「しょうがねえだろ。警察とやくざに追われてるんだ」

「だからってでていくなんてひどいよ。南郷さんと祐天さんには、すっごくお世話になったのに。健ちゃんだって、そう思うでしょ」

健吾は黙って畳に視線を落とすと、

「祐天さんに、あいさつくらいしたい」

ほらあ、と里奈がいった。梶沼は溜息をついて、

「気持はわかるが、引き止められるに決まってる」

「それでも、ちゃんと話せばいいじゃん」

「我慢しろ。おれだって黙っていくのはつらいんだ」

†

組長室はビルの三階にあった。

部屋住みの若い衆がドアをノックすると猪目の野太い声が応じた。一ノ瀬は部屋に入って頭をさげた。猪目はナイキの白いジャージ姿でオーク材の巨大なデスクのむこうに立っていた。

歳は六十がらみで頭はすっかり禿《は》げあがっている。ゴルフ焼けか酒焼けか褐色の顔は色艶がいい。猪目の背後の壁には共和会の代紋を金箔で象《かたど》った額がありその上には白木の神棚と猪目組の名前が入った提灯がある。

一ノ瀬がソファにかけると猪目はむかいに腰をおろして、

「ゆうべ南郷から電話があった。梶沼と連絡がつくそうや」

「やっぱり南郷さんがからんでいましたか」

「南郷は、あんたと三人で話しあいたいちゅうとる」

「もちろん逢います。しかし梶沼って奴は強情なところがありますから、こっちの条件を呑まないかもしれません」

「呑まんやったら、どげするんか」

「そのときはお力を貸して欲しいんです」

「そういうても、むこうには南郷がついとう。南郷まで的にかけれちゅうんか」

「南郷さんは梶沼からデマを吹きこまれてるかもしれません。梶沼がどうなるにせよ、あとからアヤつけられたら困りますし、猪目さんの名前がでるのはまずいかと」

「あんたも知っとろうが内輪揉めは御法度ぞ。うちが手ェだしたんがばれたら絶縁や。うちにばっかり頼らんと、南郷はあんたが殺《や》りない」

「えッ」

「南郷は老いぼれやけど、昔は鎧通《よろいどお》しの南郷ちゅうて抗争《でいり》で鳴らした男やけ、一筋縄ではいかんばい。子分の祐天も軀はこまいが、気狂い猿ちゅう通り名や」

「となると、わたしひとりではむずかしいかもしれません。助っ人を呼んでもいいですか」

「かまわんが、うちが関わっとうのを知られたら困るぞ」

「反対にわざと関わっていただく手もあります。梶沼が南郷さんを殺《や》ったように見せかければ
――」

「またむつかしいことというのう。やりかぶったら、どげするとな」

「うまい考えがあります。お手間をかけるぶん、色をつけさせていただきますから」

「なんぼ銭もろても、おたがい首が飛んだらどうもならんぞ。こないだも訊いたけど、今回の件はあんたの独断やあるまいの。倉持さんが噛んどるちゅうから、うちも加勢《すけ》るんど」

「倉持だけでなく神戸もからんでます。名前はいえませんが」

「寄らば大樹の陰ちゅうやつか。やくざもそげな時代やの」

猪目は溜息をついてソファにもたれかかった。

†

翌朝、三人は暗いうちから起きて出発の準備をした。

里奈と健吾はゆうべから不機嫌でほとんど口をきかない。部屋の片づけをすませて荷物をまとめていたら車の音がした。ぎくりとして窓を覗くと祐天のジープが停まっていた。

梶沼はすばやく荷物を隠そうとしたが祐天はもう玄関に入ってきた。

「どうしたんですか。こんなに早く」

「客人が逃げんよう見張っとけて、組長《おやじ》にいわれまして」

えへへ、と祐天は笑って荷物に眼をやった。

「図星やったみたいですね」

「すごい。さすが南郷さん」

里奈が笑った。なんがすごいとですか、と祐天が訊いた。

「あたしたち、無理やり準備させられてたんです。祐天さんがくる前にここをでるからって」

「そらあんまりです。わたしはもう用済みですか」

「そうじゃないんです。おれたちがここにいたら伯父貴や祐天さんに――」

わかっちょりますて、と祐天は笑顔でいって、

「事情は組長《おやじ》から聞きました。でもここにおってください。おってもらわんと組長《おやじ》にくらされますけ」

「見逃してもらえませんか。伯父貴にはあとから連絡します」

「そげいわんといてください。うちの組長《おやじ》はいいだしたら聞かんとですけ。それにわたしも健ちゃんと遊びたいですけん」

「じゃあ、また釣りへいける？」

「ああ、いけるよ。山登りもしよう」

健吾は勢いよくうなずいて担いでいたリュックをおろした。

「こら、健ッ」

梶沼は怒鳴ったが里奈も荷物を放りだして床に坐った。もう知らんぞ。梶沼は舌打ちをして二階にあがるとベランダにでた。煙草を吸っていると祐天が顔をだした。

梶沼は黙って曇り空へ眼をむけた。祐天は隣に立って、

「梅雨が明けたら海へいきましょう。山陰か若松でも」

「そんな時期までいられませんよ」

「ここが好かんのやったら、無理はいわれんですが」

「そんなことはないです」

「ならええやないですか。浜で魚やら貝やら焼いて一杯やりましょう。身内がようけおった頃は毎年そうしよったとです」

「おれが伯父貴に預けられた頃は、まだにぎやかだったですが」

「この十年で、みなおらんごとなりました。うちのごたあ古い商売《シノギ》は時代遅れですけ。昔は堅気の衆もしょっちゅう事務所に出入りしよったし、わたしらも町内の掃除したり火の用心の見回りいったりしよったですけど――」

「うらやましいな。おれがいた組は商売《シノギ》以外に誰ともつきあいなかったですから」

「妙なこと訊きますが、梶沼さんのご家族は――」

「呑んだくれのおやじが十八のときに死んでから、ずっとひとりです。祐天さんは？」

「懲役いく前に籍入れた女房が、娑婆へでたら行方をくらましとりました。金ばっかりかかる女やったけど、子どもが欲しかったけ一緒になったとですが――」

「いまからでも作ったらどうですか」

「いやいや、もうよかです。この歳なったら女やら面倒しいし、組長《おやじ》の世話でいっぱいいっぱいですけ」

祐天は屈託のない顔で笑った。いつか、と梶沼はいった。

「いつかカタがつくことがあったら、必ずもどってきます」

「いつまいでん、お待ちしちょります」

祐天はそういってから不意に笑みを消すと、

「組長《おやじ》は、ゆうべ一ノ瀬ちゅうひとに話ばつけちょります。二、三日うちに席ば設けるちいうとりますけ、申しわけないですが、それまで辛抱してください」

「わかりました」

南郷は梶沼たちをかくまってはいないが連絡はとれると伝えてあるらしい。

「もしものときは里奈と健吾を逃がしてください。おれは伯父貴を守ります」

「なんばいうとうですか。組長《おやじ》はあげん見えても、いまでん街場の若いもんば張り倒しようですけ、少々のこっちゃやられんです」

「おれたちをいままで追ってきた連中は、ただのやくざじゃありませんでした。なにがあるかわかりませんから、念のために道具を用意してもらっていいですか」

「拳銃《チャカ》ですか」

「それはありますから、三十八口径《サンパチ》の弾丸《マメ》とポケットに隠せるナイフがあれば——」

祐天はうなずいて踵をかえした。

一ノ瀬と逢うのは二日後の夜に決まった。

場所は南郷がなじみの料亭で同席するのは三人だけの約束である。うまく話がつけばもうすこしいまの生活を続けられるが場合によっては即座に小倉を離れる必要がある。

その日の朝、三人のなかではもっとも顔の割れていない里奈が祐天と一緒に服を買いにいった。昼すぎになって里奈は両手に紙袋をさげて帰ってきた。祐天は顔が隠れるほど大きな紙袋をいくつも抱えている。

「いったいなにを買ったんだ」

里奈は額の汗を手の甲で拭って、

「あたしの服をちょっと多めに買っちゃったの」

里奈は紙袋から服をひっぱりだすと次々に着替えては姿見の前でポーズをつけている。

「ほら、かわいいっしょ。ワンピとサンダルはピンキー&ダイアンで、あとチャンルーのブレス。ボストンバッグはヴィヴィアンで——」

「バカが。観光旅行じゃねえって、なんべんいったらわかるんだ」

「だって汚い恰好してたら怪しまれるよ。ホテルもいい部屋に泊めてくれないし」

健吾は里奈が見繕ったらしいアバクロのシャツとジーンズを着て照れくさそうにはにかんでいる。伸びすぎていた髪をゆうべ里奈が刈ったおかげでこざっぱりした顔つきになった。

梶沼も新しい服に着替えたがアヴィレックスのコットンジャケットが増えただけでTシャツとカーゴパンツは代わり映えしない。カーゴパンツにこだわるのは収納が多いからだ。

祐天はエマーソンの折り畳みナイフと五発の弾丸を梶沼にこっそり渡して、

「すみません。最近はツテがのうて、弾丸《マメ》がこれだけしか用意できんやったです」

「ありがとうございます。じゅうぶんです」

約束の時間が近づくとナイフをカーゴパンツのポケットにしまいコルト・ディテクティブは弾を充填して腰に差した。祐天は別荘の前でジープのエンジンをかけて待っている。

梶沼は里奈と健吾を呼んで、

「祐天さんは、おれを送ったらすぐにもどってくる。もしなにかあったときは、祐天さんのいうことを聞いて、ふたりともここから逃げるんだ」

なにいってんの、と里奈がいった。

「沖縄までいくって約束したじゃない」

「だから、もしもの場合だ」

「それでもだめ。いったん決めたことは最後までやろうよ」

「えらそうにいうな。おまえはいままで自分で決めたことを最後までやってきたのか」

「ないよ。ないからいってるの」

「ないなら予定変更もありじゃねえか」

「ううん。いつも優柔不断で中途半端だったから、今度は最後までやりたいの」

おれも、と健吾がいった。

「おれもぜんぶ中途半端だった」

「なんでよ。健ちゃんはすごい進学校の生徒なんだから、学校にもどればエリートじゃない。ぜんぜん中途半端じゃないよ」

「ううん。エリートなんかなれないし、なりたくもない。学校いかなくなったのも、ほんとは勉強についていけなくなったからさ。だから部屋にこもって――」

健吾は声を詰まらせてうつむいた。もういい、と梶沼はいって、

「沖縄へいくって約束は守るから、祐天さんの指示に従ってくれ。おまえらが誰かに捕まったら、それこそどうしようもなくなるぞ」

別荘をでると空気は重く湿っていた。なまぬるい風にあたりの木々がざわめいている。もうじき降りだしそうな気配で空は真っ黒な雲に埋めつくされている。

梶沼は不穏な景色に胸騒ぎをおぼえつつジープに乗った。

待合せ場所の料亭はネオン街からすこし離れた路地にあった。

軒下に灯った提灯には呉羽《くれは》と記されている。褪《あ》せた暖簾をくぐって格子戸を開けると初老の女がでてきて上がりがまちに三つ指をついた。高価そうな着物からして女将《おかみ》らしい。

女将に案内されて板張りの急な階段をのぼった。かなりの老舗《しにせ》のようで柱や床は黒光りしていた。

廊下を歩くと足元がぎしぎし鳴った。八畳ほどの座敷へ入ると南郷はすでに座卓の前に坐っていた。夏大島の羽織姿で黒い生地に白襟が鮮やかだった。梶沼は膝をそろえて一礼すると、

「こんなに早くお越しになるとは」

「楽にせい。この店には地元のもんは誰も手はださん。しかし、よそもんはなん仕出かすかわからんけ、下見ばしちょかんとの」

「申しわけありません。伯父貴にそんなことまでさせて」

「どうせ半分隠居の身じゃ。ひま潰しにちょうどよかばい」

一ノ瀬は約束の八時ちょうどにあらわれた。

護衛《タマヨケ》は連れずひとりできたのも約束どおりである。一ノ瀬はかしこまって南郷に挨拶してから座卓のむかいに坐った。女将と仲居が酒や料理を運んできたが誰も手をつけない。

「さっそくやが手短にいこう」

と南郷がいった。

「一ノ瀬さん、あんたは梶沼にどげんして欲しい。ひとまず組にもどらせたいんか、それとも警察《ヒネ》に出頭させたいんか」

それは――と一ノ瀬は口ごもってから、

「梶沼には申しわけないんですが、南郷さんのところでうちの名前をだした以上、組は除籍を撤回して絶縁にするでしょう。ただし自首して自分の判断で浅羽を殺《や》ったと自供すれば、もういっぺん組に迎える用意はあります」

「それは本城の兄弟の意向か」

「組長《おやじ》は話ができる状態ではないんで、うちの直参の倉持さんに相談しました」

「なら、あんたのいうことは東誠会の意向と思うてええんやな」

「――まあそうです」

「梶沼に聞いたところやと、こいつは理事長であるあんたの指示で山中組の浅羽を殺《と》りにいった。組長の本城が浅羽組のもんに襲われた報復《かえし》ちゅう名目での。その結果、護衛《タマヨケ》は仕留めたが、浅羽は取り逃がした。ところがそのあとで浅羽は何者かに殺されとる。浅羽を殺《や》ったんは誰か」

「わかりません」

「梶沼は東京におるときからずっと追っ手に狙われとるそうや。山中組がらみとおぼしい奴もおったが、正体がわからん奴もおったらしい。誰かが口封じに動いとるんやないか」

「わかりません」

「それもわからんで、梶沼に罪をかぶれちゅうんか」

「し、しかし、もともと浅羽を殺《と》りにいったんですし、きっちり報復《かえし》をしたと梶沼が名乗りをあげれば勲章にもなりますから――」

勲章なんかいりません、と梶沼がいった。

「主犯で刑務所《なか》に入れば、どのみち無期ですから、破門でも絶縁でも大差ありません。ただ、おれが浅羽を殺《や》ったことにして、すべてがまるくおさまるんなら、そうします。そのかわり伯父貴はもちろん、おれの連れにも手をださんと約束してくれますか」

「それは当然だ。約束はぜったい守る」

一ノ瀬は身を乗りだしていったが南郷は首を横に振って、

「つまらん。そげな口約束があてになるか。それが東誠会の意向ちゅうんなら、総本部の証文くらい持ってこい。梶沼は自首したら、極道としては死んだんと一緒や。親のために死ぬんは極道の務めやが、誰がいうたかわからんような話に命張れるかい」

「だ、だから直参の倉持さんに話を通してますと――」

「それも口だけやないか。浅羽組とはどげんするとか。手打ちするんか抗争《でいり》するんか。梶沼が刑務所《なか》に落ちたくらいじゃ話はおさまらんぞ。このまま込みあうんやったら、梶沼が刑務所《なか》で神戸のもんから殺《や》られるのがオチじゃ」

「たぶん手打ちになるとは思いますが」

ふん、と南郷は鼻を鳴らして、

「本城と梶沼の首を差しだしてか」

「どうしてそんな――」

「まあ聞け。山中組が東誠会の縄張《シマ》りを狙うとるくらい、わしでも知っとう。しかし浅羽が死んで得をするんは東誠会とは限らん。山中組のなかに浅羽の縄張《シマ》りを狙うとう奴がおっても不思議はない。おなじ理屈でいうたら、東誠会のなかにも本城が邪魔な奴がおるかもしれん」

「お言葉ですが、うちにはそんな奴はおりません」

「なら訊くが、もし神戸と手打ちになったら、あんたはどげんするとな。親の本城と弟分の梶沼に詰め腹切らして、自分は直参の倉持さんとやらに盃《さかずき》もらうんやあるまいの」

ちょっと待ってください。一ノ瀬は急に眉をひそめて、

「いくら共和会の南郷さんでも、お言葉がすぎやしませんか」

「たとえばの話よ。長いこと極道やっとうと疑り深うなっての。あんたが手打ちていうけ、妙

な勘ぐりをしてしもた」

「どういう勘ぐりですか」

「梶沼たちに浅羽を殺《と》らせて、そのあとで梶沼たちも始末する。浅羽組の報復《かえし》としての。事実、浅羽の襲撃に関わった奴は梶沼以外みな死んどるそうやないか。今度は親分の本城の番や。本城を浅羽組に殺《や》らせて手打ちに持ちこむ。そういう絵を誰かが描いとったんやないかと思うたんや」

「そんなことはいっさいありません。本城は無事です」

「無事でも、この件については知らんのやろ」

「それはそうですが――」

「まあええ、じかに確認しよう。どげんしても連絡がとれんのやったら、わしが東京いってもええ。本城は四分六の兄弟やけの」

「だったら、きょうの話はなしってことですか」

「おう」

「梶沼、おまえもそれでいいんだなッ」

梶沼はうなずいた。一ノ瀬は勢いよく立ちあがると上着の襟を直して、

「おまえを助けてやろうと思ったが、とんだ邪魔が入った。あとで後悔するなよ」

なんが邪魔かッ。南郷が怒鳴って拳で座卓を叩いた。

「わしが関わった以上、ええかげんなことはさせん。あんたも極道やったら、猪目ンとこやら

ちょろちょろせんで、まちっと筋の通った話ば持ってきない」

一ノ瀬は一瞬たじろいだ表情になったが、まもなく足音荒く座敷をでていった。

梶沼は大きく息を吐くと居ずまいを正して畳に両手をついた。

「もうええ。はよ顔をあげんか」

南郷は梶沼の肩を叩いた。おずおずと顔をあげると、

「わしの思うたとおり、一ノ瀬は妙な絵を描いとるの」

「申しわけありません。伯父貴をすっかり巻きこんでしまって――」

「なんもあやまることはなか。しかし、つまらん親や兄貴を持つと苦労するのう」

南郷は嘆息して座卓の上の盃をとった。

梶沼は徳利に手を伸ばそうとしたが南郷はそれを制してふたつの盃に酒を注ぎ、ひとつを差しだした。梶沼がそれを受けとると南郷は残った盃をひと息にあおった。

「そろそろ飯にしょう。一ノ瀬のぶんが余ったけ、おまえが喰えよ」

はい。梶沼は苦笑して盃を呑み干すと南郷の盃に酒を注いで、

「その前に祐天さんに連絡しておきます」

携帯をだして祐天の番号を押した。呼び出し音は鳴らずに電源が入っていないというアナウンスが流れてきた。リダイヤルしても結果はおなじだった。厭な予感がじわじわと背筋を這いのぼってくる。南郷は表情を曇らせて、どうした、と訊いた。

「電話がつながりません。ちょっと様子を見てきます」

梶沼が腰をあげたとき、階段を駆けあがる足音とともに襖が開いた。

三人の男が無言で座敷に入ってきた。ひとりは四十くらいで痩せ型、もうひとりは三十代で小肥り、三人目は二十代の後半くらいで背が高い。みな黒っぽいスーツでその筋特有の暗く据わった眼つきをしている。

「誰や。おどれらはッ」

南郷が低い声で怒鳴った。梶沼は右手を腰にまわしてコルト・ディテクティブの銃把《グリップ》をつかんだ。瘦せた男が慇懃に頭をさげて、猪目の身内です、といった。

「いきなりお邪魔して申しわけありませんが、南郷の親分をお守りしにきました」

「どういうことか」

男は梶沼を顎でしゃくって、

「そいつが親分のお命を狙うとると聞きましたんで」

「たわけたことを抜かすな。おどれらこそ、わしを殺《や》りにきたんやないか」

「ご冗談を。そいつの身柄《ガラ》を預けていただければ、すぐ退散します」

「一ノ瀬の差し金か」

「いえ」

「失せろ。失せんのやったら、わしが叩きだすぞッ」

南郷が怒鳴った。梶沼は右手を腰にまわしたまま立ちあがって、

「おれがこいつらと一緒にいきましょう。伯父貴はここにいてください」

「つまらん。おまえは動かんでよか」

南郷は着物の懐から二十センチほどの短刀をとりだした。もとは白木だったらしい柄《つか》と鞘は茶褐色に黒ずんでいたが鞘から抜くと分厚い刀身がぎらりと光った。

南郷は短刀を手にして片膝を立てると、

「これは先代から受け継いだ次郎太郎直勝や。鎧通しちゅうて武士の鎧もぶち抜く頑丈な刀やけ、おどれら三人くらいぶった斬っても刃こぼれひとつせん。どげんしても梶沼を連れていくちゅうんなら、わしが相手になっちゃる」

座敷の空気が一気に張りつめた。男たちは目配せをしたが動こうとはしない。

息苦しい沈黙のあと痩せた男が口を開いた。

「親分がそうおっしゃるなら結構です。わたしたちはこれで失礼します」

痩せた男は一礼して座敷をでていった。小肥りの男と背の高い男があとに続いた。

梶沼は急いで襖を開けて階下の様子を窺った。続いて窓を開けると外を覗いた。三人の姿は見えないがどこかで待ち伏せしている可能性がある。

南郷は鎧通しを座卓に置いて、まずいの、といった。

「いまのは時間稼ぎやろ。わしらをここに足止めするつもりや」

「ということは、やっぱり別荘でなにかが――」

南郷はうなずいて盃をあおると、

「いけ、梶沼。さっきの奴らが張っとうとしたら店の表やろ。廊下から中庭を抜けて裏口からでれば、待ち伏せをかわせるはずや」

「しかし伯父貴は」

「わしは本部に連絡して若い衆を呼ぶ。祐天のことやけ簡単にやられはせんが、多勢に無勢やと時間の問題や。わしらもすぐ加勢にいくけ、それまで持ちこたえろ」

「わかりました」

梶沼は頭をさげて座敷をでた。

足を忍ばせて階段をおりると帳場にひとの気配はなかった。下駄箱からブーツをとって廊下の突きあたりで中庭におり裏口から外にでた。


街のネオンの上に真っ黒な雲が垂れている。

健吾は二階のベランダで煙草を吸っていた。梶沼の買い置きからくすねたセブンスターである。煙草は中学三年のとき、不良がかった同級生に勧められて一度だけ吸ったことがある。そのときは苦くていがらっぽいだけだったがいまは抵抗なく煙が喉を通る。もっともいまも旨くはない。大人びた気がするのが心地いいだけだ。

湿度が高いせいか眼下の夜景は潤んだように光っている。

名古屋の実家にいた頃は外の空気がたまらなく厭だった。自分の体臭が染みついた薄暗い部屋だけが落ちつける空間だったがここへきてから街や緑を眺めるのが好きになった。

反対にあれほど好きだったネットやゲームへの関心が薄れている。以前はパソコンに触れない時間が半日も続くと頭がおかしくなりそうだった。しかしいまは平気だった。なにかに追われるように日常を埋めつくさなくても時間は空白にならないと気づいた。

煙草を吹かしながら缶コーヒーの空き缶に灰を落としていると階下から胡麻油やニンニクの匂いが漂ってくる。祐天がきょうの夕食はトンチャン鍋だといっていた。トンチャンというのは北九州の方言でモツのことらしい。

「なにしてんの、もうごはんよ」

里奈が階段をあがってくる気配にあわてて煙草を揉み消すとベランダを離れた。

座敷では祐天がトンチャン鍋の支度をしていた。カセットコンロの上に置かれた四角い鉄板は中央が円形にくぼんでいて刻んだニンニクと輪切りの赤唐辛子と胡麻油と醬油だれが入っている。祐天はそのくぼみにテッチャンやレバやセンマイやミノといったモツを入れその上にキャベツやモヤシやニラや玉ねぎを山盛りに載せていく。

鍋というわりに汁がないが祐天によれば鍋を炊いているうちにモツと野菜から自然に汁がでてくるという。里奈がキッチンから顔をだして、

「ほら、健ちゃんも手伝って」

健吾はうなずいて食器や箸を運んだ。

実家では食器を運ぶどころかコンビニ弁当を温めるのさえ面倒だったが最近は食事の後片づけも抵抗なくできる。以前ならやらなかったことをやっているだけで特に不思議ではない。けれどもそうした自身の変化が照れくさくもあり新鮮でもあった。

三人でテーブルを囲むと祐天がいったとおり鉄板のくぼみにじわじわと汁が湧きモツと野菜のたぎる匂いが漂いはじめた。里奈が待ち遠しそうに鉄板を覗きこんで、

「梶さんに悪いな。こんな美味しそうな鍋をあたしたちだけで食べて」

「なあに遠慮せんでよかですよ。梶沼さんは組長《おやじ》と料亭いっとうですけん。旨い魚ば腹いっぱい食べようです」

「でも誰かと話しあいしてるんでしょう。それがうまくいかなかったら――」

「大丈夫ですて。あのふたりがおったら、たいがいの相手はイモひくですよ。さあ、ぼちぼち食べられるけん、召しあがってください」

祐天は小鉢に鍋の具をよそって里奈と健吾にとりわけた。

モツなど食べたことがないだけに健吾は恐る恐る小鉢に箸を伸ばした。

ぷりぷりと張りのあるモツを嚙み締めると熱い肉汁が爆《は》ぜて思わず舌が鳴った。モヤシはシャキシャキとした歯触りで青々としたニラは香ばしい。ダシがよく染みたキャベツと玉ねぎはとろけるように甘かった。

里奈はたちまちおかわりをすると上気した顔で、

「すっごい美味しい。こんな美味しい鍋食べたの、はじめて」

「このくらいで喜んだらいけんですよ。シメのチャンポンがいちばん旨いんやけ」

でも、と里奈は声を落として、

「祐天さんは、どうしてこんなによくしてくれるんですか」

「なんばいうとうですか。里奈さんや健ちゃんや梶沼さんが好きやけでしょうが」

「あたしも祐天さんと南郷さんが大好きです。ただ、あたしが逆の立場だったら、ここまでできないと思うんです。あたしたちの面倒みたって、なんの見返りもないのに――」

祐天は照れくさそうに頭を掻いて、昔ね、といった。

「組長《おやじ》から、よういわれとったです。ひとのために平気で損できるんが任侠《にんきょう》で、それができんのがふつうの男やて。愚連隊の神様ていわれたひとの言葉やそうですけど」

「ひとのために平気で損できるのが任侠――」

健吾がそうつぶやくと祐天はあわてた表情で手を振って、

「勘ちがいせんでくださいよ。みなさんのお世話しようのが損やとか、これっぽっちも思うてませんからね。わたしは心の底から健ちゃんや里奈さんが好きやけ、よけいなお節介するンが楽しいとです。ありがた迷惑かもしれんけど辛抱してくださいよ」

「ありがとう、祐天さん」

里奈が頭をさげた。健吾もそれにならった。

「さあさあ、お喋りばっかりせんで鍋ば食べんですか。煮えすぎてしまいよるですよ」

祐天にうながされて鍋をつついているとベランダにセブンスターと百円ライターを忘れてきたのに気がついた。こっそり煙草を吸いはじめたのは誰も知らないし知られたくない。

「ちょっと忘れもの」

健吾は席を立って二階へあがった。

ベランダにでてセブンスターと百円ライターをとったとき、遠くで車の停まる音がした。この別荘へくる途中にはなにもない。車を停めるならなぜここまであがってこないのか。気になって音のしたほうを眺めていると黒いジャージ姿の男たちが外灯に浮かびあがった。男は三人で坂道をゆっくりとのぼってくる。健吾は急いで座敷にもどって、

「誰かきた」

「誰かって誰よ」

「さあ。三人いるけど梶さんたちじゃない」

祐天が壁の時計を見あげて、

「まだ話しあいが終わる時間やなかですね」

時計の針は八時をすこしまわっている。

男たちが離れた場所で車を停めたというと祐天の表情が曇った。

「せっかくやけど、飯はいったん中断しましょう」

祐天はカセットコンロの火を止め押入れから日本刀らしい白木の刀をだして壁に立てかけた。それから部屋の照明を消して玄関から健吾と里奈の靴を持ってきた。

祐天は縁側に面した窓を開けるとふたりの靴を地面に置いて、

「健ちゃんと里奈さんは外にでとってくれんですか。五分経ってもわたしが呼びにこんやったら、これで山をおりてください」

祐天はジープのキーを差しだした。里奈はそれを受けとって、

「そんな――あたしペーパードライバーだし」

「これも渡しときます。もしものときは梶沼さんに連絡してください」

祐天は自分の携帯をだしたが里奈は首を横に振って、

「もしもなんて厭。祐天さんも一緒に逃げようよ」

「もうそげな時間はありません。それにわたしは、わりと強かですよ」

祐天は笑った。里奈はしぶしぶ携帯を手にして、

「ほんとに大丈夫なんですか」

「ええから外にでてください。はよ荷物ば持って」

祐天が部屋の隅から里奈のボストンバッグを運んできたとき、玄関のドアを叩く音がした。

健吾と里奈は祐天に押しだされるようにして窓の外にでた。

里奈は地面におりるとボストンバッグを床下に蹴りこみ腰をかがめて窓ガラスに張りついた。健吾も縁側にうつ伏せて室内を覗きこんだ。

まもなく暗い部屋のなかに男たちがなだれこんでくるのが見えたが祐天がどこにいるのかわからない。パンパンパンと乾いた銃声が響いてオレンジ色の閃光《せんこう》が室内を照らした。軀と軀がぶつかりあうような烈しい物音がする。

これ持ってて、と里奈がジープのキーを押しつけてきた。

「おれは運転できないよ」

「いいから」

里奈は強引にキーを渡して部屋へ入ろうとする。健吾は肩をつかんで引き止めた。

「だめだってば。祐天さんは待ってろっていったじゃん」

闇のなかで男たちの怒声と悲鳴が響き窓のむこうを小柄な影がよぎった。


本部も本家も電話はつながらなかった。

携帯のディスプレイは圏外になっている。圏外になるような場所ではないから恐らく電波を妨害されているのだろう。本部に顔をだしたとき、若い組員がその種の機械を持っているのを見たことがある。手を叩いても女将と仲居が顔をださないということは階下の電話も使えなくなっているはずだ。ただの足止めと読みあやまったのが失敗だった。

南郷は携帯を懐に入れて大きく息を吐き鎧通しを座布団の脇に置いた。

覚悟は常にできているから動揺はない。ただ梶沼に泥をかぶせる結果になりかねないのが未練だった。外は降りだしたようでぽつぽつと雨粒が屋根瓦を打つ音がする。

南郷は手酌で酒を呑みながらくるべきものを待った。


ふと室内が静かになったと思ったら蛍光灯がともった。

テーブルはひっくりかえってモツや野菜があたり一面に散らばり三人の男が畳に倒れている。三人とも傷は見えないが黒いジャージがぐっしょり濡れている。

照明をつけたのは祐天のようで日本刀の抜き身をさげて歩いてきた。

顔も軀も血にまみれているがどうやら無事らしい。祐天は倒れた男たちの生死を確認するように爪先でつついてから日本刀を投げだした。

ほっと息を吐いたとき、大柄な男が座敷に飛びこんできた。さっきまではいなかったからいま別荘にきたのか。祐天は不意をつかれて押し倒された。

男は馬乗りになって祐天の首を絞めている。

「健ちゃんはここにいて」

里奈が窓を開けて部屋のなかへ飛びこんだ。里奈はトンチャン鍋の鉄板をよろめきながら抱えあげると祐天にのしかかっている男の後頭部に叩きつけた。

男は牛のようなうめき声をあげ両手で頭を抱えて横に転がった。思わず部屋に駆けこもうとしたとき、起きあがりかけた祐天と眼があった。祐天は血だらけの顔で微笑した。

次の瞬間、あたりの空気が反りかえった。

バンッ。ひときわ大きな銃声が鼓膜を震わせて周囲の音が消えた。

祐天の笑顔がぶちまけたように吹き飛んで首から上は下顎だけになった。肌色の脳漿と赤黒い肉塊が背後の壁を伝ってしたたり落ちた。頭を失った祐天の軀が小刻みに痙攣している。

銃身《バレル》の短い散弾銃《ショットガン》を抱えた男が畳に落ちた薬莢を拾って上着のポケットに入れた。

男は四十代か五十代かわからない。重病にでも罹《かか》っているように眼は落ちくぼみ頰の肉は削げ落ちている。

里奈は真っ青な顔でへたりこむと祐天の携帯を手にしたがすかさず男が散弾銃《ショットガン》の銃床《ストック》でなぎ

払った。携帯はばらばらになって畳の血だまりに落ちた。

健吾は窓の外で立ちすくんでいた。空っぽになった頭のなかで耳鳴りが金属質な音をたてている。里奈はなにかいいながら烈しくかぶりを振った。

「逃げてッ」

急に聴覚が蘇《よみがえ》って耳鳴りのなかにくぐもった声が響いた。駆けだすのと同時に背後で銃声がして窓ガラスが砕け散る音がした。健吾は森に駆けこんで雑草の茂みに身を伏せた。

大粒の雨滴がひとつ頰を濡らした。ざあッ、と木々の葉を打つ音がして土と草の匂いがあたりに立ちこめた。滝のような驟雨《しゅうう》のむこうに別荘の明かりがちいさく見える。

散弾銃《ショットガン》を手にした男と大柄な男が別荘のまわりを歩きまわっている。健吾はそれを呆然と見つめていた。両眼がかすむのは雨のせいか涙のせいかわからない。口のなかは乾ききって舌が上顎に貼りつく。軀のあちこちが自分とはべつの生きもののように震え心臓は信じられないほどの速さで脈打っている。

里奈がどうなったのか心配でたまらない。なんとかして助けなければと思うものの祐天の姿が網膜に焼きついて頭が働かない。祐天が——いや人間があんなに簡単に死んでしまうとはいまだに信じられなかった。

うかつに別荘へ近づけば自分も祐天のようになるのだと思ったら意識が薄れそうになる。いっそなにもかも忘れて気を失いたかったがなにも考えられないくせに意識は冴えかえって眼を閉じることもできない。

ふと近くの木の幹をぼやけた光が照らした。茂みから顔をもたげてあたりを窺うと懐中電灯を手にした男が近づいてくる。逃げようかと思ったが立ちあがればすぐに見つかるだろう。健吾は下をむいて雑草に顔を伏せた。

耳に神経を集中すると雨音にまじって男の足音がする。息をするたびに泥を含んだ雨水が鼻と口から流れこんでくる。思わず咳きこみそうになったが足音はすぐそばに迫っている。

健吾は嗚咽《おえつ》をこらえて梶沼がもどってくることだけを念じた。

†

大ぶりなバカラの灰皿にフィリップ・モリスの吸い殻が盛りあがっている。いつもなら二、三本も溜まれば若い衆が新しい灰皿と取り替えるが話を聞かれるのはまずい。

組長室にいるのは猪目と一ノ瀬だけだ。ふたりは応接用のソファでむかいあっている。猪目はきょう何本目かわからない煙草を揉み消して、

「あんたのほうはどげなっとんか。もう南郷の別荘に着いとう頃やろう」

「ええ。三人を片づけしだい連絡が入るはずですが」

一ノ瀬はソファの肘掛けに頬杖をついて携帯をいじっている。

「やりかぶったら、おれもあんたもしまいやで」

「大丈夫ですよ。南郷さえなんとかすれば、あとはどうとでもなります」

「おれに責任かぶせるようないいかたはしなんな。祐天だって組じゃ古株や。殺《や》りそこのうた

ら、本部でなにいうかわからんで」

「要は本部がどっちのいいぶんを信じるかって話でしょう。ていうか真相よりも損得だ。万が一情報が漏れても、猪目さんには東誠会と神戸がついてる。その祐天とかいう三下がなにをわめこうが、上は聞く耳持たんでしょう」

「本部がそうでも本家はちがうんや。総裁はなによりも仁義を重んじるひとやけの」

「そんな時代遅れなことをやってるから、組織が大きくならないんですよ」

「なんちや、きさんッ」

「だから猪目さんみたいに柔軟な考えのひとが、早く実権を握らなきゃいけないんですよ」

「ひとごとみたいにいうな。あんたが持ってきた話やないか」

猪目が声を荒らげたとき、テーブルの上で一ノ瀬の携帯が鳴った。一ノ瀬は電話口で相槌を打ってから、捜せ、と怒鳴って携帯を置いた。猪目は身を乗りだして、

「どげなったんか」

「祐天は殺《や》りました。女も身柄《ガラ》押さえたんですが、ガキはまだ捜してます」

「まあ祐天を殺《や》ったんはよかった。しかしガキが見つからんやったら、やばいやないか」

「そう急かさんでください。うちは三人いかれたんです」

「三人ちゃ高こついたの。やっぱり祐天は――」

猪目はそういいかけたままあわただしくジャージのポケットに手を突っこんだ。

「そうか、殺《や》ったか。よしッ」

猪目は携帯を耳に押しあてていったがすぐに眉をひそめて、

「梶沼は逃げたて。ちょっと待て」

携帯の送話口を手で押さえて一ノ瀬の表情を窺った。一ノ瀬はすこし考えてから、

「うまい考えがあります。そっちは撤収してください」

†

山は豪雨に煙って稜線が闇に溶けていた。

タクシーは山の麓《ふもと》でハイエースとすれちがった。めったに車が通らない場所だけに不審に思ったがあとを追うだけの確信はなかった。とりあえず別荘の状況を確認するのが先だった。

急な坂道をのぼっていくと濁流となった雨水が車の窓までしぶきをあげる。

「もう、この先いくのはやばいですよ」

運転手が弱音を吐くのをなだめすかして別荘の手前まできた。祐天のジープは停まっているが別荘の灯は消えている。やはり、なにかがあったのだ。

梶沼はタクシーをおりると鉛の棒のような雨のなかを走った。

別荘の玄関はドアの鍵が開いていた。

土足のまま室内へ駆けこむと噎せかえるような血の臭いが鼻を衝いた。腰からコルト・ディテクティブを抜き壁を探って照明のスイッチを押した。蛍光灯が明滅して変わり果てた室内を照らしだした。畳の上はおびただしい血溜りで足の踏み場もない。

コルト・ディテクティブを両手で構えてあたりを見まわした。屍体はどこにもなかったが点々と散らばる肉片からすると殺人かそれに近い事態が起きたのはあきらかだった。ガラスのなくなった窓から降りこんでくる雨に畳にあふれた血が絵の具のようににじんでいる。

座敷をでてほかの部屋を見まわるとキッチンのテーブルに見慣れない携帯があった。それをカーゴパンツのポケットに入れて二階を調べてから別荘の外にでた。

「里奈ッ。健吾ッ」

叫びながら歩いたが声は豪雨にかき消されて遠くまで届かない。ふたりはさらわれたのか、それとも――。不吉な想像にさいなまれつつ森のなかへ入っていくと茂みのあいだから誰かが飛びだした。梶沼はすばやくコルト・ディテクティブの撃鉄《ハンマー》を起こした。闇に眼を凝らすと太い木の陰で見おぼえのあるシャツを着た少年が頭を抱えていた。

「――健ッ」

梶沼は叫んだ。

健吾はおびえた表情で木の陰からでてくると突然われにかえったように駆けてきた。梶沼は銃の撃鉄《ハンマー》をもどして健吾を抱き止めた。瘦せた軀は泥にまみれて冷えきっている。健吾は梶沼の胸にしがみついて烈しく嗚咽した。

ひとしきり嗚咽がおさまると健吾はしゃくりあげながら別荘で起きたことを語った。祐天の最期を聞くと嚙み締めた奥歯がぎりぎり鳴った。

「それで――」

と梶沼はいった。真っ暗な空を見あげると大粒の雨が顔じゅうを伝った。

「里奈はどうなった」

「ごめんなさい。隠れるのが精いっぱいで、なにも見てなかった」

健吾は声を震わせた。梶沼は健吾の肩を叩いて、

「いいんだ。なにも気にするな」

カーゴパンツのなかで携帯が鳴った。

さっき別荘から持ってきた携帯である。携帯をだしてディスプレイを見た。番号しか表示されていない。通話ボタンを押すと押し殺した男の声がした。

「――梶沼か」

「誰だ、てめえは」

「誰でもええ。そげなことより、ようも南郷の親分を殺《や》ってくれたのう」

「なんだと」

「とぼけんでええ。おまえが呉羽ちゅう料亭で殺《や》ったやないか」

「どういうことだッ」

梶沼は怒鳴ったがもうなにが起きたのかはわかっていた。全身の血が爪先へさがっていくような感触があって軀が震えた。男は梶沼の反応を見透かしたように電話口で鼻を鳴らして、

「逃げたら女が死ぬぞ。いまからいう場所へガキを連れてこい」

「わかった」

男は郊外にある病院の名前を口にすると、

「着いたら電話せい。ガキがおらんやったり、妙なまねをしたら女を殺す」

電話はそこで切れた。梶沼は携帯をカーゴパンツにしまって宙を見据えた。

祐天に続いて南郷も殺された。別荘の状況が気がかりだったとはいえひとりにするべきではなかった。自分がそばを離れなかったら南郷は死なずにすんだかもしれない。

南郷は本部に連絡して応援を呼んだはずだがどうやらそれはこなかったらしい。応援がくる前に殺されたのか。あるいは本部も加担しているのか。

いずれにせよ自分たちが長居をしたせいで祐天と南郷は命を奪われた。しかも里奈を人質にとられ南郷殺害の濡れ衣まで着せられるという最悪の展開である。いくら南郷と祐天に引き止められようと傷が癒えた時点で小倉を離れるべきだった。

「どうなったの。里奈さんは大丈夫なの」

健吾の声でわれにかえった。事情を話すと健吾はうなだれて、

「里奈さんは祐天さんを助けようとしたのに――ぼくはなんにもできなかった」

「そんなことはない。おまえはよくがんばった」

「がんばってなんかないよ。ただ怖がってただけで――」

健吾はびしょ濡れの顔で洟《はな》を啜った。梶沼は両手で細い肩をつかんで、

「もう泣くな。それよりも、どうやって里奈を助けるかが問題だ」

「――うん」

健吾は力なく答えてジーンズのポケットを探ると車のキーを差しだした。梶沼はそれを受けとって別荘にもどった。健吾は床下からボストンバッグをひっぱりだし梶沼は押入れにあったガムテープを持って別荘をでた。森は烈しい雨音に包まれている。

祐天のジープは壊されているかと思ったが無事だった。十年落ちくらいのチェロキーリミテッドだ。別荘を襲った連中は自分たちをおびき寄せるためにわざと車を残しておいたのかもしれない。

梶沼がジープに乗りこむと健吾は助手席に坐った。

ボストンバッグに入っていたタオルで顔を拭いてエンジンをかけさっき電話で聞いた地名をカーナビに入力した。健吾は顔を拭こうともせずに窓の外を眺めている。

「いくぞ」

梶沼が声をかけると健吾は黙ってうなずいた。

渓流のように雨水が流れる山道をジープは猛スピードでくだりはじめた。

†

地下室の空気は重く淀んでいた。

ＬＥＤランタンのぼんやりした光が殺風景な室内を照らしている。壁も床ものっぺりしてなんの装飾もない。壁際に白布がかかったテーブルがあって香炉や蠟燭《ろうそく》立てが載っているから以前は霊安室だったらしい。一ノ瀬は上着の懐からパーラメントをだして火をつけた。暗い室内にデュポン・ギャッツビーの澄んだ音が響いた。

錆ついたストレッチャーの上にタオルで猿ぐつわをされ両手両足を縛られた女が横たわっている。梶沼の連れの里奈という女だ。ここへ連れてきたときは暴れて手がつけられず銃で頭を殴りつけてようやく縛りつけた。女は憔悴《しょうすい》した表情で目蓋を閉じている。

猪目が人質の監禁場所に選んだ総合病院である。

廃墟になって久しいようで病院のなかは荒れ果てている。地元では心霊スポットと呼ばれ暴走族まがいの連中が見物にくるそうだがこの大雨ならそんな心配は無用だろう。

両開きのドアの前には東京から呼んだふたりが立っている。組員ではなくフリーで仕事を請け負う連中である。大柄の男は日本刀を、痩せて陰気な顔の男は銃身《バレル》と銃床《ストック》を短く切り詰めたレミントンを抱えている。ポンプアクション式の散弾銃《ショットガン》だ。ふたりは祐天に仲間を殺《や》られた怨《うら》みからか女を殺したがったが梶沼がくるまでは生かしておかねばならない。

一ノ瀬は短くなった煙草を床に落とすと靴底で踏みにじってから地下室のドアを開けた。懐中電灯を片手に廊下を歩き階段をのぼって一階にでた。カルテや落ち葉が床に散らばったロビーはLEDランタンとアウトドア用の三脚がついたトーチで照らされている。

玄関の前に立っていた猪目組の組員たちが一ノ瀬に気づいて頭をさげた。組員は三人いてみな拳銃を持っている。ひとりの男が駆け寄ってきて、

「梶沼と電話がつながりました。ガキも一緒のようです」

「よし。猪目さんに連絡したか」

「はい。もうじきこっちへくるそうです」

一ノ瀬はうなずいて外の闇に眼を凝らした。ガラスの割れた正面玄関のむこうは雨に塗りこめられている。これだけの頭数がいるうえに女を人質にとっていれば勝負はついたも同然だったがここへくるまでの代償は大きかった。

南郷の別荘へいかせた五人のうち三人が祐天に殺された。呉羽を襲った猪目の手下も南郷に刺されてふたりが重傷を負ったらしい。猪目はすっかり怖じ気づいていてさっきの電話でさんざん愚痴をこぼした。

「南郷が殺《や》られたんを伝えたけ、本部は蜂の巣つついたみたいな騒ぎや。猪目はなにやっとるちゅうて、総裁はカンカンらしいわ」

「なぜですか。梶沼が南郷を殺すのを防ごうとしたんだから、ほめられるべきでしょう」

「なんで前もって加勢を呼ばんのかて、総裁はいうちょるらしい。どうせあしたは緊急幹部会の招集があるやろ。はよ梶沼の口ふさがな、どうもこうもならんぞ」

「安心してください。梶沼は必ず女を助けにきます」

「なんでそういいきれる」

「あいつの気性は呑みこんでます。芯は強いが情に流される」

「南郷とよう似とうやないか」

「それが命取りになるんです。おれや倉持はそんなに甘くない」

「倉持さんはなんかいうてきたか」

「こっちへくる途中で経緯を伝えたら、よくやったって喜んでました。猪目組の活躍は倉持さん経由で神戸にも伝わっているでしょうから、なにかあったら助けてくれますよ」

一ノ瀬は待合用の椅子に腰をおろすと腹に差したベレッタを抜いた。安全装置を兼ねたデコッキングレバーをはずし遊底《スライド》をひき薬室《チャンバー》に銃弾を送りこんでからデコッキングレバーをかけて撃鉄《ハンマー》をおろした。

†

ワイパーが気ぜわしく雨滴を掃いている。

目的地の病院は緑が生い茂るなだらかな丘の上にあった。あたりは田畑や空き地で遠くに民家の明かりがぽつりと見えるほかは街灯もない。道路の入口に総合病院の看板があるがとうに潰れたらしく診療科目を表示したプラスチックの文字は剝げ落ちている。

スピードを落として坂道をのぼっていくと二階建ての病院が見えてきた。玄関とおぼしい場所に明かりが灯っているのを確認してから車をバックさせた。丘の下までおりて病院へ続く道を通りすぎたところでジープを停めた。

梶沼はカーゴパンツからエマーソンの折り畳みナイフをだしてTシャツを脱いだ。

別荘から持ってきたガムテープを適当な長さに切りナイフを広げた状態で刃を逆さにして肩甲骨のあいだに貼りつけてからTシャツを着た。腰からコルト・ディテクティブを抜いてグローブボックスにしまっていると、

「どうして置いてくの」

「どうせボディチェックがある。持ってったって取りあげられるだけだ」

「でも相手は銃を持ってるよ」

「そうだ。しかも、ひとりやふたりじゃない」

「その銃、おれが持ってってもいい？」

「持ってってどうする」

「おれだったらボディチェックされないかも」

「おまえは病院に入るな。三人とも拉致られるぞ」

「だったら、おれが外から撃つよ。あいつらぶっ殺したいんだ」

「だめだ。拳銃《チャカ》は最後の最後までとっとけ」

「じゃあ、どうやってやっつけるの。なにか手伝えることはない」

「むこうの状況しだいだな。携帯は持ってるか」

健吾は後部座席のボストンバッグから自分の携帯をだした。

「なんとかして里奈を助けだすつもりだが、どうなるかわからん。最悪の場合は警察《サツ》へ電話しろ。事情を説明して、なるべく大勢の警官を呼べ」

「そんなことしたら、みんな捕まっちゃうよ」

「あいつらに殺されるよりましだ」

「でも梶さんと里奈さんが刑務所へいったら――」

「おれが生きてりゃ里奈の無実は証言する。それができなくても、おまえがありのままをいえばいい。里奈はすぐに釈放されるさ」

「梶さんはどうなるの」

「おれはくたばるか、娑婆にでられないかのどっちかだ」

「そんなの厭だ。一緒に沖縄いくんだろ」

「まだあきらめたわけじゃねえ。もし里奈が病院をでてきたら、丘を突っ切ってここまで連れてこい。あいつも運転くらいできるだろう」

「ペードラっていってたけど」

「つべこべいわずにやれっていえ。おれがこなかったら、ふたりで逃げろ」

「やだよ。車で待ってる」

「だめだ。おれもやるだけやってみるが、三人で逃げるのはかなりむずかしい。あいつらに捕まりそうになったら警察《サツ》を呼ぶんだ。三人とも捕まったら、そのときこそ終わりだ。おまえも里奈も、まちがいなく消されるぞ」

「わかったよ」

健吾は溜息まじりにいった。ふたりはジープをおりて歩きだした。雨脚はいくぶん衰えたがまだやむ気配はない。病院の前にはベンツとハイエースが停まっている。わざわざ玄関の正面に停めてあるのは車になにかされるのを警戒しているのだろう。

携帯をだしてさっきの着信番号を押すと男の声がした。

「着いたか」

「ああ」

「なら病院の玄関へこい」

梶沼は電話を切ると玄関から二十メートルほど手前で足を止め枯れた植込みを指さした。

「おれか里奈がでてくるまで、おまえはそこに隠れてろ。なにがあっても病院のなかには入るな。あいつらが追ってきたら、すぐ逃げるんだ」

健吾は緊張した面持ちでうなずいて植込みの陰にしゃがんだ。

梶沼は病院の玄関にゆっくりと足を踏み入れた。とたんに両側から拳銃を突きつけられた。続いて正面にも拳銃を構えた男が立ちふさがった。

「手をあげろ」

命じられるまま両手をあげると男たちは軀を探ってカーゴパンツから携帯や私物を取りだしたが背中のナイフには気づかなかった。梶沼は無抵抗を装って両手を頭のうしろで組んだ。

「ガキはどうしたんか」

五十がらみで背の低い男が訊いた。禿げあがった額や顔に無数の傷跡がある。

「捜したが見つからん。おまえらが捕まえたんじゃねえのか」

「ガキがおらんやったら、女を殺すていうたやろうが」

「どうせ、おれも殺すつもりだろう」

「ようわかっとうやないか」

「さっさと殺《や》れ。ただし、おれがもどってこなかったら、ガキは警察《サツ》に駆けこむぞ」

「下手な小細工しくさって、ぶち殺しちゃる」

男が拳銃を振りあげたとき、待て、と聞きおぼえのある声がした。

「まだ痛めつけるな。そいつにはいろいろ訊くことがある」

ロビーの暗がりから男が歩いてきた。

一ノ瀬は薄く嗤いを浮かべて梶沼の前に立った。梶沼は鼻を鳴らして、

「やっぱり、黒幕はあんたか。祐天さんはどこにいる」

「いま頃は産廃処理場だ。うちの鉄砲玉と一緒に灰になってるだろう。おまえが殺《や》ったことにしてもよかったが、別荘に屍《ロク》体を置いとくと面倒だからな」

「ふざけるな」

「ふざけてるのは、てめえだよ。せっかく無事におさまるお膳立てを考えてやったのに、ぜんぶ台なしにしやがって。南郷さんまで的にかけるとは、とんでもねえ野郎だ」

「そんなでたらめが通用すると思ってるのか」

「するさ。どんな嘘でもいい続ければ、それが真実になる」

「嘘は嘘だ。真実はひとつしかない」

「甘っちょろいことをいうな、梶沼。いまはそういう時代じゃない」

「どういう時代なんだ」

「あらゆる情報はコントロールされている。要は力の問題だ」

「力でねじ伏せるっていいたいのか」

「真実なんてものは、はなっからこの世にない。真実も正義も強者が押しつけるものだ。弱者は厭でもそれを認めるしかない。つまり力がすべてなんだよ」

「あんたになんの力がある。ケツ持ちに頼ってるだけじゃねえか」

「ケツ持ちのひとりもいねえ自分の立場を考えろ。おまえが南郷を狙ってるって噂は警察《サツ》に流してあるし、呉羽に残ってたおまえの指紋《モン》を南郷を仕留めた匕首《ドス》に転写したからな。おまえは山中組と東誠会と共和会を敵にまわしたんだよ。しかも女とガキをさらって殺した誘拐殺人事件の犯人だ」

一ノ瀬さん、と梶沼はいった。

「いまからなにがあっても、あんただけは殺す」

「兄貴分に対して、ずいぶんな言い草だな」

「あんたはとっくに兄貴じゃねえ。おれの的だ」

「やれるもんならやってみろ。その前にガキの居所を吐いてもらうぞ」

「むだだ。おれが口を割らんのは、あんたも知ってるだろう」

「やりかたしだいで誰だって口を割る。しかし手間をかけてる時間がねえ。かわりに連れの女を刻んでやるよ」

「里奈に手をだすな。あいつを解放するなら、あんたのいうことを聞く」

「もう遅い。こいつを縛れ」

一ノ瀬は男たちに命じて踵をかえした。

顔に傷のある男がナイロン製の結束バンドを持ってきた。自由を奪われたらもう反撃の機会はない。拳銃を構えた男が両脇にふたりいて傷男が正面にいる。梶沼はすばやく三人との距離を目測すると頭のうしろにまわした両手をさげてTシャツの襟に差しこんだ。

背中に貼りつけたナイフを剝がした瞬間、右に立っている男にむきなおり片手で拳銃を撥《は》ねのけもう一方の手でナイフを喉笛に突き刺した。ナイフを抜くと同時に軀を反転させて左の男に飛びかかった。拳銃を持った腕を腋で抱えこみ水平に構えたナイフの刃を左胸に叩きこんだ。心臓をえぐった手応えとともに男は梶沼にもたれかかって拳銃を床に落とした。傷男が結束バンドを放りだして腰から拳銃を抜いた。

心臓をえぐった男を抱えて盾にした瞬間、閃光とともに銃声が轟いた。男の軀を通して重い衝撃が伝わってくる。梶沼は男を突き飛ばすなり四つん這いになって床に落ちた拳銃を拾った。中国北方工業公司《ノリンコ》製のトカレフで新品に見せるよう銀メッキを施した銀ダラと呼ばれるタイプだった。

重い引き金《トリガー》をひくと烈しい反動《リコイル》とともに銃口《マズル》から炎が伸びた。跳ねあがった銃身《バレル》をもとにもどしてもう一発撃つと傷男の軀がのけぞった。乾いた銃声がロビーに反響している。傷男はアドレナリンが大量に放出されているのか被弾しても平気な様子で体勢を立てなおして撃ってきた。装弾数が不安だったがそのままの姿勢で五発撃った。

軀をかすめた銃弾がうなりをあげ衝撃波で耳鳴りがした。周囲の床に着弾するたびリノリウムの破片と埃が舞いあがった。硝煙のなかに眼を凝らすと傷男は手首から先をなくしてあおむけで痙攣していた。最初に刺した男は床にうつ伏せてごぼごぼと喉を鳴らしている。

背後の足音に振りかえるとロビーの奥から一ノ瀬が拳銃を片手に走ってきた。梶沼は跳ね起きて引き金《トリガー》を絞った。天井の蛍光灯が破裂して遊底《スライド》が後退したまま停まった。残弾がないのを示すホールドオープンと呼ばれる状態である。チリチリと薬莢の転がる音がむなしく響いた。

梶沼はトカレフを捨てて走った。傷男のそばに落ちていたスターム・ルガーを握ったとき、左の太腿に殴られたような衝撃があって床に膝をついた。

「あきらめろ。梶沼ッ」

一ノ瀬が怒鳴った。

「動いたら女の顔がなくなるぜ」

一ノ瀬の背後に里奈が立っていた。ヒグマのような体格の大男が肩をつかみ、痩せて眼の落ちくぼんだ男が顔に散弾銃《ショットガン》を突きつけている。

梶沼は大きく息を吐いてスターム・ルガーを放りだした。

梶沼は隠れていろといったが銃声を聞くと我慢できなくなった。

健吾は茂みをでて病院の玄関にこっそり近づいた。薄暗いロビーに男たちが倒れているのを見て膝頭が震えだした。もとの場所にもどろうかと思ったらふたたび銃声が響いた。

雨に濡れた地面を這うようにして玄関を覗きこむと梶沼が片足をひきずりながら歩いている

のが見えた。その先には拳銃を構えた男と里奈がいた。里奈は猿ぐつわをされ両手を後ろ手に縛られてさっき別荘にいた大男に捕まっている。祐天を殺した男が彼女に散弾銃《ショットガン》を突きつけているのを見て怒りがこみあげてきた。

このままではふたりとも逃げられそうにない。ジープへいって拳銃をとってこようかと思ったがあの男たちを相手にして勝てるはずがない。下手に騒いで自分まで捕まれば三人とも殺されてしまう。

どうすべきか悩んでいたらリーダー格らしい男が梶沼の両手をナイロンの紐のようなもので後ろ手に縛った。男は梶沼を床に突き倒しあおむけに倒れている男の胸からナイフを抜きとって里奈の前に立った。男は里奈の胸に血まみれのナイフをあてがった。彼女はくぐもった声をあげて身をよじったが猿ぐつわのせいで言葉にならない。

「一ノ瀬、やめろッ」

梶沼が床に倒れたまま叫んだ。

一ノ瀬と呼ばれた男は無視して里奈のワンピースをナイフで縦に引き裂いた。胸から腹にかけて白い肌があらわになった。一ノ瀬はナイフの切っ先で里奈の胸をなぞって、

「ガキの居所を吐け。おまえが吐くまで、この女が苦しむぞ」

「さっきのは嘘だ。いまどこにいるかは、おれも知らん。別荘にはいなかったんだ」

「それも嘘だな。最初に段取りをいっとこう。まず腹を裂いて胃と腸をひきずりだす。死なない程度に加減してな。それでも吐かないときはコロンビアン・ネクタイだ。コロンビアン・ネ

クタイを知ってるか」

梶沼は答えなかった。一ノ瀬は続けて、

「コロンビアン・ネクタイってのは、一九四八年にコロンビアで起きた内戦のときに使われた拷問だ。生きたままナイフで喉を裂いて、その穴から舌をひっぱりだすんだが、じきに死ぬから拷問っていうより処刑だな」

「やめてくれ。おれはどうなってもかまわん」

「なら吐けよ」

一ノ瀬は里奈の胸にナイフの先端を刺した。里奈が声にならない悲鳴をあげた。

胸の谷間から赤い筋が伝うのを見て思わず顔をそむけた。

もう限界だった。里奈が切り刻まれるのを見るのは耐えられなかった。

健吾は震える指で携帯をだすと電源を入れた。


里奈の胸から細く血が流れている。

健吾の居場所をいえば三人とも殺される。しかし黙っていれば里奈が苦しむ。太腿の傷は大きくえぐれて肉が剝きだしになっているが動脈はそれたようで出血は多くなかった。

「さあどうする。もう手遅れになるぞ」

一ノ瀬はナイフを握った手に力をこめていく。梶沼はよろめきながら立ちあがると、

「健吾は病院の裏にいる。案内するから一緒にこい」

でまかせで時間を稼ぐつもりだったが一ノ瀬は訝し気な表情でこちらを見つめている。外で車の停まる音がして白いジャージ姿の男が玄関から入ってきた。

一ノ瀬が微笑してナイフをおろすと、

「猪目さん、遅かったですね」

この男が猪目組の組長らしい。猪目はあたりに倒れている男たちを見まわして、

「こらいったい、なんの騒ぎや。またうちの兵隊いかれたんか」

「申しわけない。そいつが手こずらせやがったんで」

一ノ瀬は梶沼に顎をしゃくった。

「あんたがついとって犬死にさせんでくれや」

「すみません。しかしひとりでこられたんですか」

「誰がひとりでくるか。うちの護衛《タマヨケ》は外でガキ追いかけとるわ」

猪目がそういったとき、ぞろぞろと五人の男が入ってきた。男たちにはさまれて健吾がうなだれているのを見て梶沼は宙をあおいだ。終わった。これで三人とも殺される。

一ノ瀬はナイフを床に投げ捨てると大股で歩み寄ってきて、

「ハッタリばっかりかましやがって。この糞ったれがッ」

みぞおちに強烈な拳を喰いこませた。梶沼は軀を折ってうめいた。

「もうええやないか。頭数もそろうたんやし、はよ片づけよう」

と猪目がいった。一ノ瀬はうなずいて、

「さっき梶沼が使うた拳銃《チャカ》に、こいつの指紋《モン》がついてますから、弾丸《マメ》入れて女とガキを撃ちましょう」

「そらええけど、うちの兵隊まで殺《や》ったちゅうのは屍体《ロク》が多すぎやせんか」

「大丈夫でしょう。殺《や》ったのは事実ですから」

そのとき、風を切る鋭い音がしてＬＥＤランタンが砕け散った。なにが起きているのか確認するまもなくもうひとつのランタンが砕け三脚のついたトーチもライトが割れてあたりは真っ暗になった。

「外から狙い撃ちしてるぞッ」

「どこにおるんかッ」

一ノ瀬と猪目の声が闇に響いた。誰かが大型のマグライトをつけた。それもたちまち弾け飛んだが光が床をよぎった瞬間、さっき一ノ瀬が捨てたナイフが見えた。

梶沼は闇のなかを転がってナイフを捜した。あおむけの体勢で床を探っていると指先に冷たい金属の感触があった。ナイフの柄を握りこみ軀を横にして結束バンドを切りはじめた。頭上では男たちが怒号をあげている。

「誰か入ってきたッ」

「はよ明かりをつけんかッ」

ブシュッ、ブシュッと炭酸のペットボトルを開けたような音と同時に男の叫び声があがり肉を打つ湿った音や重いものが倒れる音が入り乱れた。この位置から発射炎《マズルフラッシュ》は見えないが薬莢の落ちるかすかな音で誰かが銃を撃っているのだとわかった。

手首や腕が切れるのもかまわずナイフを上下していると不意に結束バンドがはずれて両手が自由になった。四つん這いになって里奈と健吾の姿を捜したがどこにいるのかわからない。

「おやっさん、どこですかッ」

猪目の護衛《タマヨケ》が大声をあげてライターの火をかざした。

次の瞬間、ブシュッと音がして護衛の男が崩れ落ちた。ライターの火が消える瞬間、単眼式の暗視鏡《ナイトビジョン》をつけた男が眼の前をよぎった。

バンッ、と散弾銃《ショットガン》らしい大きな銃声が轟いて閃光があたりを照らしまた闇になった。ブシュッという音と男のうめき声が重なった。人間が倒れたような重い音がしたと同時に誰かが梶沼の腕をつかんだ。

「梶さん――」

耳元で健吾の声がした。梶沼は健吾を抱き寄せて床に身を伏せた。

「車やッ。誰か外にでて車のライトをつけるんやッ」

猪目が怒鳴ると誰かがあちこちにぶつかりながら外へでていく気配があった。まもなくエンジンのかかる音がしてまばゆいヘッドライトがロビーを照らしだした。

とたんに息を呑んだ。

床の上には何人もの男たちが折り重なるように倒れている。一ノ瀬と猪目はおびえた表情で壁際にしゃがみこんでいた。ロビーの奥で大男がうつ伏せていてその前に里奈が横たわっている。暗視鏡《ナイトビジョン》をつけた男はどこへいったのか姿が見えない。

「里奈ッ」

梶沼が叫ぶと里奈は眉を寄せてうなずいた。

ほっと息を吐いたとき、外で銃声がして一ノ瀬と猪目が腰を浮かせた。その隙にすばやく周囲を見まわした。大の字に伸びた男の脇に散弾銃《ショットガン》が転がっている。健吾にナイフを渡して里奈の結束バンドを切るようにいうと散弾銃《ショットガン》めがけて駆けだした。

「動くな」

背後の声に足が止まった。

両手をあげて振りかえると一ノ瀬がベレッタの撃鉄《ハンマー》を起こして、歩けといった。梶沼は背後から銃口《マズル》を突きつけられて歩きだした。足を踏みだすたびに太腿の傷が痛む。一ノ瀬は外から撃たれるのを警戒しているらしく柱の陰で足を止めた。

ロビーに眼を凝らしたが里奈と健吾はどこにいるのかわからない。猪目が外来のカウンターの下にうずくまっている。一ノ瀬は梶沼の後頭部を銃口《マズル》でつついて、

「さっきから派手に弾いてるのは、おまえの仲間か」

「ちがう」

「ちがうんなら、なんで、おれや猪目さんの手下を狙う」

「知らん。ただ相手はひとりだ」

「ひとりだと」

「ああ」

「ひとりの奴がほんの一瞬で、あれだけの人数を殺《や》ったっていうのか」

「そういうことができる奴を知ってる」

「誰だ」

「名前は知らん。新幹線でおれを撃った奴だ」

「――八神か」

一ノ瀬が低い声でつぶやいた。

外でガラスの砕ける音がしてふたたびロビーが闇になった。誰かが車のヘッドライトを撃ったらしい。とっさに腰を落としかけたが後頭部に硬いものがめりこんだ。

「動いたら撃つぞッ」

一ノ瀬が怒鳴って梶沼の肩を引き寄せた。

左腕を梶沼の首にまわすと右手のベレッタをこめかみにあてがった。雨音にまじって男の悲鳴が聞こえた。恐らく車のヘッドライトをつけた男だろう。

「くるぞ」

「黙れ。そんなこたあ、わかってる」

一ノ瀬がいらだった声でいった。おーいッ、とロビーのほうで猪目の声がした。

「おまえら、おれはここやッ。はよガードせいッ」

カシャカシャとライターの石を擦る音がして、猪目の顔が炎に浮かびあがった。あいかわらずカウンターの下にしゃがんでいる。

「あのバカ、もう護衛《タマヨケ》はいねえのに、なにを騒いでるんだ」

一ノ瀬が声をひそめていった瞬間、鈍い銃声がして猪目の眼球が透明なしぶきを散らしライターの炎が消えた。闇のなかをひたひたと足音が近づいてくる。一ノ瀬は梶沼にベレッタを突きつけたまま柱に身を寄せた。梶沼は鼻を鳴らして、

「隠れてもむだだ。相手は暗視鏡《ナイトビジョン》をつけてる」

「うるせえ。静かにしろッ」

一ノ瀬が押し殺した声でいったとき、遠くからサイレンが響いてきた。パトカーらしいサイレンの音は雨音をかき消してその数を増していく。糞ッ。一ノ瀬は罵声をあげて、

「これじゃどうしようもねえ。おまえを盾にしようと思ったが、死んでもらうぞ」

「撃てよ。撃てば、おまえの位置が知れるぞ」

「あきらめろ。もう時間稼ぎはさせねえ」

ベレッタの引き金《トリガー》に力がこもった気配に必死でもがいたがむだだった。思わず目蓋を閉じた瞬間、ブシュッ、ブシュッとこもった音がして首を絞めていた腕から力が抜けた。

一ノ瀬の腕を振りほどいて駆けだそうとしたとき、

「おい」

背後で男の声がした。梶沼は肩を落として立ち止まった。

けたたましいサイレンの音とともにヘッドライトがあたりを照らした。

パトカーがタイヤを軋ませながら列をなして近づいてくる。赤色灯の光がミラーボールのようにロビーをよぎった。

「こっちをむけ」

振りかえると黒ずくめの男が立っていた。

特殊部隊のような戦闘服《BDU》の上にタクティカルベストを着てフィンガーレスのグローブをはめた手に消音器《サプレッサー》付きのソーコムを握っている。ヘッケラー&コッホ社が特殊部隊用に開発した四十五口径だ。男の前で一ノ瀬がうつ伏せに倒れていてスーツの背中に開いた穴から薄く煙があがっている。

男は暗視鏡《ナイトビジョン》を額にずらすとかすかに嗤って、

「やっと逢えたな」

「あんたが八神か」

八神は答えずに左手で左の頬を撫でた。頬にはフォークで殴ったときの傷跡がある。

「あんたは誰に雇われてるんだ」

「それは、すでに大した問題じゃない」

「おれに撃たれたはずだが、よく助かったな」

「あのときは、ひさしぶりにおもしろかった。商売抜きでな」

「強がりをいうな」

「どう思ってくれてもいい。おもしろいかどうかは主観の問題だ」

「なぜ一ノ瀬と猪目を殺《や》った」

「勘ちがいするなよ、梶沼。おれはおまえを助けにきたんじゃない」

八神は抑揚のない声でいってソーコムの銃口《マズル》を近づけてきた。

「おまえを殺《や》るのは、おれなんだ」

梶沼は八神の眼を見た。

新幹線で逢ったときとおなじで切れ長の眼にはなんの感情も浮かんでいない。梶沼はソーコムの引き金《トリガー》にかかった指を見つめながら男たちの屍体を顎でしゃくって、

「こいつらを殺《や》ったのは、そのためだっていうのか」

八神は薄い唇に笑みを浮かべたがすぐに表情が消えた。

この男のおなじ顔つきを前にも見た。新幹線で撃たれたときだと思うと腹の底に冷たいものが湧いた。一か八か体当たりして身をかわせないか。動けば殺《や》られるにしろじっとしているよりはましだ。しかし軀は動かなかった。

ガチャリとなにかがスライドするような金属音がして八神の眉がぴくりと動いた。

「銃を捨てて」

里奈が八神の背後で散弾銃《ショットガン》を構えていた。隣で健吾がランタンを持っている。

八神は肩の凝りでもほぐすように首を左右に振って、

「またおまえの連れか。いままでどこにいた」

「霊安室よ。あそこなら明かりがあるから」

「思ったより頭の切れる女だ」

「いいから銃を捨てて」

八神が右手をおろすとソーコムは戦闘服の脚に沿ってすべり落ちた。

すかさず梶沼が駆け寄ってソーコムを蹴り飛ばし床に落ちていた結束バンドで八神を後ろ手に縛った。里奈から散弾銃《ショットガン》を受けとり窓の外へ眼をやると大勢の警官が拳銃を構えてにじり寄ってくるのが見えた。

なにをもたついてる、と八神はいった。

「いまおれを殺《や》らないと、もうチャンスはないぞ」

「警官の前で殺しをやるほどバカじゃない。てめえは懲役にいくんだ」

梶沼は八神をうつ伏せにさせると里奈と健吾をうながして走りだした。

あははは、と八神は乾いた声で嗤った。

「逃げろ。どこまでも逃げろッ」


三人は病院の非常口から外へでて一気に丘を駆けおりた。

散弾銃《ショットガン》はかさばるうえに目立つから途中の草むらに捨てて祐天のジープに乗った。古いアメ車特有のダルなハンドリングが気になるがＳＵＶにしては車重が軽いせいで踏みこめば速い。

雨は小降りになって道路の見通しはいい。人家のまばらな道を走る途中で何台ものパトカーとすれちがった。

里奈はやつれた表情で助手席のヘッドレストに頭をもたせかけている。裂けたワンピースは途中で脱いでTシャツとジーンズに着替えたが傷はまだふさがっていないようで胸にはうっすらと血がにじんでいた。

梶沼は市街地へむかってハンドルを切りながら、

「おかげで助かった」

「どういたしまして。でも悔しい。買ったばかりのピンキー&ダイアンが台なし」

「金はあるんだ。また買えよ」

「平気。もう一着あるもん」

梶沼は苦笑した。ワンピも残念だけど、と里奈はいって、

「あの一ノ瀬って奴、あたしの胸に傷つけやがって。ぶっ殺してやればよかった」

「もう死んでるだろ。八神に撃たれたからな」

「そいつも撃とうと思ったけど、どうやって撃つのかわかんなかった」

「ちゃんとフォアグリップをひいてたじゃないか。あのまま引き金をひけばいいんだ」

「やっぱそうだったんだ。でもスカだったらやばいから、やめたの」

「健もよくやったな」

「あんなにたくさん警察がくるとは思わなかったよ」

健吾が後部座席で答えた。

「電話で警察になんていったんだ」

「病院の場所をいって、やくざに殺されそうだから助けてって。でも梶さんや里奈さんのことはうまく説明できなかった。祐天さんや南郷さんのことも――」

「警察さえくりゃあ上出来だ。しかしそれだけの電話じゃ、あんなに大勢はこない。おまえからの電話だとわかったからだろう」

「病院をでる前に携帯の電源は切ったけど、大丈夫かな」

「もうすぐ非常線が張られる。最低でも福岡県をでなきゃまずいな」

「逃げきれるの」

「逃げきれなくても逃げるの」

と里奈がいった。

「南郷さんと祐天さんは、あたしたちのせいで死んだのよ。あたしたちが途中で捕まったり、誰かに殺されたりしたら、なんのためにふたりががんばってくれたのか、わかんなくなるじゃない。だから、ぜったい逃げきって沖縄へ――」

里奈がそこで声を詰まらせて健吾がしゃくりあげる気配がした。

ジープは郊外を抜けて街中に入っていく。沈黙が続いたせいか左の太腿がずきずきしはじめた。脚の付け根をタオルで縛ってあるから出血は止まっているが熱を持って疼いている。

「いっそのこと飛行機で沖縄へいけない？」

健吾が湿った声で訊いた。梶沼は首を横に振って、

「だめだ。朝になったら空港はどこも張られてる」

「九州新幹線は？」

「それもおなじだ」

「だったら、どうやっていくの」

船があるじゃん、と里奈がいった。

「鹿児島からフェリーがでてるはずよ」

「フェリーなら、なんとかなるかもしれん。それも時間の問題だがな」

「早く鹿児島へ着けばいいってこと？」

「そうだ」

「だったら、このまま鹿児島へいこうよ」

信号待ちのあいだにカーナビを見ながらルートを検討した。北九州から鹿児島へいくには西回りの国道三号線か東回りの国道十号線だ。距離は十号線のほうが若干長い。三号線なら四百キロ弱だからふつうに走っても十時間ほどで鹿児島に着く。

梶沼はインパネの時計を覗きこんで、

「いまが十二時だから、遅くとも昼前には着くな」

「高速でいけば四時間ちょっとなのに」

「だめだ」

「オービスが怖いんだったら、これがあるじゃん」

里奈はダッシュボードの上のレーダー探知機を指さした。

「それでぜんぶを探知できるわけじゃないし、高速はゲートの手前でナンバーを読まれてる。オービスなら一般道でもあるが、わざわざ情報を提供する必要はない。それにオービスより怖いのが――」

「怖いのがなに？」

「いや、気にしてもきりがない」

「じゃあ国道でいこうよ」

「おれはかまわんが、休まなくて平気なのか」

「あたしは平気。健ちゃんは？」

「平気だよ」

「よし、ノンストップでいくぞ」

里奈と健吾の手前、張りきった声をあげたが気分は重かった。太腿の傷や疲労もあるし警察の網をかいくぐれるかという不安もある。しかしそれ以上にあの男のことが気になった。

八神は警察に捕らえられただろうか。

あの状況で逃げられるはずがないと思いつつ確信が持てない。

「逃げろ。どこまでも逃げろッ」

八神の声は自信に満ちていた。あの男なら結束バンドをはずすくらいはできるだろうが両手が自由になったとしてもその頃には病院全体が包囲されている。

梶沼は厭な予感を振り払うと車列をかわしてアクセルを踏みこんだ。

†

地響きのような足音で意識がもどった。

目蓋を開けると制服の警官たちが廃病院のロビーへなだれこんできた。梶沼を撃とうとした瞬間、背中に衝撃があって気を失ったのはおぼえているがそれ以降の記憶はない。

一ノ瀬はうつ伏せになったまま周囲を見渡した。

いくつもの屍体が転がっているだけで梶沼とその連れの姿はない。躯を動かすと背中に烈しい痛みがある。誰かに撃たれたのはたしかだが銃声は聞こえなかったから消音器《サプレッサー》をつけた銃だろう。となると自分を撃ったのは仲間を皆殺しにした奴だ。

弾は防弾ベストで止まっているようでどうにか立ちあがれそうだった。しかし警官たちはすぐそこへ迫っている。ロビーのなかだけで十人以上はいるだろう。

病院の外ではひっきりなしに無線が鳴りパトカーのサイレンが響いている。刑事らしい私服の男も何人かロビーへ入ってきた。

「全員動くなッ」

「武器を捨てろ。動いたら撃つぞッ」

先頭の警官が拳銃を構えて大声をあげたが反応はない。警官たちは倒れている男たちの状態を確認しながらこっちへ近づいてくる。早く逃げなければと焦りつつ身動きがとれない。

「誰か怪我人はいるか。いたら、その場を動かずに返事をしろッ」

ひとりの警官が叫んだとき、屍体のなかから黒ずくめの男がゆらりと立ちあがった。

八神だと気づいて鼓動が速くなった。

八神はこちらに背中をむけて両手を頭のうしろにまわしている。梶沼がいったとおり自分たちを襲ったのはこの男にちがいない。だが山中組の刑部に雇われているはずの八神がどうしてそんな行動にでたのか、なんの抵抗もせずに投降しているのかがわからない。

「よし、そのまま動くなよ」

警官がそういって足を踏みだしたとき、八神が頭のうしろから両手をだしてなにかを放り投げた。球状の物体がふたつ放物線を描いて警官たちのあいだに転がった。

「手榴弾やッ」

誰かが叫び声をあげると同時に警官たちが逃げまどった。八神はどこへいったのかもう姿が見えない。ほんとうに手榴弾なら距離からいって伏せていても危険である。

一ノ瀬はあわてて立ちあがるとロビーの奥へ走りだした。

一階の奥に非常口がある。ロビーの角を曲がりかけたとき、軀が宙に浮いた。

次の瞬間、すさまじい爆風で壁に叩きつけられた。電子音のような耳鳴りがして周囲の音が消えた。烈しい痛みに意識が遠のきかけるのをこらえて非常口へむかって這った。

病院をでて丘をくだっていたら無灯のパトカーが一台、猛スピードで走り去るのが見えた。

福岡を抜けると雨はあがって星空が見えた。

レーダーが反応するたび減速するせいで時間がかかるが南下しているのを知られたくない。久留米を通って熊本に入ったのは五時すぎだった。三人が祐天のジープに乗っているのを警察がつかむまでにはまだ時間がかかるだろう。むろん南郷の別荘も捜索されるが屍体がないうえに事件を証言する者もいないからすぐには状況を把握できないはずだ。

里奈と健吾はぐっすり眠っていたが熊本に入ったあたりで眼を覚ました。

「ねえ、お腹すいた。健ちゃんとコンビニ寄っていい？」

「コンビニは防犯カメラがあるだろ。ふつうの店が開くまで我慢しろ」

「ふつうの店ってなによ」

「だから防犯カメラのない店だ。婆さんがやってる古い店とかな」

「でも道路にだってカメラがあるんでしょ。どこへいってもだめじゃない」

「いまは監視社会なんだ。やくざもんは大変さ」

「梶さんは、もうやくざじゃないんでしょう」

「ああ。やくざどころじゃねえな。女と高校生を人質にとって逃走中の連続殺人鬼だ」

「おれは人質じゃないよ」

「ちょっと健ちゃん、あたしを見捨てて梶さんの仲間になるの」

「三人とも仲間だろ。梶さんとおなじ任侠だよ」

「なんでおまえが任侠なんていいだすんだ」

「祐天さんから聞いたんだよ。ひとのために平気で損できるのが任侠で、それができないのがふつうの男だって」

「おれはそんな大層なもんじゃねえぞ」

「だって命がけで、おれを助けてくれたじゃん。里奈さんも梶さんを助けたし」

「あら、あたしもそうなの」

「うん。殺し屋を散弾銃でおどすなんて堅気じゃねえよ」

健吾の台詞に梶沼と里奈は笑った。

七時になってカーラジオのニュースが昨夜の事件を告げた。

「昨夜十一時頃、北九州市内の病院廃墟で暴力団どうしの抗争とみられる銃撃事件が発生しました。犯人のひとりは現場に駆けつけた警察官に手榴弾を投げつけて逃走しましたが、手榴弾の爆発により警察官十数名が死傷した模様です。現場には暴力団組員とみられる遺体が多数あり、警察は身元の確認を急いでいます。

また事件を通報したのは名古屋市内で誘拐された高校二年生、新田健吾くんとみられ、警察では事件との関連を調べています。市内では昨夜十時頃にも暴力団組長が料亭で刺殺されるという事件が起きており、福岡県警は厳戒態勢で――」

アナウンサーは興奮した口調で喋り続けているがその先は聞こえなかった。

梶沼は水俣《みなまた》の標識がすぎるのを呆然と見つめていた。

やはり厭な予感は的中した。警官に手榴弾を投げつけたのは八神にちがいない。手榴弾まで持っていたのは最初から大勢を相手にするつもりだったのだろうが警官まで無差別に殺すのはもはやヒットマンではない。あらためて八神の異常さを感じた。

「あいつが手榴弾を投げたの」

健吾が訊いた。マジで？　と里奈がいって、

「梶さんが両手を縛ってたのに」

「あいつは――八神はふつうの人間じゃない」

「じゃあなによ。ゾンビかなんか？」

「似たようなもんだ」

「たしかにゾンビっぽいかも。新幹線で梶さんに撃たれても生きかえったんだから」

「まだあたしたちを追っかけてくるの」

「たぶん」

「警察とどっちがやばいかな」

「ゾンビさ」

「でもゾンビだって頭を撃ったら死ぬよ」

「頭に当たればな」

「弱気なこといわないで。八神って奴がいくら強くても、むこうはひとりじゃない。こっちは三人いるのよ。梶さんがそんなこというんなら、あのとき頭を吹っ飛ばせばよかった」

「バカ。おどしでじゅうぶんだ」

「おれも撃ちたかった」

「おまえらは、だんだんあぶねえ方向へいってるぞ」

里奈のいうとおり八神は殺しておくべきだったかもしれない。けれどもほんとうに殺せたただろうか。そもそも里奈に散弾銃《ショットガン》を突きつけられただけで拳銃を捨てたのが不自然だった。ただのやくざならともかく八神ならいくらでも反撃する手段があったはずだ。にもかかわらず抵抗しなかったのは自分たちを逃がすためかもしれない。

だとすればあの男は必ず自分たちを追ってくる。

いや、もうそこまできていても不思議はない。思わずルームミラーを覗いた自分におびえを感じたがすこしでも早く逃げる以外に打つ手はなかった。

†

木製の扉を開けるとちいさな窓があった。

窓には埃で汚れた磨りガラスがはまっている。錆びついたクレセント錠をはずして窓を細めに開けると黒く濁った川が見えた。川沿いの工場からプレス機械を動かしているらしい耳障りな音が響いてくるが眼下の道路に異状はない。

一ノ瀬は窓を閉めてベッドに腰をおろすとパーラメントに火をつけた。

枕元にはひと昔前から置きっぱなしのようなコンドームの自動販売機がある。部屋の壁紙は黴で黒ずんでクロスがところどころたるんでいる。

壁のハンガーには背中に穴がふたつ開いたドルチェ&ガッバーナのスーツがかけてある。防弾ベストで潰れていた銃弾は四十五ＡＣＰ弾のようだった。消音器《サプレッサー》のせいで威力が減衰したのだろうがふつうに撃たれたら防弾ベストを貫通していたかもしれなかった。

背中はどす黒く内出血して大きく息を吸うと肺に響く。骨にひびでも入っているのか痛みであおむけになれない。

エアコンの効きが悪いせいで軀がべたつくがいつ追っ手が踏みこんでくるかわからないだけにシャワーを浴びるのは不安だった。あおむけになれないせいもあって一睡もしていない。

ゆうべは廃病院をでてから繁華街の居酒屋にいったん身を潜めた。

倉持に電話で相談すると始発の新幹線で東京へもどれといわれた。けれども至るところに検問があるという客たちの会話を聞いて移動をあきらめた。看板まで粘って居酒屋をでると街はパトカーだらけで共和会の組員らしい男たちも大勢いた。

猪目が殺されたせいで梶沼を南郷殺害の犯人に仕立てる工作は中途半端に終わった。呉羽の座敷には梶沼の指紋を転写した匕首《ドス》を置いてあるし警察にも梶沼が犯人だという情報を流してあるが共和会本部がそれを信じるかどうか不安だった。

映りの悪いテレビでニュースを観ていると枕元で携帯が震えた。

一ノ瀬は煙草を灰皿にねじこんで携帯を手にとった。

「まだ小倉か」

倉持が尖った声で訊いた。

「はい」

「もう八時だぞ。いつまでラブホにこもってんだ」

「もうすこし待ってください。警察《サツ》が山ほど街にでてますし、南郷と猪目の件で共和会の連中も血眼になってますから――」

「てめえがもたもたしてるからだ」

「すみません」

「なんでもかんでも梶沼がやったじゃ通らんぞ。刑部さんも頭を抱えとる」

「刑部さんはなんと」

「八神とはまだ連絡がつかんそうだ。金はいくらでもだすから始末をつけろってよ」

「神戸を動かすわけにはいかないんですか」

「刑部のおっさんの性格は知ってるだろ。いつも口ばっかりで自分の手は汚さんよ。いいか、共和会にはこういうんだ。南郷とその子分を殺《や》ったのは梶沼で、あとの連中を殺《や》ったのは八神だ。実際、警察を吹っ飛ばしたのもそうだからな」

「しかし猪目組長が死んでますから、おれひとりで共和会に話を通せるかどうか――」

「おれからも口添えする。ただし、これが最後のチャンスだぞ」

「えッ」

「ありったけの兵隊をそっちへやる。梶沼たちと八神を片づけろ」

「――八神もですか」

「そうだ。無理なら、おまえも覚悟するんだな」

電話はそこで切れた。

†

ジープは八時すぎに薩摩《さつま》川内《せんだい》に入った。

この先の混み具合にもよるが早ければ一時間で鹿児島新港に着く。道路の左手は緑の山が連なり右手には海が見える。空は青く晴れ渡って銀色の波が朝の光に映えていた。

「きれいね」

「こんなところでキャンプしたいな」

里奈と健吾は景色に見とれている。

「沖縄に着けばキャンプできるよ」

「そういえば、沖縄のどこへいくの」

「海がきれいなとこがいいね。与論島とか石垣島とか」

「逃げるなら本島しかない。ちいさな島じゃ目立ってしょうがねえぞ」

「じゃあ那覇ってこと？」

梶沼はそうだと答えて左の太腿をさすった。とっくに出血は止まっているのに痛みと熱が増している。早く消毒しなければ化膿するかもしれない。

日置《ひおき》市に入ったあたりで道路沿いに古びた薬局があった。白衣を羽織った初老の女がシャッターをあげているのを見て車を停めた。

里奈に消毒液とガーゼと絆創膏を買ってくるようにいって、

「ついでに電話を借りて、フェリーの時間を調べろ」

里奈は十分ほどして渋い顔でもどってきた。

「フェリーがでるのは六時だって。それまでどうしよう」

「ほかに交通手段はないんだ。待つしかねえな」

梶沼はジープを走らせて人通りのない横道に車を停めた。太腿の付け根を縛っていたタオルをはずすとカーゴパンツを脱いだ。里奈が顔をそむけて、

「ちょっと、いきなり脱がないでよ」

「なに照れてんだ。デリで働いてたくせに」

「やめて。それは昔の話」

「どこが昔だ。ついこないだのことだろうが」

「辞めたの。もうあんな仕事はしない」

「もったいねえな。辞める前に、健に筆おろししてやれよ」

「それならいいよ。でも初体験があたしじゃ、健ちゃんがかわいそう」

もういいって、と健吾がいった。

「ふたりでなにいってんだよ」

「やっぱ、こんな年上じゃだめよね。おなじ年頃の子じゃないと」

「そんなんじゃないよ。でも厭だ」

「じゃあ3Pでもやるか」

「ざけんなよ」

健吾の怒声に里奈が笑った。梶沼も笑おうとしたが傷の痛みに顔をしかめた。深くえぐれた肉は組織が壊死したように黒ずんで周囲が赤く腫れている。体力が落ちているせいか治っている気配がない。抗生剤が欲しかったが購入には処方箋が必要である。

消毒液を染ませたガーゼで傷口を拭いていると里奈が顔をそむけたまま、

「怪我は大丈夫？」

「ああ」

傷口にガーゼをあてて上から包帯を巻きカーゴパンツを穿《は》いた。

梶沼はふたたびジープを走らせた。抗生剤を手に入れるには荒っぽい方法しかないが目立つ動きはしたくない。フェリーの乗船手続きをすませてからどこかで睡眠をとったほうがいい。

十時をすぎて鹿児島市に入った。

目蓋が重くなるのをこらえてハンドルを握っていたら横断歩道の信号待ちでついうとうとした。信号が変わって車をだした瞬間、ぎくりとしたがもう遅かった。

梶沼は舌打ちをして車を路肩に停めると背後を振りかえった。信号機を支える柱の上に灰色のちいさな箱がある。なんかあったの、と健吾が訊いた。

「簡易型のNシステムだ」

「Nシステムってなに」

「車のナンバーの自動読み取り装置だ」

「でもスピードだしてないじゃん」

「オービスとはちがう。Nシステムは通過車両をすべて撮影する。運転者の顔写真もな。車両のデータはホストコンピュータが解析して記録する。ふつうの車は記録されるだけだが、手配車両が通過したら照会と同時に警察車両へ通知がいくから、あっというまに追跡される」

「そういうのってプライバシーの侵害じゃないの。なにもやってないのに行動を記録されてるんだから」

「さあな。犯罪摘発のためだって理由がつきゃあ、なんだって許されるからな」

「ちくしょう。ほかの道を通ればよかったね」

「もうひっかかってるかもしれん。ここへくるまでも事前に気づいた場合はかわしてきたが、簡易型のNシステムは、よほど注意して見なきゃわからん」

「Nシステムって、あっちこっちにあるの」

「正確な数も設置場所も公表されてないが、全国に千カ所以上はあるらしい」

「これなのね」

と里奈がいった。

「オービスより怖いっていってたのは――」

「そうだ。警察がこの車を手配車両に登録してたら、すぐに追っ手がくる。ただ警察は、おれたちが祐天さんの車で逃げたのを、まだ気づいてないかもしれん。誰かが証言してない限り、祐天さんが殺されたのも知らないはずだ」

「だったら、まだ大丈夫？」

「どうかな。どっちにしても車は捨てたほうがいいだろう」

「また盗むのは厭よ」

「ああ。フェリーの乗船券を買ってから、どこかで休もう」

梶沼はグローブボックスからコルト・ディテクティブをだすと腰に差した。

「それは捨てないの？　沖縄じゃいらないでしょ」

「だといいんだがな」

†

着陸体勢に入ったジェット機が青空を低くかすめていく。

八神はゲレンデヴァーゲンの運転席からシュタイナーのオートフォーカス双眼鏡を覗いている。車を停めてある二階建ての駐車場からは福岡空港の国内線ターミナルが見渡せる。到着口は三つあるが次の便は第二ターミナルに着く。

八神はG－SHOCKのフルメタルクロノグラフに眼をやった。時刻は十時をまわっている。廃病院で奪ったパトカーは北九州をでる前に捨ててゲレンデヴァーゲンに乗り替えた。ゲレンデヴァーゲンを運転していた四十がらみの男は国道沿いの崖下で死んでいるから手配がかかるまでにはしばらく余裕があるだろう。

出発カウンターや出発口の付近には私服の刑事たちが張りこんでいたが到着口は警戒していない様子だった。ターミナルビルの左端に白いアルファードが停まっている。手前に停まっている車が邪魔で車内は見えないがさっき運転席の窓から煙草を捨てた手は小指が欠けていた。

八神は片手で双眼鏡を覗きながらずっと切ったままだった携帯の電源を入れて刑部に電話した。呼び出し音が鳴るか鳴らないかのうちに電話はつながった。

「ずっと連絡してこんで、いままでどないしとったんや」

刑部はうわずった声でいった。

「邪魔者を片づけるのに手間どった。あとは怪我の治療だ」

「新幹線で弾かれたんやろ。なんでわしに相談せえへんのや」

「体調が悪いときに居場所を知られたくないんでね」

「なんや知らんけど、もうわやくちゃや。共和会の連中やら警官やら殺しまくったんは、おまえやろ。いったいなにを考えとんねん」

「おれが誰を殺《や》ろうと、あんたには関係ない」

「関係あるわい。おまえの的は梶沼たちやろが」

「そうだ。だからこそ、ほかの奴らに梶沼を殺《や》られたら、あんたとの契約に反する」

「そない律儀なこといわんでも、梶沼たちが死にゃあええんや」

「あんたが契約を破らない限り、いったん決めた約束は守る。それにあんたは、関わった奴はぜんぶ殺せといったはずだ」

「せやからちゅうて、仲間まで的にかけてどないするんや。一ノ瀬まで弾きおって」

「しかし生きてただろう」

「おまえは知っとったんかい」

「長年ひとを弾いてりゃ、防弾ベストを着てるかどうかくらいわかる」

「――なんで一ノ瀬を生かしといたんや」

「それは、いまにわかる」

「どういうこっちゃ。気になるやないか」

第二ターミナルの到着口から東京から着いたらしい一団がでてきたのを見て八神は電話を切るとふたたび電源を落とした。観光客やビジネスマンにまじって雰囲気のちがう男が四人いる。背丈も服装もまちまちだが共通しているのはその筋特有の眼だ。

みなカートもひかずセカンドバッグくらいしか持っていない。飛行機に武器は持ちこめないからべつの人間が調達しているのだろう。男たちは他人どうしのように素知らぬ顔で歩きだしたが四人ともアルファードへむかっていく。

八神は双眼鏡を助手席に置くと窓を閉めてエンジンをかけた。四人がアルファードに乗りこんだのを見届けてからゲレンデヴァーゲンを走らせて駐車場をでていった。

†

鹿児島中央署のある新屋敷方面を避けて中州通りから甲突川《こうつきがわ》を渡ってフェリーターミナルに着いた。車の場合は車検証の提示が必要だが徒歩客は身分証明の必要はない。里奈に乗船券を買いにいかせてから梶沼は健吾を車に残して待合所へいった。足を踏みだすたびに太腿が痛む。防犯カメラに注意しながら待合所に入ると出航まで時間があるだけにプラスチックの椅子がならぶ室内はがらんとしている。

梶沼は公衆電話を見つけて受話器をあげた。組長の本城にいまの状況を伝えておきたかった。ここまで事態が錯綜すると本城すら信用できないが一ノ瀬が組を裏切っているのはまちがいない。一ノ瀬は直参の倉持と組んで本城の命も狙っているはずだ。

電話機に百円玉を入れて本城の携帯の番号を押した。むろん公衆からでは電話にでないかもしれない。その場合は留守電を残そうと思ったがしばらく呼び出し音が鳴ったあとコインの落ちる音がした。相手は無言だった。梶沼はごくりと唾を呑んで、

「組長《おやじ》ですか。おれです。梶沼です」

「おまえだと思った」

本城は低い声でいった。

「組長《おやじ》は病院ですか」

「ああ。おまえはどこにいる」

「すみません。それはかんべんしてください」

「わかった。いろいろ大変だろう。おれにできることはないか」

「いえ。ただ、いままでの状況を聞いていただきたくて」

「話せ」

梶沼が手短にいきさつを語ると本城は溜息をついて、

「南郷の兄貴は気の毒した」

「――はい」

「だいたいのことは察していたが、倉持のバックが神戸とはな。これは根が深いぞ」

「ええ」

「浅羽を殺《や》って得をするのは、おなじ直参で張りあってた刑部だろう」

「刑部？」

「金融とゼネコンがらみでのしあがった経済やくざだ。次の若頭候補だっていわれてる。刑部は浅羽がいなくなれば、山中組若頭のポストが確実になる。だから倉持を使って一ノ瀬を動かし、おまえらに浅羽を襲わせた。浅羽を殺《や》ったあと、親の仇討ちって名目で浅羽組の若い衆がおれを殺《や》る。裏で糸をひくのは刑部だ。もっとも浅羽組がおれを殺《や》ったってのは表向きの口実だから、実際に殺《や》るのはべつの人間でもいい」

「倉持や一ノ瀬の手下かもしれないんですね」

「そうだ。倉持はそのあと山中組と手打ちに持ちこみ、うちの縄張《シマ》りを手に入れる。手打ちの条件によっては刑部と山分けかもしれん。一ノ瀬は倉持の盃をもらって組を構える。おおかたそんな筋書だろう」

「じゃあ、浅羽組の連中が組長《おやじ》を襲ったのも――」

「刑部が描いた絵さ。浅羽組の若いのに金でもつかませて、おれを狙うよう指示したんだろう。むろん浅羽が知らんあいだにな。おれが死ねば、うちの報復《かえし》に見せかけて浅羽を殺《や》れる。現実には死ななくてもそうなったがな」

「このことを本部に訴えて、倉持と一ノ瀬を追いこめませんか」

「いまのところ証拠がない。上と掛けあって神戸に話を通してみるが、手打ちにするには時間がかかる。一ノ瀬が仕組んだ罠にしろ、子がやったことだ。親のおれもけじめをとられる。場合によっちゃあ破門か絶縁だ」

「――そんな」

「心配するな。そう簡単に往生せん。できる限りのことはやる」

「八神という男はご存知ですか」

「噂には聞いてる。凄腕のヒットマンで死神と呼ばれてるらしい」

「たしかにそんな奴でした」

「このまま逃げきるのはむずかしいぞ。こんなことはいいたかねえが、殺《や》られる前に刑務所《なか》で身をかわすのもひとつの手だ」

「ええ」

「腕の立つ弁護士をつけてやる。それでも長い務めになるだろうが、おれが生きてる限り、おまえの面倒はみる。もしおまえが殺《や》られたら、倉持や一ノ瀬の裏切りを証言する者がいなくなる。そうなっちゃ、堂々と報復《かえし》もできん」

「わかりました。考えてみます」

「なあ梶沼」

「はい」

「死ぬなよ」

梶沼は言葉を濁して電話を切るとジープにもどった。足どりが重いのは傷のせいだけではなかった。運転席に乗りこむと里奈が乗船券をひらひら振って、

「見て、いちばん高い特等室よ。バストイレつき」

「目立つことをするなって、なんべんいったらわかるんだ」

「相部屋で雑魚寝《ざこね》してたほうが目立つじゃない」

「そんなもん、べつべつの場所で寝りゃあ――」

梶沼はそこで口をつぐんだ。

「どうしたの」

「もういい」

「梶さんらしくないよ。変にものわかりがいいと気味が悪い」

「そうだな」

梶沼は薄く笑ってエンジンをかけた。

湯浅《ゆあさ》は窓の外を見ては立ったり坐ったり落ちつきがない。一ノ瀬は事務用のデスクに頬杖をついてパーラメントを吹かしている。湯浅は日焼けした禿げ頭を神経質にさすりながら、

「ほかの連れは、まだこんと？」

一ノ瀬は黙っていた。

福岡県の古賀《こが》インターに近いスクラップ工場である。

工場は赤く塗られた高い塀に囲まれ土を剝きだしにした広場に油圧ショベルやクレーンやプレス機といった重機がある。プレスされた廃車の山は二階建ての事務所よりも高い。二十分ほど前に着いた男が三人、黒いリンカーンナビゲーターに荷物を積みこんでいる。

「もうすぐ十一時ばい」

と湯浅がいった。歳は六十なかばくらいで青いツナギを着ている。この工場の経営者らしいがそれ以上のことは知らない。一ノ瀬はアルミの灰皿で煙草を揉み消して、

「そうあわてるな。もうくるだろう」

「倉持さんの口利きやけ、今回は手伝うばってん、稼業のもんとは関わりとうないんよ。きょうび密接交際者て見られたら商売あがったりやけん」

「そういいながら、裏で道具をあつかってるじゃねえか」

「あれは右から左に流しとうだけやもん。殺し屋ンごたる連中と、じかに取引やらせんばい」

「道具はもっとないのか」

「さっきナビゲーターにようけ積んだやん。もう在庫はなか」

窓の外に眼をやると白いアルファードが工場の門をくぐるのが見えた。

湯浅が大きく息を吐いて、

「やっときんしゃったわ」

事務所のドアが開いて四人の男が入ってきた。一ノ瀬が片手をあげると男たちは一礼した。

「さあ、もうよかろうもん。ぼちぼち帰ってくれんね」

湯浅がいったとき、デスクの上で携帯が震えた。相手は倉持だった。

「梶沼の行き先がわかったぞ」

「ほんとですか」

「さっき刑部さんから連絡があって、警察《サツ》の情報が入ったそうだ。おまえらが殺《や》った祐天の車が鹿児島のNシステムにひっかかった」

「鹿児島？」

「ああ。鹿児島新港付近のNシステムだ」

「港ってことは、船で高飛びする気ですね」

「奄美か沖縄か、そんなところだろう。フェリーの乗り場を押さえろ。きょうの六時に出航だから、いまからでもじゅうぶんまにあう」

「すぐ鹿児島へいきます」

「慎重にやれ。警察も張ってるぞ」

「はい」

「そこをでるときは後始末を忘れるな」

一ノ瀬は電話を切ると男たちに顎をしゃくった。四人の男は湯浅を取り押さえた。

「なんしよっとか。おれにこげんこつばしよったら――」

湯浅は台詞が終わらないうちに口を手でふさがれた。男たちは湯浅を椅子の上に立たせて天井の梁《はり》から垂らした電気コードで輪を作りそのなかに禿げ頭を突っこんでいる。

一ノ瀬は灰皿からパーラメントの吸い殻を拾って事務所をでた。

†

時刻は五時をまわっているが陽はまだ高い。

梶沼は海沿いの道を歩きながら額の汗をぬぐった。点々と椰子《やし》のならぶ岸壁にはコンテナや大型トラックがならんでいる。里奈と健吾はふたりでひとつのボストンバッグをさげて五メートルほどあとからついてくる。

ジープのなかで仮眠をとったが疲労は抜けない。太腿の傷はじわじわと痛みを増している。

ジープは中央卸売市場の近くの埠頭に捨ててきたからフェリーターミナルには徒歩でもどる。本来なら海に沈めるか車体を分解すべきだがNシステムに写真を撮られた以上どこに捨てても大差はない。

五時から乗船開始とあってフェリーターミナルは混みあっていた。フェリーは白と青の船体を岸壁に横付けしている。

「もう離れて歩かないでいいでしょ」

背後で里奈の声がした。梶沼は前をむいたまま、

「まだだ。船に乗るまで待て」

フェリーにむかって歩いていくと乗客用のタラップのそばに中年男が立っていた。ゴルフ帽を目深にかぶってジャンパーを着ている。誰かを待っているような素振りだが気温からしてジャンパーは不自然だった。ジャンパーの下に防刃ベストを着ているのかもしれない。

眼を凝らしたら男の耳に黒いものが見えた。携帯受令機のイヤホンだろう。

「だめだ。張られてる」

梶沼は押し殺した声でいって踵をかえした。

「嘘。マジで」

「フェリーに乗らないの」

「喋るな。さっさと歩けッ」

恐らくフェリーターミナルとフェリーのなかにも私服の警官が張りこんでいる。Nシステムの影響は予想以上に速かった。フェリーに乗るのは不可能になったが鹿児島にもいられない。ひとまずタクシーを拾って港を離れるのが無難だろう。

急ぎ足で大通りへでたが空車は見つからない。バス停の前をすぎて足を止めた。いっそバス

に乗るべきかと背後を振りかえったとき、白いアルファードがゆっくりとこっちへむかってくるのが見えた。

「曲がるぞ」

里奈と健吾にそう告げて細い通りに入った。路上駐車している車のドアミラーでたしかめるとアルファードはやはりあとをついてくる。梶沼は唇を噛んであたりを見まわした。

コンビニの駐車場にエアロパーツをごてごてつけたムーヴカスタムが停まっている。車からは大音量でヒップホップが流れている。その前で若い男女が三人地面に坐って煙草を吸っていた。梶沼は大股で彼らに近づいて、

「悪いが、車をもらうぞ」

「はあ?」

金髪の若い男が上目遣いでいった。

「おっさん、つがんねこついうな」

「そこをどけ」

「やぞろしか。わっぜびんてくらいッ」

「なにをいってるんだ」

パンダのようなアイメイクの女が鼻を鳴らして、

「うるさい。チョー頭にきたってさ」

「気持はわかるが、緊急事態なんだ。協力してくれんか」

坊主頭で鼻にピアスをした男が勢いよく立ちあがって、

「なんちよ、ぎがあっとか。はまっとか、おッ」

梶沼は首をかしげて腰に差したコルト・ディテクティブを抜いた。

「まげもんか。たっちきこんかッ」

坊主頭はモデルガンだと思ったのか嗤って拳を構えた。梶沼は溜息をつくと銃口《マズル》を宙にむけて引き金《トリガー》をひいた。銃声が轟いたとたん三人は悲鳴をあげて逃げだした。

ムーヴカスタムに乗りこむと里奈と健吾が駆けこんできた。

「結局、また盗んだのね」

「もう驚かねえだろ」

健吾が鼻を鳴らして、

「どうせなら、べつの車がよかったけど」

ムーヴカスタムが走りだすとアルファードは急にスピードをあげて追いすがってきた。アクセルを踏みこんで細い通りを抜けたとき、黒いリンカーンナビゲーターが横から突っこんできた。すんでのところでかわした瞬間、後部座席に一ノ瀬の顔が見えた。

「あいつだったのか」

梶沼はうめくようにいった。里奈も一ノ瀬に気づいて、

「あたしを殺そうとした奴じゃない。撃たれたのに、なんで生きてるの」

「わからん。しかしこれで追っ手が誰かはっきりした」

梶さん、と健吾がいった。

「なんだ」

「沖縄はもう無理かな」

「無理じゃねえ。なにがあっても沖縄にはいくぞ」

ムーヴカスタムは午前中に通った道を逆の方向へ走った。

アルファードとリンカーンナビゲーターはぴったりとあとをついてくる。これに警察が加わったら万事休すだが二台の車をまくにはスピードが足りない。

日置市をすぎたあたりで道路が空いてアルファードがならびかけてきた。避けるまもなく車体を何度もぶつけられてムーヴカスタムは横に傾いだ。ボディから火花が散りタイヤの焦げる臭いがした。アルファードの窓が開いて拳銃の銃口が覗いた。

梶沼は急いで未舗装の横道にハンドルを切った。道路は車一台ぶんの幅しかなく急な勾配だったが上へいくしかない。坂をのぼりきると朽ち果てた神社があった。かなり前から参拝客は途絶えているようで社殿のまわりには草が生い茂っている。

糞ッ。梶沼は車を停めて拳でハンドルを叩いた。

「どうするの。行き止まりじゃない」

「ひきかえすしかねえ」

「さっきの奴らはすぐもどってくるでしょ。殺されちゃうよ」

健吾が窓を開けると外へ身を乗りだして、

「そこに階段があるよ」

健吾が指さす方向を見ると苔むした石段が下へ続いている。

「バッグを貸せ」

健吾が後部座席からボストンバッグを差しだした。梶沼はバッグのファスナーを開けて里奈のブラウスをつかみだすなり袖を引き裂いた。なにすんのッ。里奈が叫んだ。

「それジルスチュアートなのに」

「いいから早くおりろ。ふたりともだ」

里奈はボストンバッグをひったくって健吾と車をおりた。梶沼はムーヴカスタムを神社の入口に停めて車をおり給油キャップをはずしてブラウスの袖を奥までねじこんだ。

カーゴパンツのポケットから百円ライターをだしてブラウスの袖に点火すると車に飛び乗ってサイドブレーキをおろしギアをドライブに入れてアクセルを踏んだ。

車が坂をくだりだすと同時にドアを開けて外へ飛びだした。地面に膝を打ちつけて烈しい痛みが走ったが即座に軀を起こして下を見おろした。

アルファードとリンカーンナビゲーターが坂道をのぼってくる。アルファードは突っこんでくるムーヴカスタムを避けきれず正面からぶつかった。

次の瞬間、すさまじい爆発音とともにムーヴカスタムが炎に包まれた。梶沼は足をひきずりながら神社へもどり里奈と健吾をうながして石段を駆けおりた。

「やっつけたの」

「まさか。せいぜい足止めになるだけだ」

道路にでて通りかかったタクシーを停めて三人は乗りこんだ。いちばん近くて規模の大きい漁港はどこかと運転手に訊くと串木野《くしきの》だと答えた。

「そこへいってくれ」

リアウィンドーを振りかえると茜色の空に黒煙があがっていた。


三人は夜の串木野港を歩いていた。

凪《な》いでいるが磯の香りを含んだ空気は粘っこい。地面に干してある網やトロ箱は饐えた魚の臭いを漂わせ岸壁にぎっしり停泊している漁船からは錆びた金属と重油の匂いがした。

八時をすぎて港は閑散としてきた。三十分ほど前まではあちこちに人影があったがいまは誰の姿もない。タクシーをおりてからずっと歩き続けているせいで太腿の傷はさらに悪化していた。カーゴパンツ越しに触れると腫れは膝のあたりまで広がって烈しく痛む。熱も全身にまわってきたようで頭が重い。

左足をひきずりながら歩いていると里奈が顔を覗きこんで、

「痛いんでしょ。ちょっと休んだほうがいいんじゃない」

「平気だ。それより早く漁師を探せ」

「もう誰もいないよ。沖縄まで漁船でいくなんて無理じゃないの」

「無理でもそうするんだ」

いままで五人に声をかけて全員に断られた。よそ者を警戒しているのか金は言い値で払うといっても相手にされない。漁師のひとりは屋久島沖のトカラ列島までなら船をだすといったがあすの朝まで出航は無理だといわれた。

「あの漁師さんに、もういっぺん相談してみない？　とりあえず屋久島だっていいじゃん」

「だめだ。すぐにでも船をだす奴を見つけるんだ」

「見つからなかったら、また銃でおどすの」

「かもな」

「健ちゃんもなにかいってよ。いいかげん疲れたでしょう」

「でも、ここにいたら捕まるんじゃない？　警察も港をあたってるだろうし」

「もう梶さんみたいなこといわないで」

港の奥へ歩いていくと赤提灯を灯した居酒屋があった。

梶沼は縄暖簾をはねて店内を覗いた。漁師らしい男たちが七、八人、カウンターやテーブル席で呑んでいる。梶沼は里奈の肩を叩いて、

「誰か船をだせないか訊いてこい」

「なんであたしがいくのよ」

「おれがいくより女のほうがいいだろう。色仕掛けでもいいから、なんとかしろ」

「そんなこといったって、ふつうに話ができないじゃん。どうしてこっちの方言は、あんなにわかりにくいの」

「おれがそんなこと知るか」

前に本で読んだんだけど、と健吾がいった。

「昔、島津藩の藩主が幕府の隠密に情報が漏れないよう、わざと方言をむずかしくしたって説があるらしいよ。でも、ほんとは最初から方言がわかりにくいんで、幕府とうまくいかなかったって話もあるから、よくわかんないけど――」

「へえ。さすが健ちゃん」

「感心してねえで、さっさといってこい」

里奈は鼻を鳴らしてガラス戸を開けた。外から様子を窺うと男たちは里奈を無視して話しこんでいる。見かねて店内に入ったとたん、

「まあた、わいたちか。なんぼいうたっち沖縄やらいかんぞ」

ひとりの男が怒鳴った。どこかで見た顔だと思ったらさっき港で声をかけた漁師だった。ほかの男たちも口々に罵声をあげた。

「おいもいかん」

「おいたちに頼まんほうがよかど。ないごてフェリー乗らんと」

店内には芋焼酎の匂いが漂っている。梶沼は男たちを見渡して頭をさげた。

「このとおりだ。なんとかならないか」

「もう、よかちよ。やぜらしか」

「わいたちゃ、まこちずんなかね」

方言は意味不明でも断られているのはわかる。目立つ場所では揉めたくなかったがもう時間がない。腰のコルト・ディテクティブに手をまわしたとき、不意に里奈が店をでていった。

里奈は健吾に持たせてあったボストンバッグを抱えてもどってくるとバッグから札束をつかみだして空いていたテーブルに積みあげた。ほとんど全財産に近い量だった。

「これでもだめ?」

男たちの息を呑む気配とともに店内が静まりかえった。

カウンターで呑んでいた中年男がためらいがちに腰をあげた。ゴマ塩の坊主頭にタオルで鉢巻を締め赤ら顔に不精髭を生やしている。

男は爪楊枝をせせりながらテーブルの札束を指さして、

「ほんのこつな」

「な、なに?」

里奈が訊いた。

「ほんとにそげん払うとかて、訊いとったい」

「そうよ。そのかわり、いますぐ船をだして」

男はじっと札束を見つめている。

「やめちょけ、堀之内。よそもん相手すんな」

「わいはアル中じゃろが。よくろうて船だすやら、あっねこつ、すいもんじゃね」

まわりの男たちが叫んだが堀之内と呼ばれた男は首を横に振って、

「じゃっどん、銭《ぜん》が欲しか」

梶沼は船尾の甲板に腰をおろしてセブンスターを吸っていた。

黒くうねる海面に航跡が白く泡立ち、波のかなたに串木野港の灯がまたたいている。

堀之内の船は刺し網漁に使う小型漁船でふだんは甑島《こしきじま》の付近で漁をしているらしい。あちこち錆が浮いた船体には第三栄光丸の文字があった。

船に乗る前、里奈はそれを指さして、

「三に栄光って縁起いいじゃん。あたしたち三人にいいことがあるみたい」

「全財産はたいて平気なのか。新しい服も買えねえぞ」

「二十万くらい残しといたから、しばらくは大丈夫。それに服なんかどうでもいいよ」

「その台詞はおぼえとこう」

「いいの。欲しくなったら、梶さんが盗んでくれるから」

「おれが盗んでやるよ」

「だめよ健ちゃんは。犯罪者になっちゃうじゃない」

「犯罪者のどこが悪いの」

「どこがって、法律を破るからでしょ」

「法律を破ってでも、やらなきゃいけないことだってあるだろ」

「おい、いつからそんな悪《ワル》になった」

「梶さんと里奈さんに逢ってからさ。学校も両親もおれを縛りつけるだけで、なんにもしてくれなかった。法律だってそうさ。あれもだめこれもだめって人間を束縛するけど、結局は誰かに都合のいい口実じゃん。これからは自由に生きてやる」

「自由っていうのは、不自由よりもリスクが大きいぞ」

「それでもいいよ。いまはすっごく楽しい。自分が生きてるって気がするもん」

船が沖へでるにつれ風がでてきて波が荒くなった。

船体が大きく上下するたびに波しぶきが甲板を洗う。船酔いのせいか里奈は急に口数がすくなくなった。健吾も青い顔で甲板にへたりこんだ。

「どうだ。自由な生活はリスクが大きいだろう」

梶沼は冷やかしたが健吾はいまにも吐きそうに両手で口を押さえている。里奈が甲板を這って舷側から顔を突きだすと烈しく嘔吐した。三人ともライフジャケットを着ているものの夜の海に落ちたら助からないだろう。操舵室のうしろにある船室に簡易ベッドがある。ふたりをそこへ連れていこうとすると堀之内から止められた。

「なか入ったら、よけいひどなっど」

船室はオイルの臭いや振動で船酔いが悪化するという。

「ドウへ運んで、頭高うして寝かしやんせ」

ドウとは操舵室の横で揺れがすくないらしい。ふたりが吐き終えるのを見計らってドウに寝かしたが波はますます烈しくなる。梶沼は操舵室に入って、

「大丈夫か。いったん船を止めたほうが――」

「きばらんか。こげな波くらいでばたぐろって、どげんすっとか」

堀之内は険しい表情で舵輪を握りながら白波の五合瓶をらっぱ呑みした。

†

八神はベッドに躯を起こして部屋の照明をつけた。

壁の時計は午前一時をまわっている。鹿児島の沖合でフェリーはかなり揺れたが睡眠に支障はなかった。カーテンを開けて窓を覗くと波はおさまっている。車から持ってきたエビアンをひと口飲んでから軽めにエクササイズをすませて浴室に入った。浴室の窓からも夜の海が見える。シャワーのあとソファにかけてサプリメントを飲み音声を消したテレビを眺めた。

出航直前にキャンセルがあったという特等室である。

ノートパソコンを開いてGPSロガーのデータを確認した。GPSロガーは福岡のスクラップ工場で一ノ瀬のリンカーンナビゲーターに仕掛けてある。寝る前に移動履歴をチェックしたときは日置市から串木野港へむかっていたが車はそこからひきかえして鹿児島空港の付近で履歴が途絶えている。その意味を十秒ほど考えてノートパソコンを閉じたとき、廊下でかすかな足音がした。

八神はテレビを消して服を着た。

ドアノブが動かないよう立てかけておいた椅子をどけてドアの外を覗き誰もいないのを確認

してから部屋をでた。廊下の先はエントランスホールで周囲には売店とレストランとゲームコーナーがあるがすでに営業を終えている。

階段をあがって外部デッキにでると湿った潮風が頬を打った。白く照明が灯るデッキに人影はない。波の音とフェリーのエンジン音が静かに響いている。星のない夜空を緞帳《どんちょう》のような分厚い雲が流れていく。

手すりにもたれて海を眺めていると見知らぬ男が近づいてきた。筋肉質の体型で三十代後半に見える。男は会釈して八神の隣で手すりに肘をついた。

「いい夜ですね。ちょっと前まで海が荒れてましたけど」

「ああ」

「沖縄までいかれるんですか」

「ああ」

「観光で？」

「いや、ひと捜しだ」

「もしかして恋人とか」

「仕事の相手だ」

「仕事の相手を捜すんですか」

「連絡がつかない。だから捜しにいく」

「なんだかむずかしそうな話ですね。そのひとは沖縄にいるんでしょう」

「まだだ。しかし、きょうのうちには那覇へ着くだろう」

「なんだ。そこまでわかってるのか」

「どういう意味だ」

「ひと捜しっていうから、刑事みたいに一から捜すのかと思って——」

「居場所は知らないし、なんの情報もない。だが行き先はわかる」

「勘ですか」

「勘じゃない」

「那覇って広いですよ」

「那覇のどこへいくかもわかってる」

「すごいな。なんの情報もないのに、そこまでわかるなんて」

「だからなんだ」

「だからって、ただ話してるだけですよ」

「おまえは、誰にでもそうやって話しかけるのか」

「そんなことないですよ」

男は視線をむけたが八神は海を見ている。端整な横顔にはなんの表情も浮かんでいない。

男は手すりから肘をおろして溜息をつくと、がらりと声色《こわいろ》を変えて、

「実は、おれもひと捜しでね。きょうは空振りに終わったが」

「おまえの話は訊いていない」

「失礼だな。おまえ呼ばわりも気に入らんね」

「不思議なもんだ」

「なにが」

「人間の縁というのがだ」

「縁？」

「ほんの一瞬前までは赤の他人なのに、どちらかが踏みこめば、その時点で関係ができてしまう。そこから人生が枝分かれしていく奴もいるし、そうでない奴もいるが、どちらにしても、いったんできた関係はもう取り消せない」

「なにがいいたいんだ」

「おれはルールを尊重する人間だ。自分の感情や状況よりも、すべてにおいてルールを優先する。それを守るためには、ささいなことでも見逃せない。おまえについてもそうだ」

「おれをどうするって」

「ルールに従ってもらう」

「おれを従わせる権利なんかないだろう。ただ話しかけただけじゃないか」

「どんな出来事も、きっかけは常にささいなことだ」

「学者みたいな屁理屈をいうな。そういう商売には見えんが」

「そういう質問を続ければわかる。わかったときには手遅れだがな」

「へえ。そりゃ大変だ」

「大変なのは、おまえさ」

「おれがなにをしたっていうんだ」

「おまえは、おれの人生に踏みこんできた。つまり分岐点に立ってるんだ。右へいくか左へいくかはおれが決めてもいい。今度はおれがおまえの人生に踏みこむ番だからな。しかしおまえの世界の常識からすると、予告もなく行動するのはフェアじゃないだろう。だからおまえにも機会をやる。その機会をむだにするな」

「ぜんぜん意味がわからん。機会ってなんだ」

「ひとつ機会を失ったぞ。いますぐ海へ飛びこめ」

「なんだって」

「溺れ死ぬかもしれんが、ここにいるよりは生き延びる可能性がある」

「それは立派な脅迫だな。おれがどういう商売か教えてやろうか」

「聞かなくてもわかる」

「どうして」

「耳さ」

男はにやりと嗤った。男の両耳は潰れて変形している。

「そういう商売だから声をかけてきたんだろう。その前はおれの部屋を探ってたしな」

「そこまでわかってるんなら話は早い」

男は八神の片腕をつかむとすばやく手錠をかけた。

屋久島をすぎたあたりで波は静まって空を覆っていた雲も消えた。

晴れわたった夜空に無数の星がきらめいている。高速で進む漁船に驚いたのか波間でときおり魚が跳ねる。里奈と健吾は操舵室に寄りかかって眠っている。ようやく船酔いが治まったようだが梶沼は傷の痛みで眠れなかった。炎症は確実に進んでいるようで手当をしなければ組織が壊死するかもしれない。

†

早朝に奄美で給油して那覇の泊《とまり》港へ入ったのは夜の七時だった。

三人が埠頭におりると堀之内は手を振った。

「なんをする気か知らんが、きばりんさい」

梶沼は手を振りかえして歩きだした。左足が鉛をひきずっているように重い。足を踏みだすたびに腰まで痛みが響く。里奈が腕を組んできて、

「とうとう着いたね」

「ああ。とうとう着いた」

健吾は梶沼の手をつかんで、

「やったね。おれたち、沖縄まできたんだね」

「これで中途半端じゃなくなったか」

「うん。胸がすっきりした。おれの修学旅行だよ」

「とんでもねえ修学旅行だな」

「そういう梶さんたちは新婚旅行じゃねえの。ジューン・ブライドってやつ」

「バカいうな、健」

「そうよ。沖縄に着いて早々、変なこといわないの」

「冗談いってるわけじゃないよ。おれ弟になりたいもん。梶さんと里奈さんの」

梶沼は里奈と顔を見あわせたがすぐ前をむいて、

「こんな小娘は厭だね」

「あたしだって厭よ。元やくざのひねくれ者なんて」

「ふたりとも無理しちゃって」

「もう黙ってろ」

梶沼が頭をこづくと健吾は舌をだした。

三人はしばらく無言で歩いた。

空は夕焼けに染まって紫とオレンジのグラデーションが鮮やかだった。空気は心地よく乾いて土と日なたの匂いがする。緑の多い街並を歩いているとどこからか三線《さんしん》のくつろいだ音色が聞こえてくる。高い石垣のある民家から豚を焼くような脂の匂いが漂ってきた。

健吾がくんくん鼻を鳴らして、

「なんか食べようよ。ゆうべ吐きすぎて腹が減った」

「梶さんは具合悪いから、どこかで休もう。ごはんはそこで食べればいいじゃん」

「たしか沖縄に着いたら解散っていってたよな」

ふたりは返事をしなかった。

タクシーを拾って国際通りのホテルに部屋をとった。

館内は真っ白な内装でハイビスカスや椰子の葉があちこちに飾られている。観光客相手のホテルらしく薄汚れた恰好の三人には不似合いでフロントの従業員たちはうさん臭い眼をむけてきた。三人で行動しているのを隠すべきだがそんな小細工をする余裕はなかった。

部屋はいざというとき逃げられるよう二階のツインルームを選びエキストラベッドを追加した。窓の外にはテラスがあって国際通りが見おろせる。夕食はルームサービスで沖縄料理を注文した。ゴーヤチャンプルーやラフテーやソーキそばといった料理を里奈と健吾ははしゃぎながら食べた。

梶沼は炎症のせいか食欲はなく酒も喉を通らない。豆腐ようを肴《さかな》にオリオンビールをグラスに一杯呑んだだけで箸を置いた。やっとの思いでシャワーを浴びてベッドに横たわっていると里奈が部屋をでて鎮痛剤を買ってきた。

「あした病院で抗生物質もらってくるね。仮病使って強い薬だしてもらうから」

鎮痛剤は売薬だけに通常の服用量では効きそうもない。箱に入っていた十錠ほどの錠剤をいっぺんに呑むとようやく痛みが薄れて目蓋が重くなった。

カーテンを開け放った窓から南国のまばゆい陽射しが射しこんでいる。

高熱と喉の渇きで眼が覚めた。鎮痛剤を飲みすぎたせいか意識が朦朧《もうろう》として頭痛がする。太腿の傷はさらに腫れあがって軽く触れただけで飛びあがるほど痛む。

枕元の時計は八時をさしている。里奈と健吾はとうに起きていたようでソファにならんでテレビを観ている。ニュースが沖縄地方の梅雨明けを告げた。

「さすが沖縄ね。まだ六月なのに梅雨明けなんだ」

「もう泳げるんじゃないの」

健吾が部屋にあった観光案内のパンフレットを広げて、

「あとで海へいかない？　近くに波の上ビーチっていうのがあるよ」

「梶さんは動けそうにないよ」

「ふたりでいってこい」

「いいよ、梶さんが元気になってからで。そのときは一緒に泳ごう」

「泳ぐのはいいけど、おれはシャツが脱げねえぞ」

「そっか、タトゥーがあるもんね」

「タトゥーじゃねえ。刺青だ」

テレビの画面に見おぼえのある船が映った。鹿児島県警の警察官が沖縄へむかうフェリーで行方不明になったとアナウンサーがいった。那覇港で乗船券の半券が回収できなかったために船員が客室を調べた結果、警察関係の資料や私物の入ったバッグが残されていたという。

「これって、あたしたちが乗るはずだったフェリーよね」

「そうだ。フェリーターミナルで張ってた刑事《デカ》だろう」

ニュースでは海に転落かと報じていたが偶然の事故とは思えない。自分たちを追っている誰かとトラブルになった可能性がある。そうでなかったにしても鹿児島県警の警官が沖縄へむかっていたということは沖縄県警も動いている。だがもう逃げる場所はない。

九時をすぎて窓の外がざわついてきた。商店のシャッターをあげる音、車やバイクの音。通行人の話し声、小鳥の声のような横断歩道の警報音。

「それじゃ病院いってくるね」

里奈がそういって腰をあげると健吾も立ちあがって、

「おれもいく」

「なんで。ここにいなよ」

「里奈さんになにかあったら、あぶないから」

「それはうれしいけど――」

里奈はそういいながらこちらを見た。梶沼はうなずいた。

ふたりは部屋をでたがすぐにこわばった表情でもどってきて、

「やばいよ。フロントにあいつらがいる」

「あいつら？」

「一ノ瀬って男と仲間が三人」

「もう嗅ぎつけたか」

梶沼はベッドに横たわったまま太い息を吐いた。

「長いことじたばたしてきたが、ここらが潮時だろう」

「なによ潮時って」

「おれはここで奴らを食い止める。おまえらはテラスから逃げろ」

里奈はかぶりを振って、

「だめ。もうぜったい離れない。あたしたちは家族よ」

「そうだよ。梶さんだけ置いてくわけねえだろ」

健吾は梶沼の肩に両手をかけて抱き起こそうとする。

梶沼はそれを振り払って立ちあがった。太腿の激痛に奥歯を嚙み締めて枕の下からコルト・ディテクティブを抜いた。テラスにでて下を見るとホテルの前に男が三人いた。みな拳銃を持っているようで上着の懐が膨らんでいる。

「糞ッ。外も張ってやがる」

「どうする？」

里奈がボストンバッグに着替えを詰めながら訊いた。

「そんなもん捨ててけ。荷物は最小限にするんだ。携帯と金だけでいい」

「わかったわよ」

里奈がバッグを床に放りだした。

「ふたりとも、おれのあとをついてこい。でも、これだけは約束しろ。おれが殺《や》られたら無視して逃げろ。警察署へ駆けこむか携帯で助けを求めるんだ」

「やだよ。おれも戦う」

「健、頼むから聞いてくれ。おまえらまで殺《や》られたら、なんのためにここまで逃げてきたのかわからん。おまえは里奈を守って、ぜったいに生き延びろ」

「――わかった」

「里奈もわかったか」

「わかったけど――」

「けど、なんだ」

「健ちゃん、ちょっとだけ、あっちむいてて」

健吾が背中をむけると里奈は梶沼の首に腕をまわして唇を押しつけた。

ふたりは視線をからめたまま軀を離した。なにも言葉はなかった。梶沼はコルト・ディテクティブの撃鉄《ハンマー》を起こして部屋の入口にむかった。里奈と健吾があとを追う。

梶沼はドアに耳を押しあてて様子を窺ってから、

「いくぞッ」

ドアを蹴り開けて廊下へ飛びだした。

非常階段を駆けおりていくと背後でエレベーターの扉が開く音がした。階段の下に立っていた男が眼を見開いて懐に手を入れた。梶沼は肩から体当たりして腹に銃弾を撃ちこんだ。前のめりに倒れる男の脇をすり抜けてロビーへ走った。

フロントに従業員の姿はなくカウンターのうしろの壁に血が飛び散っている。自動ドアのむこうから三人の男がむかってくる。三人とも拳銃を手にしている。

梶沼は歩調をゆるめず立て続けに引き金《トリガー》をひいた。

自動ドアのガラスが砕け散り男がふたりのけぞった。ひとりはたたらを踏んであおむけに倒れもうひとりはアスファルトに膝をついてから前のめりになった。最後のひとりは拳銃を乱射していたが弾切れで遊底《スライド》が開いたまま停止した。

梶沼は直進して新たな弾倉《マガジン》を装塡しようとしている男の額に銃口《マズル》を突きつけて撃った。男は崩れ落ち額の射入口から血が噴きだした。明るい陽射しのなかに硝煙がたちこめ花火のような火薬の匂いがあたりに漂っている。どこかで甲高い悲鳴があがり遠くでサイレンの音がした。

里奈と健吾が追いついてきて背中にすがりついた。

コルト・ディテクティブの装弾数は六発だが弾倉《シリンダー》に入っていたのは五発である。鹿児島でムーブカスタムを奪ったときに一発撃ったから残りは一発しかない。額を撃った男が落とした拳銃と弾倉《マガジン》に手を伸ばしたとき、背後で足音がした。

振りかえるとホテルから男が四人飛びだしてきた。いちばんうしろに一ノ瀬がいる。

「走れッ。先へいくんだッ」

梶沼は背後のふたりに叫ぶとコルト・ディテクティブを構えて撃った。先頭の男が腹を押さえてうずくまった。同時に三人が撃ってきた。ひとりは狩猟用のベネリらしい散弾銃《ショットガン》だ。

陽《ひ》の照りつける路上に銃声と悲鳴と怒号が交錯した。散　弾《バックショット》が何発か命中したらしく腕と胸に焼けた針金を突き刺されたような激痛が走った。梶沼はコルト・ディテクティブを放りだして走った。

通行人たちが逃げまどい銃弾がいくつも軀をかすめる。商店の窓ガラスや看板が砕け散り路上駐車している車のリアウィンドーに放射状のひびが走った。里奈と健吾はこちらを振りかえりながら前を走っている。

左肩に衝撃があってふらついたが足は止めなかった。サイレンの音が急速に近づいてきた。ちらりと背後を見るとベネリを持った男がポンプアクションで装塡し一ノ瀬ともうひとりの男も拳銃に弾を装塡しながら迫ってくる。

パジェロからおりてきた若い男がこちらを見るなり血相を変えて逃げだした。パジェロはイグニッションにキーが挿さったままでアイドリングしている。梶沼は運転席に乗りこむと一ノ瀬たちをめがけて急発進した。

一ノ瀬は飛びのいたがふたりの男は避けようとせずに撃ってきた。頭をさげるとフロントガラスが砂利のように崩れ落ちヘッドレストがぶすぶすと鈍い音をたてた。強い衝撃とともにベネリを持った男が宙を舞い、もうひとりはボンネットに乗りあげてフロントガラスに頭を突っこんだ。

梶沼はハンドルに胸を打ちつけたがセンサーが反応しなかったのかエアバッグは作動しなかった。ボンネットに乗りあげた男は白眼を剝いて首を妙な方向へ曲げている。猛スピードでバックすると男は道路に転げ落ちた。

次の瞬間、割れたフロントガラス越しに黒光りするものが突きつけられた。六インチ銃身《バレル》のコルト・パイソンだった。一ノ瀬が引き攣《つ》った笑みを浮かべて、

「おりろ。ゆっくりだぞ」

梶沼は両手をあげてパジェロをおりた。

捨て身の攻撃を警戒しているらしく一ノ瀬は慎重に距離を空けて、

「女とガキはどこだ。呼びもどせ」

「知るか」

「そう答えるのは、はなからわかってる」

「だったら、さっさと撃て」

「このあいだ逢ったとき、なにがあっても、おれだけは殺すって啖呵《たんか》切ったな。反対に殺される気分はどうだ。情けないと思わんか」

「いいから殺《や》れ」

「さんざん手こずらせやがって。なぶり殺しにしてやりたいが、時間がねえ」

「早く殺《や》れっていってるだろうが」

「ならそうしよう。しかし楽には逝かせん。助からん程度に腹を撃ってやる」

一ノ瀬は撃鉄《ハンマー》を起こして銃口《マズル》を梶沼の腹にむけて無造作に引き金《トリガー》をひいた。撃たれたと思ったが熱いものが脇腹をかすめ背後で跳弾が風を切る音がした。

「梶さんッ」

いつのまにか里奈が一ノ瀬の腕にしがみついていた。

一ノ瀬は舌打ちをすると里奈の顔を殴りつけた。道路に尻餅をついた里奈に駆け寄ろうとしたがコルト・パイソンの銃口はもうこちらを狙っていた。

「死ねッ」

一ノ瀬は両手で銃を構えると腰を落とした。

今度こそ撃たれる。

思わず眼をつぶった瞬間、乾いた銃声が響いた。

眼を開けると一ノ瀬がアスファルトに片膝をついていた。一ノ瀬は顔をゆがめて振りかえった。背後で健吾が拳銃を構えていた。青ざめた顔で軀を震わせている。

「弾きやがったな。この糞ガキがッ」

梶沼はすかさず間合を詰めて一ノ瀬の口元に拳を打ちこんだ。

拳に硬い手応えがあって一ノ瀬が倒れた。弾みで引き金《トリガー》をひいたらしく銃口が火を噴いて街路樹の椰子の葉が飛び散った。一ノ瀬に馬乗りになって右腕をねじあげるとコルト・パイソンが手から落ちた。梶沼はそれを拾ってあとずさった。

一ノ瀬は前歯の欠けた口から血を流しながら半身を起こした。はだけたシャツの下から防弾ベストが覗いている。道理で健吾に撃たれても倒れないはずだ。

「さあこい」

梶沼は息を弾ませながら一ノ瀬の眉間に照準をあわせた。

「どんな嘘でもいい続ければ真実になる。てめえはそういったな。真実も正義も強者が押しつけるものだともいったな。おれが真実ってものを教えてやろう」

一ノ瀬は答えずに片膝をつくと足首に巻いた革ケースから小型の拳銃を抜いた。上下二連式のデリンジャーだった。

「一ノ瀬、これが真実だッ」

梶沼は叫んで引き金《トリガー》をひいた。

一ノ瀬は吹き飛んで路上に叩きつけられたが梶沼は追いすがって一気に全弾を撃ち尽くした。おびただしい血肉が四散して一ノ瀬の頭部に大きな空洞ができた。殺傷能力をあげるためにホローポイント弾を装填していたらしい。手の痛みに眼をやると一ノ瀬の前歯が一本、拳骨のあいだに刺さっていた。

すぐそばにサイレンの音が迫っている。梶沼は拳から前歯を抜くとコルト・パイソンを捨ててパジェロに乗りこんだ。里奈と健吾が駆け寄ってくる。

「急げッ」

ふたりが車に乗ってアクセルを踏みこんだ瞬間、二台のパトカーが車体を横にして前をふさいだ。即座にブレーキを踏んだがまにあわずパジェロはパトカーに衝突した。

梶沼はハンドルに胸を打ちつけ里奈はグローブボックスにぶつかって悲鳴をあげた。健吾が運転席のシートにしがみついて、

「うしろからもきたよッ」

振りかえるとパトカーの赤色灯がいくつも迫ってくる。ギアをバックに入れて猛スピードで後退したがタクシーや路線バスが立ち往生していて逃げ場がない。前方のパトカーから警官がふたり拳銃を構えておりてきた。

「ちくしょうッ。もうどうしようもねえ」

宙をあおいで叫んだとき、背後で車の衝突音がした。ふたたび振りかえると一台の車がものすごい勢いで車列を掻きわけながら突っこんできた。

シルバーの車体のゲレンデヴァーゲンだった。ゲレンデヴァーゲンはタイヤを軋ませながらパジェロの脇をすり抜けるとふたりの警官を撥ね飛ばしてパトカーの横腹に衝突した。パトカーは横転して前方に通り抜けられそうな隙間ができた。

「よし。いけるぞッ」

梶沼はあわただしくハンドルを切ってパトカーのあいだをすり抜けた。ルームミラーを覗くとパトカーとゲレンデヴァーゲンは白い煙をあげている。

県庁北口の交差点を右折して県道四十二号線を直進し公園の角を左折したがまもなく前方からサイレンの音が響いてきた。それを警戒して右折すると対馬丸記念館をすぎたあたりで突然ハンドルが重くなった。

かろうじて車を路肩に停めたがブレーキは効かずインパネの警告灯がついてエンジンの音が消えた。さっきの衝突のせいでどこかが壊れたらしい。

「なんで停まったの」

助手席で里奈が訊いた。

「エンストだ」

「やばいよ。パトカーがくる」

「とりあえず歩くしかねえ」

「さっきの車はなんだったんだろう」

健吾がつぶやいた。変だったよね、と里奈がいった。

「あたしたちを助けにきたみたいだったけど」

梶沼はべつの意見があったが黙っていた。

パジェロをおりたとたん太腿の激痛がぶりかえして足元がふらついた。太陽が黄色く見える。背後のふたりが梶沼の軀を見て大声をあげた。

「大丈夫？　シャツが血だらけじゃない」

「あいつらに撃たれたの？」

「ああ。でも平気だ」

首をひねっても左肩の傷は見えない。右の上膊部《じょうはくぶ》と胸に散弾《バックショット》の傷口があるが大して痛みがないのが不気味だった。里奈は一ノ瀬に殴られた痕が青痣《あおあざ》になっている。

「顔は大丈夫か」

「うん。美容にはよくないけど」

「おかげで助かった。健もよくやったな」

「梶さんが撃ちかたを教えてくれたから。でも夢中だったから、よくわからない」

「拳銃《チャカ》はどうした」

「ここにあるよ」

健吾はジーンズの腰に差してあったリボルバーを抜いて、

「あいつらが落としたのを拾ったんだ。これなんて銃？」

「スミス&ウェッソンのチーフ・スペシャル。おれが抗争《でいり》で使ったのとおなじやつだ」

「持ってていい？」

「ああ。もうちょっとだけな」

里奈が眉をひそめて、

「あぶなくない？　どこかに捨てたらどう」

「弾がないから平気だよ。一発しか入ってなかった」

里奈と健吾に背中を支えられて陽炎《かげろう》のゆらめく道を歩いた。突きあたりに車止めのポールがありバイク乗り入れ禁止の看板がでている。その先に波の上ビーチと書かれた看板があった。

「やった。海だよ」

「わあ、すっごいきれい」

健吾と里奈が叫んだ。

売店らしい建物の前を通って防波堤の階段をおりると白い砂浜が広がっていた。砂浜は幅がせまく海のむこうを高架道路が横切っている。景観はよくないが海水は青く澄んでいる。梅雨明けしたばかりとあってあたりには誰の姿もない。

「ここで休もう」

梶沼は砂浜に腰をおろすとブーツを脱いで横たわった。健吾がスニーカーを脱いで海へ駆けこんだ。里奈はワンピースの裾をたくしあげて波打ち際を歩いている。

陽に焼けた砂が疲れきった足裏に快い。雲ひとつない青空を見あげていると全身が沈んでいくような心地がした。空の彼方に白い鳥が舞っている。

聞こえるのは風と波の音だけだった。

ふたりがもどってきて隣に腰をおろした。まぶしそうに海を見ている。

「長い旅だったな」

梶沼はひとりごちた。もう、と里奈が唇を尖らせた。

「これで終わりみたいにいわないで」

「まだどこかへいくつもりなのか」

「ううん。でもお願いがあるの」

「なんだ」

「ゆうべ健ちゃんとも話したんだけど、もし沖縄にもいられなくなったら――」

「もうそうなってる」

「だよね。もう逃げるのは無理でしょう」

「たぶんな」

「だったら自首して」

梶沼は黙って青空を見ていた。どこかでヘリの音がする。

「自首したら、いくらか刑が軽くなるんでしょう。あたしと健ちゃんが裁判で証言すれば、もっと軽くなるはずよ。梶さんが誰かに殺されるのは厭。怪我や病気で死ぬのも厭よ」

「おれも厭だ」

と健吾がいった。梶沼は首を横に振って、

「ここへくるまでに何人も殺した」

「しょうがないじゃない。殺さなきゃ殺されてたんだから」

「そんないいわけは裁判じゃ通用しねえ。いくら刑が軽くなっても二十年以上は打たれるぞ。場合によっちゃ無期だ。無期なら三十年や四十年経っても娑婆へでられるかどうかわからん」

「かまわない。あたしたち、いつまでも待ってる。だからお願い、死なないで」

「いつかみんなで一緒に暮らそう。おれたち三人がいれば、なんだってできるよ」

「なにができる？　おれたちはただ逃げてただけだぞ」

「生き延びるためなら、逃げるのだってありだよ。ただもう自分の部屋なんかには逃げない。自分の気持からも逃げない」

健、と梶沼はいって、

「いうことがずいぶん変わったな」

「おれ、わかったんだよ」

「なにが」

「なんにも悪いことをしてなくたって、追いつめられることがあるって。でも誰かを怨んでも、なんにも変わらない。世の中のせいにしたって、なんにも変わらない。だから自分が変わるんだ」

サイレンがあちこちで鳴り響いている。生きるにしろ死ぬにしろ残された時間はわずかだった。梶沼は砂浜に肘をついて軀を起こした。ふと背後でひとの気配がした。

振りかえると八神がいた。

真夏のような陽射しの下を黒いロングコートを着てゆっくり歩いてくる。白い砂浜のせいか巨大な鴉《からす》のように見える。里奈と健吾がこわばった顔で立ちあがった。梶沼もふらつきながら腰をあげた。

八神は三人の前に立った。コートのポケットに両手を突っこんでいるが顔には汗ひとつかいていない。八神は潮風に髪をなぶらせながらうっすらと笑みを浮かべて、

「やっぱり、ここだったな」

「――なんでわかった」

梶沼は溜息まじりにいった。

「那覇で浜辺といったら、ここしかない」

「ここにきたのは偶然だ」

「おれは予定どおりだ。おかげで手間が省けた」

「なにがだ」

「一ノ瀬たちを殺《や》る手間さ」

「ずっと見てたんだな」

「すこしは手助けもした」

「さっきの車は、やっぱりおまえだったのか」

八神はかすかに嗤った。

「一ノ瀬たちは味方じゃねえのか。なぜ見殺しにした」

「いや、刑部はおれを裏切った」

「おまえの雇い主か」

「ああ。おまえの組の倉持もだ」

「ふたりを殺《や》るのか」

「おまえらを始末してからな」

「頼みがある」

「いってみろ」

「殺《や》るのはおれだけにして、里奈と健吾は見逃してくれ」

「だめだ」

どうして、と里奈が叫んだ。

「あんたは雇い主から裏切られたんでしょ。だったら誰も殺す必要ないじゃない」

「契約は生きている。他人とのではなく、おれ自身との契約だ」

「わけがわかんない。そんなにひとが殺したいの」

「ひとを殺すのは結果にすぎない。おれはルールを遵守しているだけだ」

「ルールってなによ。自分が勝手に決めてるだけじゃない」

「そうかな。おれは自分の意志を運命だと思っている」

「運命だって変えられるわ」

「すくなくとも、おれに変える意志はない」

視界の隅で健吾がジーンズのポケットに右手を突っこむのが見えた。

健吾は八神の視線に気づいて身震いすると、

「やれよ。梶さんを殺すんなら、おれも殺せ」

うわずった声でいった。あたしも、と里奈が叫んだ。

「あたしも殺して」

「バカなことをいうなッ」

梶沼は怒鳴った。八神は切れ長の眼を細めて、

「おれのような仕事をしてると、殺してくれと頼まれるのはそれほど珍しくない。しかし、ほとんどでまかせだ。単なる時間稼ぎか、おれの気が変わるのを期待している。最後の最後になっても嘘をつくのが人間だ」

「おれは本気だ」

「どうかな」

八神はちらりと空を見あげた。

ヘリの音が近づいてきた。サイレンの音もしだいに数を増している。

「携帯の電源を入れたんだ」

と健吾がいった。

「もうすぐ警察がくる。早く逃げなきゃ捕まるぞ」

「ほら見ろ。こんな小細工をする」

「気にするな。おれを信じろ」

梶沼は八神の眼を見据えた。出血のせいか視界が霞んでいる。

「おれは誰も信じない。信頼に値するかどうかがわかるのは、相手が屍体になってからだ。だが、おまえのあがきっぷりは嫌いじゃない。いままで生かしておいたのも、そのためだ。どのみち殺すにせよ、おまえがどう運命を受け入れるのかに興味があった」

「あんたは狂ってる」

里奈がかぶりを振った。八神はそれを無視して、

「梶沼、おまえが運命を受け入れるのなら、選択の機会をやってもいい。むろん結果がわかる頃にはおまえは死んでいるが、連れのふたりは見逃そう。おまえの言葉が嘘だったら、おまえの息があるうちにふたりを殺す」

「わかった」

「梶さん、やめてッ」

「もう警察がきたっていってんだろッ」

健吾がチーフ・スペシャルを構えて八神に狙いをつけた。

「健、やめろッ」

「どうした、坊主。撃ってみろ」

八神は無表情でいった。下手におどせば健吾が撃たれる。梶沼は健吾の前に立って、

「この拳銃《チャカ》は弾がねえんだ。健、早く捨てろッ」

健吾はうなだれてチーフ・スペシャルを砂浜に落とした。

ふふん、と八神は嗤って、

「坊主、感謝するんだな。そこの女もだ」

「なんに感謝するのよ」

「おまえらの家族にだ」

「えッ」

「ホテルの部屋で、おまえがいっただろう。あたしたちは家族だって」

里奈がぎょっとした表情で唇に手をあてたとき、

「いくぞ、八神ッ」

梶沼が駆けだして八神に組みついた。

ヘリが高度をさげて上空を通りすぎ爆音が耳を聾《ろう》した。防波堤の上からけたたましいサイレ

ンの音と大勢の足音が聞こえてくる。八神はコートのポケットから両手をだすと梶沼の肩をつかんでゆっくり軀を遠ざけた。

八神は歩きだしたが梶沼は放心したような恰好でその場に立っている。黒いコートから薄く煙がたなびいているのを見て里奈が悲鳴をあげた。

梶沼ががくりと両膝をついた。

「――梶さんッ」

里奈が駆け寄って梶沼を抱き締めた。

左胸に赤黒い穴が開いて血が脈打つように流れだしている。里奈の腕のなかで青ざめた唇が動いた。言葉は聞きとれないが口元にはかすかに笑みが浮かんでいる。

「梶さん、死んじゃだめだッ」

健吾は砂浜にひざまずいて叫んだ。

梶沼の唇が半開きになってシャッターを絞るように瞳孔から光が消えた。里奈は肩を震わせて血の気が失せていく頰をさすっている。

健吾は唇を嚙んで嗚咽をこらえると勢いよく立ちあがった。

砂に埋まったチーフ・スペシャルを拾って八神に投げつけたが届かなかった。八神のあとを追おうとしたとき、拡声器から男のひび割れた声が響いた。

「武器を捨てて投降しなさい。きみたちは完全に包囲されている。もし抵抗すれば――」

上空にヘリが旋回し防波堤の上で警官隊が銃を構えている。

八神はコートを脱ぎ捨てて歩いていく。コートの下は黒いウェットスーツだった。

銃声が響いて八神の足元に砂煙が舞いあがり射撃を制止する怒号が飛んだ。八神は砂浜の先にある岩陰に姿を消した。

警官隊が防波堤をおりて押し寄せてきた。

まもなく爆音が轟いてジェットスキーが波しぶきをあげて海にすべりだした。

八神を乗せたジェットスキーは大きく弧を描いて水平線のむこうへ消えた。

本書は「ポンツーン」の連載「3P」（2011年5月号～2012年10月号）
を改題し、大幅に加筆・修正したものです。

ブックデザイン　bookwall
カバーフォト　hide-mori/a.collectionRF

〈著者紹介〉
福澤徹三　1962年、福岡県生まれ。デザイナー、コピーライター、専門学校講師など様々な職業を経て、2000年に『幻日』でデビュー（『再生ボタン』と改題して文庫化)。08年に『すじぼり』で第10回大藪春彦賞を受賞。近著に『怪談実話 盛り塩のある家』『シャッター通りの死にぞこない』『東京難民』など。

GENTOSHA

ジューン・ブラッド
2012年11月20日　第1刷発行

著　者　福澤徹三
発行者　見城 徹

発行所　株式会社 幻冬舎
〒151-0051 東京都渋谷区千駄ヶ谷4-9-7

電話:03(5411)6211(編集)
03(5411)6222(営業)
振替:00120-8-767643
印刷・製本所:図書印刷株式会社

検印廃止

Printed in Japan
ISBN978-4-344-02289-8　C0093
幻冬舎ホームページアドレス　http://www.gentosha.co.jp/

この本に関するご意見・ご感想をメールでお寄せいただく場合は、
comment@gentosha.co.jpまで。